霍爾的移動城堡

HOWL'S MOVING CASTLE

黛安娜・韋恩・瓊斯

著

獻給史蒂芬

寫這故事的點子來自一位小男孩，
我在拜訪某間學校時遇見他，
他要我寫一本名為《移動城堡》的書。

我記下了他的名字，
並藏在一處安全到連我自己也找不到的地方。
我想好好謝謝他。

HOWL'S MOVING CASTLE

第一章　對帽子說話的蘇菲

在因格利王國，無論是讓人一步能走七里格[1]的靴子，還是隱形斗篷，都實際存在。在那出生且身為三位兄弟姊妹中的老大是件不幸的事。因格利王國內的每個人都知道，老大的人生會是最先觸礁的，而且如果三人都出外闖蕩，老大也會是最沒出息的。

名叫蘇菲·海特的女孩是家中三姊妹中的長女。如果她是個窮樵夫的女兒，她可能還會有一絲出人頭地的機會，但蘇菲的家境優渥，父母在繁榮的馬克契平鎮經營一間女帽專賣店。在蘇菲二歲、妹妹蕾蒂一歲時，她們的生母便過世了。後來，她們的父親和店裡最年輕的店員芬妮再婚。芬妮有著一頭金髮，是位美麗的女子。不久後，芬妮就生下了家中的三妹瑪莎。按照各位熟悉不過的故事發展，這下蘇菲和蕾蒂應該會變成童話故事中的醜姊姊，但三姊妹長大後都非常漂亮，而大家都說蕾蒂最為美麗動人。即便如此，芬妮對三個女兒都一樣疼愛，並不會特別關愛瑪莎。

海特先生對這三個女兒非常自豪，他將她們送到鎮上最好的學校就讀。蘇菲最勤奮念書，她讀了不少書，而且很快察覺到自己不太可能有個有趣的未來人生。這難免讓她感到有些失望，但只要能夠照顧好兩個妹妹，並幫助瑪莎做好出外闖蕩的準備，她就心滿意足了。而芬妮總是在忙店裡的事，蘇菲於是擔起了照顧妹妹的責任。妹妹們有時會放聲尖叫、互扯頭髮。對於要成為繼蘇菲之後的最沒出息的那個人，蕾蒂更是不甘願。

蕾蒂曾大喊著：這不公平啦！瑪莎只不過是最晚出生的，憑什麼就能擁有最美好的未來？我要跟王子結婚，我就是要啦！

當瑪莎聽到這句話時，總會如此反駁蕾蒂——自己不用跟任何人結婚，憑一己之力就能坐擁財富。

接著，蘇菲會將她們拉開，並幫她們修補衣服。蘇菲非常擅長用針線縫製服裝，後來她還幫妹妹們設計專屬的衣服。在故事開始之前，還得說到五朔節那時，蘇菲替蕾蒂做了一套深玫瑰色的衣服，芬妮看了便說那套衣服像是從金貝利最高級的店裡買來的。

約略從那時起，大家想起並討論有關「荒野女巫」的事。有人說，荒野女巫威脅要取國王女兒的性命，於是國王命令宮廷巫師沙利曼到荒野去討伐荒野女巫[2]。結果沙利曼不但沒解決她，反而還被殺死了。

沙利曼死後幾個月，一座漆黑、高聳的城堡瞬間出現在馬克契平附近某處的山坡上，城中四座細長的高塔還吐出濃厚的黑煙。由於先前有關荒野女巫的謠言四起，因此所有人都深信她從荒野復出，準備再次將五十年前的恐懼籠罩整個國家。如今每個人心中都有著不安的因子，尤其是在黑夜裡，沒有人有勇氣單獨出外。更讓人害怕的是，那座城堡並不會一直停留在同一個地方。它有時像是在西北方曠野存在的一大團墨黑色的髒汙，有時又聳立在東邊的岩石旁，有時還會直接下山，出現在最北邊的那座農場附近的石南花間。人們有時可以看到城堡正在移動，高塔持續吐出一陣陣灰汙煙霧。有陣子，大家都相信那座城堡很快就會來到山谷，而鎮長也提出要向國王求助的看法。

但那座城堡總是只在山坡上遊蕩。人們之後才發現，移動城堡的主人不是荒野女巫，而是巫師霍爾。相比之下，這位名叫「霍爾」的巫師也不是什麼好人，雖然他與他的城堡似乎不想下山，但人們都說他喜歡抓走女孩，尤其是年輕的女孩，然後吸乾她們的靈魂。還有人說他會吃年輕女孩的心臟。他既冷血又無情，年輕女孩要是落單被他抓到，肯定難逃一劫。蘇菲、蕾蒂、瑪莎及所有住在馬克契平的女孩，都被警告過絕對不能單獨出門，而這件事讓她們很不滿。她們都想著，巫師霍爾收集這麼多靈魂，到底要做什麼？

不過，她們很快就得為其他事操心了。正當蘇菲到了可以離開學校的年紀時，海特先生突然過世了。後來她們發現，海特先生似乎對女兒們太過自豪了。他一直以來因替女兒付學費，讓帽店背了一大筆債。辦完葬禮後，芬妮坐在帽店隔壁的房子內的客廳，對女兒們解釋情況。

「妳們恐怕都不能再去上學了。我利用各種方法計算了好幾次，我想……如果我要繼續經營帽店，同時又得照顧妳們三個，就只能讓妳們都去找個有前途的學徒工作。讓妳們三個都留在店裡太不實際了，我負擔不起。所以我決定，蕾蒂……」芬妮說。

蕾蒂抬起頭來，她的氣色很好，雖然面帶憂傷，身穿黑色喪服，卻一點也遮掩不住她的美貌。她回道：

「我想持續磨練自己。」

「沒問題，親愛的。」芬妮接著說。「我已經安排妳到市集廣場上的賽莎利西點店當學徒了。大家都說他們對待學徒就像對待國王與王后一樣好，妳在那裡一定會過得很開心，還可以學到實用的技能。賽莎利太太是我們的好顧客兼好友，她答應要幫我安排一個位子給妳。」

蕾蒂笑了，不過她似乎對此一點也不滿意。她說：

「好吧，真是謝謝。幸好我喜歡烹飪，對吧？」

芬妮看起來鬆了一口氣。蕾蒂有時候會太有主見。芬妮接著說：

「至於瑪莎，我知道妳還太年輕，所以沒辦法工作，但我幫妳找到了一個機會，讓妳可以過上一段長期又平靜的學徒生活，等妳決定好未來的志向，這段經歷還是會對妳有所幫助的。妳知道我有個老朋友叫安娜貝爾．費爾法克斯吧？我在學生時期認識她的。」

「是話很多的那位嗎？她不是女巫嗎？」纖細柔美的瑪莎用灰色的澄澄大眼盯著芬妮，眼神幾乎跟蕾蒂一樣堅定。

「沒錯，她有棟漂亮的房子，而且她的客人遍布整片弗定山谷。」芬妮急切地接著說。「瑪莎，她是個很好的人，她會將畢生所學傾囊相授，而且很有可能會介紹金貝利的大人物給妳認識。在她教完妳之後，妳這輩子就不愁吃穿了。」

「嗯，她的確是個好人。」瑪莎聽完後承認。

蘇菲聽了之後，認為芬妮將一切都安排得很妥善。蕾蒂身為家裡的二女兒，本來就不太可能出人頭地，所以芬妮才會送她去一個能認識年輕又帥氣的學徒之處，讓她可以從此過上幸福美滿的生活。瑪莎肯定會自力更生並於未來致富，而她學到的巫術和結交到的富人朋友可以助她一臂之力。至於自己的未來，蘇菲早就預料到會發生什麼事。芬妮接下來說的話並不讓她意外。

「最後，親愛的蘇菲，我想妳身為長女，理所當然要在我退休後繼承帽子店。所以我決定讓妳當我的學徒，給妳學習從事這個行業的機會。妳覺得怎麼樣？」芬妮說。

蘇菲即使不喜歡製帽業，也不得不接受這個安排，但「不喜歡」這個詞她說不出口。她充滿感激似地向芬妮道了謝。

「那就這麼決定了！」芬妮說。

隔天，蘇菲幫瑪莎將她的衣服整理好並裝箱。到了第三天的早上，她們一起送瑪莎坐上載客馬車。瑪莎在馬車上顯得嬌小，她坐得直挺挺的，看起來有些緊張。因為要抵達費爾法克斯夫人住的上弗定山谷，得先經過巫師霍爾的移動城堡所經之處，再越過山丘，所以瑪莎會害怕也合乎情理。

「她不會有事的。」蕾蒂說。

瑪莎坐的載客馬車離開視野後，蕾蒂不讓任何人幫自己打包行李，她將自己的所有東西塞進一個枕頭套，並付給鄰居家的擦鞋傭人六便士，請他用獨輪手推車幫她將行李載到市集廣場的賽莎利西點店。

她走在獨輪手推車後面的模樣，看起來比蘇菲預期中的更興致高昂，一副像是要永遠擺脫帽店了。

過了一段時間，擦鞋傭人帶回一張蕾蒂親筆寫的紙條，上面寫著她已經將行李放進了女生宿舍，而賽莎利西點店看起來很有趣。一星期後，載客馬車也送來了瑪莎的信，瑪莎在信中說她已經安全抵達，還說：費爾法克斯夫人非常和善，而且吃什麼都要加蜂蜜。她有養蜂。

蘇菲長時間以來只收到這些關於妹妹們的消息，因為瑪莎和蕾蒂離開的那天，她就開始她的學徒生活了。

當然，蘇菲早就很了解製帽這行業。從她還小時，她便常常出入院子對面的大工作間。在那工作的員工們會將帽子弄濕並放在塊狀帽模上塑型，還會用蠟和絲綢製成花朵、水果等裝飾。蘇菲認識在那裡工作的人，他們大多都從她爸爸還是個男孩時就在了。當然也認識店裡現在唯一留下來的店員貝西，也認識買帽子的顧客，還有駕駛運貨馬車的男人。那輛馬車會從鄉下運來未經加工的草帽，而工作間的員工會用帽模來將草帽塑型。她也認識其他的供應商，還知道如何製作冬帽用的毛氈。

芬妮沒有什麼可以教她的，大概只能傳授她說服顧客買帽子的訣竅。

「介紹給客人最適合他們的帽子前，必須要先鋪陳。要先給客人看一些不太適合的，這樣他們試戴對的帽子時，就會馬上感覺出差別。」芬妮說。

其實蘇菲不常做銷售帽子的工作。她先在工作間觀察了一天左右，然後又花了一天跟著芬妮拜訪服裝商和絲綢商，接著，芬妮就要她去縫帽子上的裝飾。蘇菲坐在商店後面的小凹室裡，將玫瑰裝飾縫到有綁帶的帽子上、網紗縫到絲絨帽上，為所有帽子縫上絲綢內裡，並將蠟製水果和緞帶用時髦的排列方式縫在帽子外部。蘇菲的手藝很好，她也很喜歡做這件事，但她感覺有點與世隔絕又無聊。工作室裡的人年紀又太大，所以蘇菲很難跟他們玩在一起，而且因為她是帽店未來的繼承人，他們總是特別優待她。只有貝西沒有給她特別待遇，不過貝西會聊的話題，就只有在五朔節後要跟她結婚的那個農夫而已。蘇菲很羨慕芬妮，因為只要芬妮想要，她就可以匆匆離開，去跟絲綢商討價還價。

店裡最有趣的事就是與顧客聊天時的內容了。來買帽子的人沒有不聊八卦的。蘇菲坐在她的凹室裡，一邊縫著裝飾一邊聽客人說話。他們說著各式各樣的話題，鎮長從不吃綠色蔬菜，巫師霍爾的城堡又移動到了懸崖邊，那個男人真是，窸窸窣窣、窸窸窣窣……他們只要談到巫師霍爾，就會將聲音放低，但蘇菲推測他們是在說巫師霍爾上個月在山谷裡抓了一個女孩。他們小聲地說：就像童話裡的藍鬍子！接著又恢復成正常的說話音量，說珍·法利爾的髮型真是糟透了，那種髮型連巫師霍爾都不會想靠近，更別說是普通儀態的男人了。然後，他們很快地改用恐懼的聲音低聲談論荒野女巫。蘇菲開始覺得，巫師霍爾跟荒野女巫應該要在一起才對。

她曾對著當時正在縫的帽子說過，他們感覺是天造地設的一對，應該要有人去撮合他們。

不過到了月底，店裡八卦的主角突然變成了蕾蒂。賽莎利西點店似乎從早到晚都擠滿了男生，每個人都買了一大堆蛋糕，並要求得由蕾蒂來服務他們。蕾蒂已經被求了十次婚，對象從鎮長的兒子到打掃街道的清潔工，什麼樣的人都有，而她全都拒絕了。她說她還太年輕，沒辦法做決定。

蘇菲正在用絲綢製作一頂有褶紋的帽子，她向那頂帽子說：

「我覺得她這麼做很明智。」

「我就知道她會過得很好！」芬妮對這個消息感到很滿意並開心地說。

蘇菲突然發現，芬妮似乎很高興，因為蕾蒂不在店裡。

「蕾蒂在這裡會妨礙生意。」蘇菲一邊將蘑菇色的絲綢壓出褶紋，一邊對那頂帽子說。「就連你這麼老氣過時的帽子，在她身上也會顯得美麗迷人。其他女孩看到蕾蒂會失去自信的。」

一週又一週的周而復始，蘇菲越來越常對著帽子說話。她也沒有其他的說話對象。這些日子中的大部分時間裡，芬妮要不是出門去跟供應商討價還價，就是在想辦法刺激店裡的銷售，而貝西則是忙著招呼客人，順道告訴大家她的婚禮計畫。蘇菲開始有了將裝飾好的帽子放在展示架上的習慣，這麼一來，帽子看起來像是一顆沒有身體的頭。她還會特別停下來，告訴帽子下面的身體應該長成何種模樣。她也會稱讚帽子，因為對待客人的態度，本來就是要稱讚他們。

「妳有種神祕的魅力。」她對一頂紗網中藏著亮片的帽子這麼說。

「妳一定會跟有錢人結婚！」然後，她又對著另一頂內邊縫著玫瑰的奶油色寬簷帽說。

「妳像春天的嫩葉一樣年輕。」她面對有著蜷曲綠羽毛的鮮綠草帽則這麼說。她還告訴粉紅色的無邊軟帽，它們的酒窩很有魅力，也告訴有著天鵝絨裝飾的帽子，它們很風趣又幽默。

「妳的心地很善良，肯定會有個位高權重的人發現這點並愛上妳。」她也對有褶紋的蘑菇色軟帽這麼說。因為她為那頂帽子感到些許難過。那頂帽子看起來既花俏又不好看。

隔天，珍．法利爾來店裡買走了那頂軟帽。蘇菲從凹室裡探頭偷看，覺得她的髮型的確有點奇怪，捲得像是用撥火棍弄捲的。她選那頂軟帽這件事感覺有點可惜，但那陣子所有的人似乎都在買帽子。這也許是因為芬妮是個推銷高手，也有可能是因為春天即將來臨，不過，賣帽子的生意的確變得很好。

「我不該這麼急著把瑪莎和蕾蒂送走。生意這麼好的話，我們也許還撐得下去。」芬妮開始有點內疚地說。

五朔節即將到來時，正巧，店裡在四月時的生意非常好，好到蘇菲也必須穿上端莊的灰色洋裝在店裡幫忙。不過生意實在是太好了，她只能一邊招呼客人，一邊努力利用空檔做裝飾帽子的工作，晚上還要將帽子拿到帽店隔壁的家裡，依靠微弱的燈光工作到深夜，如此一來，隔天店裡才會有帽子可以賣。鎮長夫人戴的那種鮮綠色的帽子賣得很好，粉紅色的無邊軟帽也是。後來，五朔節前一星期的某日，有人來店裡要買珍．法利爾和卡特拉克伯爵私奔時戴的那種有褶紋的蘑菇色軟帽。

那日晚上在縫帽子時，蘇菲在心裡承認自己的生活的確很枯燥乏味。那晚她沒有跟帽子說話，而是在鏡子前試戴每一頂完成的帽子。她不該這麼做的。她身上那件單調的灰色洋裝根本不適合她，尤其她的雙眼還因為長時間工作而發紅。而且因為她的頭髮是略帶紅色的黃褐色，鮮綠色和粉紅色的帽子都跟她不搭，有褶紋的那頂蘑菇色軟帽更是讓她看起來呆板無趣。

「像老了還結不了婚的女人！」她驚呼道。

她並不想像珍．法利爾一樣跟伯爵私奔，也沒有想要像蕾蒂一樣，打扮並刻意讓自己變成城內一半男人的對象，但她很想做些什麼——雖然還不確定要做什麼，總比裝飾帽子這件事更有趣一點。她心想，隔天要抽空去找蕾蒂談談。

然而，她並沒有真的去找蕾蒂。她要不是擠不出時間，就是沒有體力過去，再不然，也有可能是她覺得市集廣場很遠，或是她認為自己獨自外出，可能會被巫師霍爾抓走。總之，隨著日子飛逝，探訪蕾蒂的事也變得越來越困難。奇怪的是，一直以來，蘇菲認定自己意志堅定的程度跟蕾蒂差不多。但她現在才發現，有些事她會拖到想不出藉口時才去做。

「這也太誇張了！市集廣場離這裡只有兩條街，要是我用跑的……」蘇菲說。她對自己發誓，等到五朔節那天帽店休息時，她一定要去一趟賽莎利西點店。

這段時間裡，店裡又開始流傳起新的八卦。聽說國王和他的弟弟賈斯汀王子吵了一架，然後王子就被流放了。沒有人清楚他們爭吵的原因，其實在幾個月前，喬裝過後的王子曾路過馬克契平鎮，只是當時無人發現。卡特拉克伯爵就是奉國王之命來找王子的，結果卻遇到了珍．法利爾。蘇菲聽了覺得有點傷心。世界上好像還是有很多有趣的事，只是都發生在別人身上而已。不過，如果能見到蕾蒂也是件好事。

五朔節終將到來，街道上的人們從黎明開始狂歡。芬妮早早就出門了，但蘇菲還有幾頂帽子得先做完。蘇菲一邊工作，一邊唱歌，她想，畢竟蕾蒂應該也在工作著，假日的賽莎利西點店總是會營業到午夜。

我要去買他們的鮮奶油蛋糕，我好久沒吃了。蘇菲心想著。

人們身著各種鮮豔的衣服經過窗前，街上還有賣紀念品和踩高蹺的人，她看著心情也跟著興奮了起來。然而，當她穿著灰色洋裝，披上灰色披肩走上街時，她就不覺得興奮了，而是不知所措。到處都是匆匆走過、大聲談笑或吼叫的人，街上瀰漫著噪音和正在推擠的人潮。蘇菲覺得這幾個月一直坐著縫帽子，好像讓自己變成了一位老女人或是半殘的人。她用披肩緊緊包住自己，並沿著路邊的房子走，以免被別人的高貴鞋子踩到，或是被長絲綢衣袖裡的手肘撞到。突然，街道上空傳來了一連串巨大的聲響。蘇菲聽到時覺得自己好像快暈過去了，她一抬頭，突見巫師霍爾的城堡來到了城鎮附近的山坡上。城堡離城鎮很近，看起來就像是立於房子的煙囪上一樣。城堡的四座高塔都噴射出藍色的火焰，一團團的藍色火球被射出後就在高空中爆炸，景象非常嚇人。

霍爾似乎對五朔節感到很不滿，不過他也有可能是用自己的方式與民同慶。蘇菲害怕到沒辦法思考這些。她很想回家，但她已經在前往賽莎利西點店的半路上了，只好加速奔跑。

我為什麼會想要過什麼「有趣的人生」呢？她一邊跑，一邊想：要是真的發生了，我一定會覺得很害怕，這都是因為我是三姊妹中的老大。

她跑到市集廣場時，情況變得更糟了。城裡大部分的酒館都開在廣場附近，街上有一大群渾身酒味的年輕男人大搖大擺地閒晃，他們拖著長長的斗篷和袖子，穿著工作日絕對沒辦法穿的帶扣靴子用力踩踏，還在街上大聲講話並搭訕女生。女生們則兩兩一組緩慢走著，等著男生來搭訕她們。這些事情在五朔節都很正常，但蘇菲卻覺得連這些事也很可怕。有個穿著藍色和銀色古怪服裝的年輕男人發現了蘇菲，想要上前搭訕，這時蘇菲便跑到一家商店的門口，試圖躲起來。

「不會怎麼樣的，妳這隻小灰鼠。」那個年輕男人驚訝地看著她。他有點憐憫地對著蘇菲笑，然後說。「我只是想邀約妳喝一杯，不用這麼害怕。」

他憐憫的表情讓蘇菲覺得很不好意思。他其實長得很瀟灑，臉型削瘦，看起來有些老練——感覺年紀稍長，應該二十幾歲了——他的一頭金髮似乎經過精心梳理，衣服的袖子拖得比廣場上所有其他的人都還長，上面有貝殼形狀的飾邊，還鑲著白銀。

「喔，我不需要，謝謝。如果你不在意，我、我正要去找我的妹妹。」蘇菲結結巴巴地回道。

「那當然沒問題。」成熟的青年笑著說。「我怎麼能阻止如此美麗的女士去見妹妹呢？妳看起來很害怕，要不要我陪妳走過去？」

他真的是一片善心，這讓蘇菲覺得更羞愧了。她喘著氣開口：

「不、不用了！謝謝你！」她從他身邊逃開。因為那位年輕男人身上擦了香水，風信子的香味留在了她身上。他真是彬彬有禮！蘇菲一邊在心裡這麼想，一邊穿過賽莎利西點店外面小餐桌邊的人群。

賽莎利西點店外面的餐桌坐滿了人，店內也擠滿了客人，跟廣場上一樣吵雜。蘇菲很快就在櫃檯的一列店員中找出了蕾蒂，因為有群明顯是農夫出身的男生，正將手肘撐在櫃檯上，大聲對她說話。蕾蒂變得比以前還美，好像還有點變瘦了，她用她最快的速度將蛋糕裝進袋子，熟練地扭轉一下袋口，然後每裝好一袋就笑著回過頭來回答客人的問題。店裡充滿了笑聲，蘇菲好不容易才穿越人群擠到櫃檯前。

蕾蒂看到蘇菲時嚇了一跳，接著她睜大眼睛並露出笑容大喊：

「蘇菲！」

「可以跟妳說一下話嗎？我們找個地方談談。」蘇菲回喊。

蘇菲有點無助地繼續大聲喊叫，這時有隻穿著講究的粗壯手臂將她往後方擠。

「等我一下！」蕾蒂對蘇菲回喊。她轉身向旁邊的年輕女孩小聲說了幾句話，那個女生點點頭笑了，並接替了蕾蒂的工作。

於是，那位年輕女孩對著人群說：

「換我來服務大家了。下一位是誰？」

「蕾蒂，可是我想跟妳說話啊！」其中一位農夫青年喊著。

「你去找凱莉吧，我想見我姊姊。」蕾蒂說。

似乎沒什麼人介意這件事。他們將蘇菲擠到櫃檯的尾端，並要她別占用蕾蒂一整天的時間。蕾蒂在那裡打開櫃檯邊員工出入的小門並對她示意，蘇菲擠過那個小門後，蕾蒂抓住她的手腕，將她拉到賽莎利西點店後面的一個房間，房間四周都是一層層的木架，上面擺滿了蛋糕。

「坐吧。」蕾蒂拿出兩張凳子後，心不在焉地看向離她最近的蛋糕架，並從架子上拿了一塊鮮奶油蛋糕給蘇菲。「我在想妳會需要這個。」

「喔，蕾蒂！我真的好高興能見到妳！」蘇菲坐在蕾蒂遞來的凳子上，聞著蛋糕濃郁的香味後有想要哭泣的衝動。

「嗯，我也很高興妳現在坐下了。因為——其實我不是蕾蒂，我是瑪莎。」在蘇菲眼前的**那個蕾蒂**說。

◆

註1　約二十一英里，換算公制為三十四公里。

註2　原文為The Witch of the Waste。角色原型及名字取名可能來自《綠野仙蹤》的西國魔女（Witch of the West）。

第二章　被迫離家的蘇菲

「妳說什麼？」蘇菲看著面前坐在凳子上的女孩。她看起來跟蕾蒂一模一樣，身上穿著蕾蒂自認第二好看的那件藍色洋裝，那美麗的藍色非常適合她，她也有著蕾蒂的深色頭髮和藍眼睛。

「**我是瑪莎**。」她繼續說。「妳不是有抓到我剪壞蕾蒂的絲質襯褲嗎？我可從沒告訴蕾蒂過這件事，妳有嗎？」

「沒有。」蘇菲感到驚訝。

她現在能夠辨別眼前的人是瑪莎了。雖然那人的頭部長得跟蕾蒂一樣，但腦袋向一旁傾斜的勢態，還有雙手環抱著膝蓋並擺弄大拇指的習慣，都可以看到瑪莎的身影。蘇菲反問：

「為什麼會這樣？」

「我一直很怕妳來看我，因為我知道，我必須告訴妳真相。不過現在說出口後，讓我反而輕鬆多了。我想請妳允諾我，不要告訴任何人這件事。我知道妳是會信守承諾的人，一定不會說出去，妳個性那麼正直。」瑪莎說。

「我答應妳。可是為什麼？怎麼會這樣？」蘇菲說。

「這是我跟蕾蒂的計畫。因為蕾蒂想學巫術，而我不想。蕾蒂頭腦聰明，她希望能有機會運用她的聰明才智——妳想想看，這要怎麼跟媽媽說啊！媽媽太嫉妒蕾蒂了，所以連承認她聰明都不願意！」瑪莎一邊撥弄著拇指，一邊說。

蘇菲不相信芬妮是那種人，但她並沒有反駁瑪莎。她問：

「可是那妳呢？」

「妳先吃蛋糕吧，這很好吃喔。喔，對了，我應該也還算聰明？我在費爾法克斯夫人那裡只花了兩個星期就學會了我們用的魔咒。我半夜爬起來偷翻了費爾法克斯夫人的書，而那個魔咒其實很簡單。後來我問她我能不能去拜訪家人，她說可以。她人真的也很好，她可能以為我是太想家了。於是我就施了魔咒並來到這裡，而蕾蒂則假扮成我去費爾法克斯夫人那裡。第一週是最難的，因為哪些是該了解的事我都不知道，狀況簡直糟透了。不過，後來我發現人們很喜歡我——妳知道的，只要妳喜歡他們，他們也會喜歡妳——後來就沒什麼問題了。費爾法克斯夫人也還沒有把蕾蒂趕走，所以我想她應該表現得也不錯。」瑪莎說。

蘇菲大聲嚼著嘴裡的蛋糕，根本沒好好品嚐蛋糕的味道。她問：

「不過妳怎麼會想這麼做？」

瑪莎坐在凳子上晃來晃去，她用**那張蕾蒂的臉**開心地微笑，兩隻手的拇指快速地繞著彼此轉：

「我想要結婚，然後生十個小孩。」

「妳現在還太年輕了！」蘇菲回道。

「是這樣沒錯，但是妳也知道，我必須要盡早決定，這樣才可能生十個小孩。

而且我才能有多餘的時間，觀察我看上的人喜不喜歡我真正的模樣。魔咒的效果會漸漸消失，所以我的外表也會回復原樣。」瑪莎也同意蘇菲的說法。

蘇菲實在太震驚了，所以到她吃完蛋糕為止，她都沒發現到那是哪種蛋糕。她問瑪莎：

「為什麼是生十個？」

「因為我就是想要這麼多個。」瑪莎回道。

「我怎麼從來都不知道！」蘇菲說。

「這個嘛，因為妳老是附和媽媽說我以後會大有成就，所以跟妳說也沒什麼意義。」瑪莎接著說。「妳以為媽媽是真心的？我以前也是，直到爸爸過世後，我發現她根本只想趕快擺脫我們——她把蕾蒂丟到可以遇到很多男人的地方，想把她嫁出去，還想盡辦法將我送到遠得要命的偏遠地帶！我真的很生氣！我心想『何不這麼做呢』？於是我跟蕾蒂談了這件事，因為她也跟我一樣生氣，所以我們計劃了調換身分。我們現在都過得很好，但我們為妳感到惋惜，妳這麼聰明，個性又那麼善良，不該一生被困在帽店裡。我們有討論過妳的狀況，但不知道該怎麼做。」

蘇菲並不認同，她反駁：

「我過得還不錯啊，只是有點無聊。」

「還不錯？對啦，妳一定是過得還不錯，才會好幾個月沒來這附近，現在又穿著一身可怕的灰色洋裝和披肩出現，又一副是我嚇到了妳的樣子！媽媽這陣子到底對妳做了什麼？」瑪莎驚呼道。

「沒什麼，我們只是——很忙。瑪莎，妳不能這樣質疑芬妮，她可是妳的親生母親。」蘇菲有點尷尬。

「沒錯，我就是像她，所以才這麼了解她。這就是為什麼她要把我送到那麼遠的地方，或者應該說她想這麼做。媽媽知道，有時候要剝削別人，不必對他們刻薄。她知道妳很有責任感，也知道因為妳是大姊，所以總覺得自己的人生注定失敗。她就是利用這兩點吃定了妳，讓妳像奴隸為她工作。我敢打賭，她一定沒付妳薪水。」瑪莎反駁道。

「我還是個學徒而已。」蘇菲還是不認同地說。

「我也是啊，但我有薪水。賽莎利西點店認為付我薪水是值得的。帽店最近賺翻了，而且都是託妳的福！鎮長夫人戴上那頂綠色帽子後，看起來就像位漂亮的女學生，那頂帽子是妳做的吧？」瑪莎說。

「嗯，鮮綠色的那頂，那是我裝飾的。」蘇菲說。

「還有珍．法利爾遇到那個貴族時戴的無邊軟帽。妳在製作衣服和帽子方面是個天才，而媽媽也知道這點！去年五朔節妳幫蕾蒂做那套衣服時，妳未來的命運就無法改變了。現在妳每天辛苦賺錢，她則在外面到處玩樂……」瑪莎繼續說。

「她出門是去進貨。」蘇菲說。

「什麼進貨！」瑪莎大喊，她又在轉動兩隻手的拇指。「早上還沒過完一半就能做完了。蘇菲……我有看到她，也有聽到其他人談論她。她用妳賺來的錢雇了馬車、買了新衣服，到處拜訪山谷裡的各處豪宅！聽說她還要買下山谷邊那棟大房子，將房子裝潢得大方又氣派。而妳呢？妳又會在哪裡？」

「芬妮辛苦把我們養大，讓她稍微享受一下也是應該的吧。我想，我應該會繼承帽店。」蘇菲說。

「這什麼糟糕的命運！妳聽我說——」瑪莎驚呼。

這時，有人拉走了房間另一端的兩個空蛋糕架，一名學徒從後面某處探出頭來。他露出親切又像正在調情般的笑容說：

「蕾蒂，我剛剛就在猜那是妳的聲音。請妳跟他們說，新一批的糕點出爐了。」說完，他那有著捲髮、沾了一些麵粉的頭就消失了。蘇菲覺得那位年輕男孩看起來很不錯，她很想問，他是不是瑪莎喜歡的那個人？只不過沒有機會。瑪莎匆匆忙忙地跳起來，嘴裡還在不停地說著話。

「我要請女孩們把這些都拿到店裡去。妳幫我抬這架子的另一邊。」瑪莎說完，她拉出離自己最近的架子，而蘇菲幫她抬著架子穿越房門，將架子搬進吵雜、忙碌的店裡。搬架子時，瑪莎氣喘吁吁地說著。「蘇菲，妳一定要為自己做些什麼。蕾蒂一直跟我說，沒有我們在妳身邊激勵妳的自尊心，不知道妳會遇上什麼事。看來她的擔憂有道理。」

她們將架子搬進店裡後，賽莎利太太用兩隻粗壯的手臂接過架子，並大聲地叫人來幫忙，接著就有一大群人擠過瑪莎身邊來搬其他架子。蘇菲大喊著向瑪莎道別，然後就穿過忙進忙出的人群溜走了。她覺得自己不該再繼續占用瑪莎的時間，而且她也想要獨自沉思一下，於是她便跑回家。這時，河邊舉辦慶祝活動的地方放起了煙火，似乎在與移動城堡射出的藍焰一較高下。蘇菲從來沒感覺自己這麼沒用過。

接下來的一個星期裡，蘇菲反覆思考，卻只變得更加困惑而不滿。事情好像都跟她原本想的不同，蕾蒂和瑪莎的事也讓她很訝異，她發覺自己多年來都誤解了她們，但她無法相信芬妮真像瑪莎說的那樣。

貝西剛好因為要結婚而請假，店裡大多時間都只有蘇菲一人，所以她有許多時間可以慢慢思考。無論芬妮是不是在外面玩樂，她確實很常出門，而店裡的生意自從五朔節後就很冷清。過了三天後，蘇菲終於鼓起勇氣問芬妮：

「我是不是應該要領薪水呢？」

「親愛的，這是肯定的呀！妳工作量那麼大。」芬妮親切地回答。她正站在商店裡的鏡子前，調整著一頂有玫瑰裝飾的帽子。她接著說。「等我今晚算完帳後，我們再來討論看看。」

說完後她就出門了。她回來時，蘇菲已經關了店，並將當天沒完成的帽子拿回家裝飾。

起初，蘇菲覺得自己不該聽瑪莎的話。然而芬妮無論是在那天晚上，還是接下來的一星期內，都沒有提到薪水的事，這讓蘇菲逐漸認同瑪莎所說。

「也許，我真的被剝削了。」她對其中一頂帽子這麼說，她正在用紅色絲綢和蠟製櫻桃裝飾那頂帽子。「可是總要有人來做這些事，不然店裡就沒有帽子賣了。」

她完成那頂帽子，又開始做另一頂簡約而時髦的黑白色帽子，這時她腦中出現了一個新念頭。她問那頂帽子：

「沒有帽子賣會怎樣嗎？」

她周圍有許多帽子已經組裝好，放在架子上或疊成一堆等著她裝飾，她看著那些帽子說：

「你們到底對我有甚麼幫助？你們對我來說一點好處也沒有。」

這時她差一點就要離家去闖蕩了，不過她立刻想到，自己是家裡的長女，所以這麼做根本沒意義。她再次拿起帽子，嘆了一口氣。

隔天早上，蘇菲一個人待在店裡，心裡還是對現狀很不滿。這時有位其貌不揚的年輕女顧客衝進店裡，她拿著一頂有褶紋的蘑菇色軟帽，抓住裝飾用的絲帶旋轉著那頂帽子。

「妳看看！妳跟我說這就是珍．法利爾遇見伯爵時戴的帽子，根本就是騙人的。我戴了之後什麼事也沒發生！」那個年輕女生尖聲叫道。

「我並不覺得意外。」蘇菲口無遮攔地繼續說。「如果妳長成這樣，還蠢到會戴這種帽子，就算國王本人來求妳，妳也不會認出他來——當然，前提是他看到妳之後沒有被嚇到動彈不得。」

那名顧客怒瞪著蘇菲，然後將帽子扔向蘇菲並衝出帽店。蘇菲一邊大口呼吸，一邊小心地將帽子塞進垃圾桶。一旦脾氣失控，就會失去顧客的心，這是做生意的法則，而蘇菲證明了這條法則。不過她發覺自己很享受這過程，所以有點煩惱。

蘇菲沒有時間平復心情。外頭傳來了車輪和馬蹄聲，一輛馬車遮住了從窗戶照進來的光。帽店門口的鈴鐺響起，一位女士昂首闊步地走進店裡。蘇菲從沒看過打扮如此華麗的顧客，她的手肘上掛著一件貂皮披肩，厚重的黑色洋裝上滿是閃閃發亮的鑽石。蘇菲最先注意到的是她頭上那頂寬邊帽——那是真正的鴕鳥羽毛，經過染色，與鑽石反射出的粉紅色、綠色和藍色相互輝映，不過看起來依然是黑色。那頂帽子顯然要價不菲。她的美麗臉蛋似乎經過精心打理，栗子色的秀髮讓她顯得年輕，但是……蘇菲注意到了跟著她走進店裡的年輕男子，那男子的臉部輪廓沒什麼特色，頂著一頭紅髮，他的穿著體面，但是臉色蒼白，而且顯然很不高興。他看著蘇菲，眼神充滿恐懼，似乎在懇求些什麼。他的年齡明顯比那位女士小。蘇菲看得一頭霧水。

「是海特小姐嗎？」那位女士問。她的聲音悅耳，但又十分有威嚴。

「是的。」蘇菲回答。

那個男人看起來更不高興了，也許那女人是他的媽媽。

「聽說妳賣的帽子是最好的，讓我看看吧。」那位女士又說。

蘇菲不確定以自己現在的心情，會給出什麼樣的回答。她去拿帽子出來，那些帽子都配不上那位女士的身分，但她能感覺到那個男人一直在盯著她，這讓她很不自在。只要越早讓那位女士發現這些帽子不適合她，這兩個怪人就會越早離開。她照著芬妮教過她的方式，先拿出最不適合的帽子。

那位女士一看到帽子就開始嫌棄。她對著粉紅色軟帽說。「酒窩啊。」又對著鮮綠色的帽子說。「青春啊。」看到那頂有著亮片和紗網的帽子時，她則說。「有股神祕的魅力，這太顯眼了吧。還有別的嗎？」

蘇菲拿出那頂時髦的黑白色帽子，店裡只有那頂帽子有微小的可能讓她看上眼。

「這頂無論誰來戴，都不會有什麼好效果。海特小姐，妳根本存心浪費我的時間。」那位女士一臉嫌棄地看著帽子說。

「還不是妳自己要進來看帽子的。這位太太，我們只是小鎮裡的一間小帽店，妳幹嘛——」蘇菲回嘴。那女人身後的男人倒抽一口氣，看起來似乎在用眼神示意，警告蘇菲。「——硬要進來啊？」蘇菲還是將話說完了，她有點好奇到底是怎麼回事。

「只要有人想跟荒野女巫作對，我一定會出現。海特小姐，我已經聽說過妳的事了，妳想跟我競爭，態度又這麼差，讓我看了很不順眼。我是來阻止妳的，來。」那女人說。她伸出其中一手，對蘇菲的臉做了個像是在拋東西的動作。

「妳是說，妳是荒野女巫嗎？」蘇菲顫抖著說。她既害怕又震驚，聲音產生異樣。

「沒錯。我這麼做，妳應該知道，亂管我的閒事會有什麼後果了。」那個女人說。

「才沒有，妳肯定誤會了。」蘇菲用低沉又沙啞的聲音說。這時，那個男人一臉驚恐地看著她，但蘇菲還不知道原因。

「海特小姐，我沒有誤會。葛斯頓，走吧。」荒野女巫說完，轉身快步走向店門口。正當那個男人恭敬地幫她開門時，她回過頭來跟蘇菲說。「順便跟妳說，妳沒辦法告訴別人妳中了魔咒。」

她離開時，店門口的鈴聲聽起來就像是喪禮的鐘聲。

蘇菲想知道那男人為什麼那麼驚恐地看著她，於是用手觸摸自己的臉。她摸到了柔軟而粗糙的皺紋，接著她看向自己的雙手，發現她的手上不但也布滿了皺紋，還骨瘦如柴，手背上浮著粗粗的血管，關節也十分腫脹。她拉起身上的灰色裙子，看向自己衰老、消瘦的雙腳和腳踝，腳上突出的骨節也讓鞋子表面變得凹凸不平。她的雙腿看起來像是九旬老人的腿，但一切卻令她感覺非常真實。

蘇菲走到鏡子前，途中她發現自己步履蹣跚。鏡中的那張臉看起來沉穩冷靜，因為她早料想到自己會看見什麼。鏡中之人看起來像位消瘦的老太太，臉色憔悴而暗淡，還頂著一頭稀疏的白髮。她的雙眼泛黃，眼眶還含著淚水，一臉悲慘地回看著蘇菲。

「別擔心，老傢伙。妳看起來很健康，話說回來，這副模樣也更像是真正的妳。」蘇菲對鏡中那張臉說。

她思考著自己的處境，態度十分泰然。所有事情好像都變得很平靜而遙遠，她甚至也沒有特別生荒野女巫的氣。

她告訴自己：當然，要是有機會，我一定要向她報仇。不過，如果蕾蒂和瑪莎都可以用彼此的身分過活，那我當然也能這樣生活下去。但我不能繼續待在這裡，不然芬妮看到一定會大發雷霆。我想一下，這件灰色洋裝還滿適合現在的我，但我還需要拿走並穿上我的披肩，再帶一些食物。

她一拐一拐地走到店門口，並小心地掛上「已打烊」的牌子。她走路時關節嘎嘎作響，而且只能彎著腰緩慢前進。至少她發現自己其實算是個健朗的老太太，這點讓她鬆了一口氣。她並沒有感到虛弱或是有任何不舒服的地方，只覺得身體有些僵硬。她蹣跚走去拿她的披肩，然後像個老太太用披肩包住自己的頭和肩膀。接著，她拖著腳走回家裡，並從家裡拿了她那裝著幾枚硬幣的錢包，還有麵包和乳酪。她走出家門，小心翼翼地將鑰匙藏在平常的位置，然後就腳步踉蹌地走上街。她很驚訝自己的心情竟如此平靜。

她有想過自己是否該去向瑪莎道別，但她一想到瑪莎可能認不得她，便不太想去。她認為最好還是直接出發，並決定等找到安身之處後，再寫信給兩位妹妹。她拖著腳走過曾舉辦慶祝活動的那塊地，過了橋，然後走上鄉間小路。當時是溫暖的春天，而蘇菲發現自己雖然變成老太婆，依然能欣賞沿途風光，並享受著灌木樹籬間傳來的山楂花香，只不過視野有點模糊罷了。走了一段路後，她開始覺得背痛。她雖然還能繼續穩穩地走，要方便又平穩的話，則需要一根拐杖。她仔細掃視路旁的灌木叢，希望能找到鬆脫的木樁之類的東西。

她的視力顯然大不如前。走了大約一英里後，她以為自己找到了一根木棍，結果在拉出那根棍子後，才發現那是一具舊稻草人的下半部。那稻草人似乎是被人丟棄在灌木叢裡的。蘇菲將稻草人立起來，發現那稻草人的臉是一顆乾枯的蕪菁。蘇菲對它產生了同病相憐的感覺，所以她沒有將它拆解並拿它的身體部件當拐杖，而是將它卡在灌木叢的兩根樹枝之間，讓它可以瀟灑地立在山楂花上，它木棍手臂上破爛的衣袖則在灌木叢上方隨風飄揚。

「好了。」她對自己沙啞蒼老的聲音感到驚訝，發出了沙啞蒼老的笑聲。「我們兩個好像都好不到哪去，對吧？像這樣把你放在這裡，讓人能看到你，也許你就可以回到你的田地了。」

她再次踏上鄉間小路，但這時她突然想到一件事，於是她又轉回來對稻草人說：「要不是因為我是長女，註定要失敗，我就可以給你生命，讓你幫我賺錢。無論如何，還是祝你好運。」

她出發後，又再次呵呵大笑。也許她已經有點瘋了，不過很多老太婆本來就是瘋瘋顛顛的。

大約一小時後，她坐在河邊休息並吃著麵包和乳酪時，找到了一根木棍。她身後的灌木叢傳來一陣微弱的尖叫聲，接著灌木叢開始搖晃起來，將山楂花的花瓣都搖落了。蘇菲用她削瘦的膝蓋跪在地上往前爬，透過葉子、花朵和荊棘的縫隙往灌木叢裡看，結果看見了一隻瘦小的灰狗。那隻狗被困在灌木叢裡，十分無助。牠的脖子上綁著一條繩子，又有一根粗大的木棍和那條繩子纏在一起。木棍卡在灌木叢的兩根樹枝間，讓牠難以掙脫。牠不停地對著蘇菲轉動眼睛。

蘇菲還是個年輕女孩時，便害怕所有的狗，即使她現在變成了老太太，看到那隻狗嘴裡的兩排白色利齒，還是有點驚慌失措。但她對自己說：我都已經變成這樣了，根本沒什麼好擔心的。

她從裝著縫紉工具的口袋裡拿出剪刀，並將手伸進灌木叢裡，利用手上的剪刀想要切開那隻狗頸上所纏之繩。

那隻狗十分凶狠，不但一直躲開蘇菲，還低聲咆哮，但蘇菲還是勇敢地繼續鋸繩子。

「你要是不讓我幫你鋸斷，最後要不是餓死，就是會窒息而死。其實應該已經有人嘗試勒死你了，也許是因為這樣，你才會這麼凶狠。」蘇菲用沙啞蒼老的聲音對那隻狗說。

那條繩子緊緊繞在那隻狗的脖子上，又在木棍上纏了好幾圈。蘇菲鋸了很久，才終於鋸斷繩子，讓那隻狗能從木棍下方鑽出來。

那隻狗掙脫後，蘇菲問牠：

「要來點麵包和乳酪嗎？」

但那隻狗卻對她低吼著，並從灌木叢的另一邊鑽了出去，一溜煙地跑走了。

「你還真懂得感恩！不過你還是給我留了一個禮物。」蘇菲一邊揉著自己刺痛的手臂一邊說。

她將原本困住狗的那根木棍拉出灌木叢，結果發現那其實是一根很好的枴杖，長度修整得剛剛好，頂端還有用鐵包覆住。蘇菲吃完麵包和乳酪，準備再次上路。她走的路變得越來越陡峭，而那根拐杖幫了她很大的忙。不只如此，她也將拐杖當成聊天的對象。她一邊跟拐杖聊天，一邊努力地拄著拐杖持續走著，反正老年人本來就很常自言自語。

「目前為止，我已經邂逅了兩個對象，而他們都沒有半點魔法般的感激之情，不過你還是一根好拐杖。我不是在抱怨，但我想我一定會有第三次邂逅，無論那次邂逅跟魔法會不會有關係。老實說，我堅持如此。不知道會發生什麼事？」她說。

那天接近傍晚，蘇菲已經爬到山坡的高處時便發生了第三次邂逅。有一名鄉下人從高處走來還一邊吹口哨。蘇菲心想，他應該是名牧羊人，結束牧羊的工作後正要回家。他看起來年約四十，是個外表體面的年輕人。蘇菲對自己說：天啊！要是我是今天早上看到他，一定會視他為老人。人的觀點竟然能變得這麼快！

那名牧羊人見到蘇菲低聲自言自語的模樣，便小心地往路的另一邊靠，並熱情地大喊：

「阿姨晚安！妳要去哪裡呀？」

「阿姨？」蘇菲繼續回他。「年輕人，我可沒你阿姨那麼老！」

「只是一種說話方式啦。」那個年輕人說。他貼著小路另一側的灌木叢走，接著又說。「我只是看到妳這麼晚了，還在往山坡上走，所以想有禮貌地問一下罷了。妳應該不是想在天黑前趕到上弗定山谷吧？」

蘇菲根本沒想過這件事。她停下來思考了一下才說：

「其實都沒差。既然要出來賺錢，就不能太挑剔。」

她不只是在回答那個牧羊人，也是在對自己喊話。

「是嗎？」牧羊人這時已經走到了比蘇菲還要下坡的地方，似乎也因此鬆了一口氣。「那就祝妳好運啦，這位阿姨！只要妳別為了賺錢，對別人養的牛施咒就好。」

說完，他大步大步地往下坡走，幾乎要跑起來了。

「他竟然覺得我是女巫！」蘇菲生氣地瞪著他的背影，並對著拐杖說。

她很想朝那個牧羊人吼些難聽的話以嚇唬他，卻又覺得這樣有點太壞心了。她繼續一邊自言自語，一邊往上坡走，很快便走到了灌木叢林的盡頭，來到光禿禿的河岸。前方是一片石南叢生的高地，再過去則是陡峭的山坡，上面長滿黃色的草，在風的吹拂下沙沙作響。蘇菲堅定地繼續走，她那骨節突出的雙腳開始痛了起來，背部和膝蓋也是一樣。她累得沒辦法再自言自語，只能氣喘吁吁地一步步向前走，直到太陽西下，她才突然發覺，自己再也走不下去了。

她癱坐在路邊的一塊石頭上，思索著接下來該怎麼做。

「我腦袋裡只想著坐在一張坐起來舒服的椅子上！」她喘著氣說。

那塊石頭正好就在一塊突起的高地上，所以蘇菲能清楚看到自己走過的路。她鳥瞰沐浴在夕陽下的整座山谷，山谷裡的田野、矮牆、灌木叢、蜿蜒的河流及從樹葉中探出頭來的富人豪宅，甚至是遠處的青山，全都盡收眼底。她的腳下就是馬克契平鎮，鎮上的主要街道對蘇菲來說也能看得一清二楚。她看到市集廣場和賽莎利西點店，感覺近得可以將石頭丟進帽店隔壁房子的煙囪裡。

「怎麼感覺還是這麼近！」她沮喪地對拐杖繼續說。「我走了這麼久，竟然才走到我家的屋頂上！」

太陽下山之後，她周遭也逐漸變得寒冷。寒風從四面八方吹來，蘇菲怎麼躲也躲不掉。夜晚待在山坡地上也變成一件值得擔心的事了。她不停地想著舒服的椅子和溫暖的火爐，同時也擔心著周遭漆黑的環境和野生動物。這時就算她回頭往馬克契平走，也沒辦法在半夜前抵達那裡，所以還不如繼續前進。她嘆了口氣並站起來，關節還發出聲音。她的全身都在痛，情況簡直糟透了。

「我以前都不知道，原來老年人的生活這麼辛苦！」她喘著氣吃力地繼續往上坡爬。「不過，我覺得野狼應該也不會吃我。我的肉又乾又柴，這點算是令人欣慰。」

天很快就黑了，石南叢生的那塊高地變成了藍灰色，寒風也變得更加刺骨。蘇菲的喘氣聲和關節聲聽起來實在太大聲了，所以她過了一下才發現，原來還有其他東西也在發出摩擦聲和噴氣聲。她用她視力模糊的雙眼往上看。

巫師霍爾的城堡正發出轟隆隆的聲音，顛簸地跨越高沼地朝她靠近。一陣陣黑煙從城堡的黑色垛口冒出來，形成一朵朵黑雲。城堡看起來又高又細，既笨重又醜陋，給人一種不祥的感覺。

蘇菲靠著拐杖望向城堡，她並不怎麼害怕，只是很好奇城堡是怎麼移動的。她滿腦子都在想，城堡的黑色高牆後一定有具大火爐，才會冒出這麼多煙。

「有什麼好顧忌的？巫師霍爾應該不會想收集我的靈魂，他只要年輕女生的。」她對著拐杖說。

她舉起拐杖，並像是在命令般地朝城堡揮舞拐杖。然後尖聲叫道——停下來！

城堡聽話地在比她高的山坡上停下來，距離她大約五十英尺，還在不停地搖搖晃晃、隆隆作響。蘇菲蹣跚走向城堡，內心十分雀躍。

第三章　移動城堡裡的交易

蘇菲眼前的那面城堡黑牆，有一扇龐然的漆黑大門。她一拐一拐地加快走到門前。近看城堡，更加醜陋，不但高得誇張，也沒有規律的形狀可言。漸趨昏暗的天色中，她看出城牆是用黑色的大型塊狀物堆砌而成，那些塊狀物像煤炭般烏黑，形狀和大小也像煤炭般並不一致。蘇菲靠近城牆時，感覺那些塊狀物似乎正在呼出寒風，但她一點也不害怕，她滿腦子都只有城堡裡的椅子和火爐，於是她急切地將手伸向那道門扉。

然而，她的手卻無法靠近它。眼前好像有道隱形的牆，將她的手擋在距離門約十二英寸之處。她不耐煩地用手指去戳那扇門，但也沒有任何反應，於是她改成用拐杖去戳。從拐杖可以碰到的最高處，到門前臺階下長著石南的地方，那扇門似乎整個都被隱形的牆給擋住了。

於是蘇菲對著門大叫：

「開門！」

那面牆沒有任何反應。

「好吧，沒關係，我會找到後門的。」蘇菲說。

城堡左手邊的角落離她最近，而且走過去的路是下坡，於是她往那裡走去。然而，她卻沒辦法繞過那個角落。角落的邊緣有塊不規則形狀的黑磚，她一走到那裡，果然又被那道隱形的牆擋住了。這時候，蘇菲說了一個她從瑪莎那學來的詞，那是年長淑女和年輕女孩都不該知道的詞。接著她踏著沉重的步伐往上坡走，逆時針走到城堡右手邊的角落。那裡並沒有任何障礙，她急切地繞過那個角落，然後蹣跚走向城牆中間的第二扇巨大黑門。但那扇門前也有隱形的牆。

「這種待客方式也太冷淡了吧！」蘇菲怒氣沖沖地瞪著那扇門說。

突然，像雲般的黑煙從垛口往下衝，將蘇菲嗆得不停咳嗽。這下蘇菲真的生氣了。天氣寒冷，而她衰老又虛弱，還全身痠痛。現在夜晚將至，這座城堡竟然不理會她，還用黑煙嗆她。

「我要找到霍爾，談談這件事！」蘇菲說完，她氣呼呼地走向城牆的下一個邊角。那裡也沒有隱形的牆——看來只要照著逆時針的方向走，就不會被擋住——在城堡的那一面再稍微過去點，蘇菲找到了第三扇門。那扇門比之前的門小很多，也比較破舊。

「終於讓我找到後門了！」蘇菲說。

她一靠近後門，城堡便開始移動。整個地面都開始搖晃，城牆在震動之時也嘎嘎作響，而那扇門則是開始往旁邊遠離她。

「你別想跑！」蘇菲大喊。她追著那扇門，並用拐杖使勁地敲打門板。「開門！」

那扇門雖然向內敞開了，但城堡還是繼續往旁邊奔動。蘇菲踩著不穩的腳步死命追趕，終於成功將一隻腳踏到門前的臺階上。城堡在崎嶇的山坡上加速移動，門周圍的黑色磚石不停搖動並發出「嘎吱嘎吱」的聲響。蘇菲往前跳，接著吃力地攀爬，然後再往前跳一步。雖然城堡朝向某一邊歪斜，不過她並不覺得奇怪，城堡沒有當場解體就是個奇蹟了。她奮力爬進門，氣喘吁吁地說：

「這樣對待建築物也太蠢了吧！」為了進門，她不得不丟掉拐杖，用雙手緊抓著打開的門，以免被甩出去。

呼吸平穩下來後，她才發現有個男孩站在她面前，手也正抓著門。他比蘇菲高一顆頭，但蘇菲看出眼前的人只是位少年，年紀只比瑪莎大一點。他一副想將門關起來的樣子，好像想將蘇菲推離他身後溫暖又明亮、卻屋樑低矮的室內，並讓她回到寒冷漆黑的夜晚中。

「孩子，你可別想把我趕出去，那樣太無禮了！」蘇菲說。

「我也不想這樣，但妳不行讓門一直開著。妳想要什麼？」那個少年說。

蘇菲端詳著少年身後的空間。屋樑上掛著一些物品，感覺可能跟巫術或魔法有關——有幾串洋蔥、一大堆藥草，還有幾捆奇怪的植物根部。房裡還有一些物品絕對有關聯，像是有著皮革書封的書、歪歪扭扭的瓶子，還有咧著嘴笑的古老褐色人類頭顱。少年的身後有一個壁爐，爐架上有一團小小的火。與外面大量的黑煙相比，這團火實在是太小了，不過這個空間顯然只是城堡後面一處小小的房間。對蘇菲來說更重要的是，那團火燒得通紅，還有微小的藍色火焰在木柴上跳舞，在火爐旁最溫暖的地方，還放著一張有軟墊的矮椅。蘇菲推開少年，撲向那張椅子……

「啊！我的財富！」

她舒服地在椅子上坐定。蘇菲感覺非常幸福。火焰溫暖了她身上痠痛的地方，椅子支撐著她的背，而她知道，如果現在有人想趕她出去，一定得使出極端、暴力的魔法才能做到。

少年將門關上，撿起蘇菲的拐杖，然後很有禮貌地將枴杖靠著椅子放下。蘇菲發現，城堡感覺完全不像正在越過山丘。沒有微弱的隆隆聲，也完全沒有搖晃感。這真是奇怪！

「你去告訴巫師霍爾，這座城堡如果再繼續移動下去，會整個解體的。」蘇菲對陌生的少年說。

「這座城堡有用魔咒固定，不會解體的。不過霍爾現在恐怕不在。」少年說。

這對蘇菲來說是個好消息。於是，她有些緊張地開口問：

「他什麼時候會回來？」

「可能要等到明天了。妳想要什麼？可以讓我幫妳嗎？我是霍爾的學徒，我叫麥可。」少年說。

這簡直是個天大的好消息。蘇菲立刻用堅定的態度說：

「恐怕只有巫師霍爾能幫我了。」這點的確沒有錯。接著她又說。「如果你不介意的話，我想在這裡等。」

麥可顯然有些介意，一直無助地在蘇菲周圍徘徊。蘇菲想讓他知道，自己不想被區區一個小學徒趕出去，於是便閉上雙眼假裝睡覺。

「跟他說我叫蘇菲。」她低聲含糊地說。為了保障自己的安全，她又加了一句。

「是『老』蘇菲。」

「這樣的話，妳可能得等一整晚。」麥可說。

蘇菲心中所想的便是如此，於是她假裝沒聽見。事實上，她是真的打起瞌睡了。

長途跋涉已讓她精疲力盡。過了一陣子，麥可就放棄了。他回到有著檯燈的工作檯，繼續做原本在做的工作。

昏昏欲睡的蘇菲心想，雖然撒了點小謊，但這下子就有地方可以待一整晚了。反正霍爾這麼邪惡，騙他一下也沒什麼嘛。不過她還是打算要在霍爾回來對這狀況提出異議之前離開。

蘇菲瞇著睡眼偷看那個學徒。她發現他其實是個親切有禮的少年，這讓她有點驚訝。畢竟她這麼無禮地闖進這裡，麥可也完全沒有抱怨。也許是霍爾的緣故讓他常常表現得卑躬屈膝吧，不過麥可看起來也不是會低聲下氣的那種人。他個子高大，有著較為黝黑的皮膚，臉長得十分親切，穿著也很體面。事實上，蘇菲如果沒看到他小心地將綠色液體從彎彎的燒瓶，倒進裝著黑色粉末、彎曲的玻璃罐裡，大概會以為他是個家境富裕的農家子弟。真奇怪！

蘇菲心想，不過事情只要扯到巫師，本來就會變得很奇怪。而她身處的這個像是廚房或是工作間的地方既舒適又寧靜。蘇菲沉沉睡去，還開始打呼。當周圍突然出現閃光，工作檯傳出低沉的重擊聲，麥可迅速地罵了半句髒話時，她沒有醒來。

麥可吸吮著被燙傷的手指，暫時將魔咒放到一邊，並從櫃子拿出麵包和乳酪時，她也沒有醒來。麥可弄倒她的拐杖發出聲音，越過她的身體取了木柴放進火爐時，她也沒有任何反應。麥可看著她張開的嘴巴，對著壁爐說：她的牙齒都還在，應該不是荒野女巫，對吧？

這時蘇菲也還是沒有醒來。

壁爐回嘴說：要是她是的話，我才不會放她進來。

麥可聳聳肩，很有禮貌地撿起蘇菲的柺杖。接著他用同樣有禮的方式，為壁爐添了一塊木柴，然後到樓上的某個地方上床睡覺。

半夜裡，蘇菲被某人的打呼聲吵醒。她被打呼聲嚇了一跳，結果發現自己就是那個打呼的人，便覺得有些惱怒。她感覺自己好像才入睡了幾秒，而麥可就在這幾秒間消失，還將溫暖的火光帶走了。當然，巫師的學徒大概在第一週就會學做這種事。麥可讓壁爐裡的火微弱地燒著，火焰發出惱人的嘶嘶聲和劈啪聲。一陣冷風吹上蘇菲的背部，她突然想起自己身處一名巫師的城堡，身後某處的工作檯上還有顆人類的頭顱，令人難以忽視。

她打著寒顫，彎著年老而僵硬的脖子四處張望，但周遭只有一片漆黑。她說：

「來添一點火光吧？」

她沙啞微弱的聲音似乎不比火的劈啪聲大聲，這讓她很驚訝，她還以為自己的聲音會響徹城堡的房間。她身旁還有一籃木柴，於是伸出她僵硬的手臂，拿起一塊木柴放進火爐，接著，火裡便冒出藍綠交雜的火花，衝進煙囪裡。她又放了一塊木柴，然後坐回椅子上，不安地看了一下身後的空間。在她身後，藍紫色的火光在光亮的褐色頭顱上跳舞。她身處的房間相當小，除了蘇菲和那顆骷髏頭之外，一個人也沒有。

「他兩隻腳都踏進了棺材，而我只有一隻腳踏進去。」她安慰自己說。她再次轉身面對火爐，這時火燒得正旺，冒出了藍色和綠色的火焰。她又低聲說。「這些木柴裡一定含有鹽類。」

她換了更舒服的姿勢，將她關節腫脹的腳放到壁爐圍欄上，頭則是靠著椅子的一邊。如此一來，她就可以盯著五顏六色的火焰，然後開始恍惚地思考自己早上要做些什麼。然而，她有點沒辦法專心，因為她開始覺得火焰裡好像有一張臉。

「應該是一張削瘦的藍色臉孔，長得非常瘦長，上面有個瘦瘦的藍色鼻子。而頂端那些捲曲的綠色火焰一定是你的頭髮。要是等到霍爾回來，我都還沒走怎麼辦？我猜巫師應該有辦法解除魔咒吧。然後底部那些紫色的火焰就是嘴巴——你的牙齒長得還真兇狠。那兩撮綠色火焰應該就是眉毛了——」她喃喃自語。

說也奇怪，火裡總共只有兩團橘色火焰，正好就落在綠色火焰形成的眉毛下面，看起來就像眼睛一樣，而且兩團火焰中央都有一點紫色的閃光，在蘇菲眼裡看起來就像是瞳孔，正在盯著她看。她盯著那兩團橘色火焰繼續說：

「不過，要是魔咒解除，我大概還來不及逃跑，心臟就會被吃掉了。」

火焰說：你不希望心臟被吃掉嗎？

那句話一定是火焰說的。蘇菲聽到那句話時，還有看到那紫色的嘴巴在動。火焰的聲音跟她差不多沙啞，充斥著木頭燃燒的劈啪聲和哀鳴聲。

「當然不想。你是什麼東西啊？」蘇菲回答。

「我是火魔。」那張紫色的嘴回答。自稱「火魔」的生物說話時，聲音裡的哀鳴聲壓過了劈啪聲。他接著說。「我被契約困在這個壁爐裡，沒辦法離開這裡。」

接著它的聲音變得有精神又尖銳。它問蘇菲：
「那妳又是什麼東西啊？我看得出來妳中了魔咒。」
聽到這句話，蘇菲一下子變得清醒。
「你看得出來啊！那你有辦法解除魔咒嗎？」她驚呼。
火焰靜靜地搖曳並燃燒著，火魔的藍色臉孔搖曳不定，他用橘色眼睛上下打量著蘇菲。一段時間後，他說：
「這是很強的魔咒，感覺像是荒野女巫下的。」
「沒錯。」蘇菲說。
「不過看起來不只是那樣，我感覺到了兩層魔咒。妳沒辦法告訴別人這件事，除非對方已經知道了。」火魔又用破碎的聲音說。他又看著蘇菲好一段時間，接著說。「我要研究一下。」
「要研究多久？」蘇菲問。
「可能要好一陣子。」火魔的語氣逐漸變得溫和，像是在勸說一樣。「要不要跟我做個交易？如果妳能解除這道困住我的契約，我就幫妳解除魔咒。」

蘇菲警戒地看著火魔瘦長的藍色臉孔。他提議這件事時，明顯帶著狡猾的神情。蘇菲讀過的所有書都告訴她，和惡魔交易是一件很危險的事，而且這位火魔看起來無疑比一般的惡魔更加邪惡，看那長長的紫色牙齒！於是，她對火魔說：

「你保證你現在說的都是實話嗎？」

「不完全是。但妳想要到死為止都是這個樣子嗎？依我看來，那道魔咒把妳的壽命縮短了大概六十年。」火魔承認了一些謊言。

這點實在很讓人害怕。在這之前，蘇菲都一直努力不去想這一點。如果將這點也考慮進去，事情就不一樣了。

「你說的契約，是與名叫霍爾的巫師簽下的，對吧？」蘇菲說。

「當然了。」火魔說。他的聲音又開始帶著哀鳴聲。「我被困在這個壁爐裡，最多只能離開十二英寸的距離，還被迫負責這裡大部分的魔法工作。我要維護城堡的狀態、讓城堡移動，還得製造出各種特殊效果把人給嚇跑。霍爾如果有其他要求，我也得聽命行事。妳也知道的，霍爾這個人很惡毒。」

不用他說，蘇菲也知道霍爾很惡毒。不過話說回來，這位火魔大概也好不到哪裡去。她問：

「那你都沒有從這個契約得到任何好處嗎？」

「要是沒有的話，我就不會簽這個契約了。」火魔說。他有點難過地閃爍著，接著又說。「但要是我知道會是如此的話，是絕對不會簽的。我現在根本就是被剝削著。」

蘇菲雖然還是有警覺心，但也覺得十分同情火魔。她想到了在芬妮出外玩耍時，為芬妮拚命做著帽子的自己。

「好吧，那契約的內容是什麼？我要怎樣才能解除契約？」蘇菲問。

「妳同意要跟我交易了嗎？」有著藍色臉孔的火魔張開紫色的嘴，熱切地咧著嘴笑說。

「只要你同意幫我解除魔咒。」蘇菲回答。她感覺自己好像說了句攸關性命的話。

「成交！」火魔大喊。他瘦長的臉欣喜若狂地衝上煙囪。「只要妳幫我解除契約，我就會馬上幫妳解除魔咒！」

「那你告訴我要怎麼幫你解除契約。」蘇菲回。

那雙橘色眼睛閃爍著看著她，接著又移開視線。火魔終於開口：

「我不能告訴妳。契約裡有規定，我跟巫師霍爾都不能說出契約的主要內容。」

蘇菲發覺自己被耍了，她告訴火魔，如果是這樣的話，那他就在壁爐裡待到世界毀滅的那天吧。火魔察覺到她說的可是認真無比的真心話，於是帶著劈啪聲說：

「妳不要那麼急嘛！妳只要仔細觀察傾聽，一定可以找出契約內容。拜託妳嘗試看看！長遠來看，這個契約對我們兩個都沒有好處，而且我一向說到做到。我現在會被困在這裡，不就是我信守約定的證明嗎？」

火魔看起來很誠懇，還焦躁地在木柴上跳來跳去，蘇菲又開始覺得很同情他。她又對火魔提出異議：

「可是，要我仔細觀察傾聽，就得一直待在這座城堡裡才行。」

「只要一個月就好。我剛剛也說過，我也需要時間研究妳身上的魔咒。」火魔懇求她。

「可是我要用什麼藉口待在這裡？」蘇菲問。

「我們想一個就好了。霍爾在很多事情上都很無能，而且事實上……」火魔咬牙切齒，發出嘶嘶的聲音，然後說。「他太專心於自己的事了，所以通常都注意不到周遭的事物。只要妳同意留下，我們一定能騙過他。」

「好，我願意留下來。那現在來想藉口吧。」

蘇菲找了個舒服的姿勢坐在椅子上，等火魔想出藉口。火魔一邊思考，一邊將自己的想法說出來。他閃爍著，用他破破的聲音低聲呢喃，讓蘇菲想到了自己走到這裡的路上跟拐杖說話的樣子。他一邊高興又努力地大聲說出想法，一邊熊熊地燃燒著，而蘇菲又開始打瞌睡了。火魔好像提了幾個建議，她記得自己搖了搖頭，因為火魔提議假扮成霍爾久未聯絡的姑婆。另外還有幾個更誇張的點子也被她否決了，不過這些她都記不太清楚。最後，火魔閃著火苗，開始唱起一首輕柔的歌。歌詞不是蘇菲聽得懂的語言——起初，她以為不是，直到後來她好幾次清楚聽見了「燉鍋」這個詞——聲音聽起來非常催眠。蘇菲沉沉睡去，她有點懷疑自己被施了法，而且被蠱惑了，不過她並不特別擔心。反正她很快就能擺脫魔咒了——

第四章　發現怪事的蘇菲

蘇菲醒過來時，陽光正灑落在她的身上。

在她的印象中，城堡一扇窗戶也沒有，所以她一開始還以為自己是在裝飾帽子時睡著，然後做了個離家出走的夢。她面前的火已經減弱成帶著紅色的木炭和白白的灰燼，這讓她更加確信，遇見火魔的事只是在做夢而已。不過她一活動身體，就發覺有些事並不是夢。她全身的關節都嘎嘎作響。

「唉唷！我全身都好痛！」她大叫。她的聲音既微弱又沙啞，一邊用關節腫脹的雙手去摸自己的臉，感覺到了臉上的皺紋。這時她突然發覺，自己昨天一整天都處於震驚的狀態。荒野女巫對她做出這種事，讓她變得憤怒，整個人火冒三丈、怒氣沖沖。

「竟然這樣闖進店裡，然後把人變老！可惡！看我怎麼報復她！」她大喊。

她氣得跳起來，身上的關節發出一連串喀喀聲響，然後一個踉蹌來到了她沒想到會有的窗戶旁。那扇窗戶就在工作檯上方，蘇菲從窗戶往外看後嚇了一跳，窗外的景色看起來是座港口城鎮。她看見一條微微傾斜、沒有鋪過的道路，兩側排列著看起來有點簡陋的小房子，高高的船桅從房子後面突出。她看見船桅後面的海，那是她這輩子從沒看過的景象。蘇菲問工作檯上那顆骷髏頭：

「我到底在哪裡？」她突然想起自己是在一名巫師的城堡裡，於是急忙又對骷髏頭說了一句。「我可沒有期待你會回答喔。」

她轉身觀察起自己所處的房間。房間很小，天花板上有黑色的橫樑，看起來有些沉重。在日光的照耀下，房間顯得十分骯髒，地板的石磚上滿是汙漬，有點油膩的，壁爐的圍欄裡布滿了灰燼，樑木上還掛著黏滿灰塵的蜘蛛網。那顆頭顱上也蓋著一層灰塵，蘇菲心不在焉地擦掉那層灰，並看了一眼工作檯旁邊的水槽。水槽裡有粉紅色和灰色的黏液，還有白色黏液從上方的汲水器滴下來。霍爾顯然不在乎僕人住的環境有多髒。

房間的周圍有四扇低矮的黑門，看起來應該是通到城堡內部的其他部分。蘇菲打開了工作檯後面那面牆上、離她最近的那扇門。門後是一間大浴室，有點像是宮殿裡才會有的那種浴室，裡面有各種豪華的設施，像是抽水馬桶、淋浴間，還有四支腳上帶著裝飾的大浴缸，而且每面牆上都有鏡子。不過這間浴室比剛剛的房間還髒，蘇菲一看到馬桶就皺起眉頭，浴缸骯髒的顏色讓她退卻，長在淋浴間裡的綠草更是令她倒退三步，而且她不必特地移開視線，也不會看到鏡中自己滿臉皺紋的模樣，因為鏡子上黏滿了團狀和條狀的不知名物質。那不知名物質集中在浴缸上方的巨大架子上，被裝在各種罐子、盒子及管子，還有數百個破爛的褐色小紙盒和紙袋裡。最大的罐子上寫著它的名稱，歪斜的字體寫著「乾燥分」，蘇菲不太確定最後一個字的左邊是不是該加上一個「米」字旁。她隨意撿起一盒小紙盒，上面用潦草的字體寫著「皮膚」，蘇菲看到便急忙地放回原位。另一個罐子上用同樣的字體寫著「眼睛」，而有根管子上則寫著「腐敗用」。

「這看起來可以用。」蘇菲顫抖著看向洗手臺，喃喃地說。

她轉動可能是銅製的藍綠色的水龍頭，水便流了出來，沖走了一些髒東西。蘇菲非常小心地不去碰到洗手臺，並用水洗了手和臉，但她不敢用那個「乾燥分」，只用裙子將水擦掉，接著便走向下一扇黑門。

那扇黑門通往一段不太堅固的木頭階梯。蘇菲聽到階梯上有人在移動的聲音，便匆忙地將門關起來。這座階梯似乎只是通往閣樓之類的空間。蘇菲搖搖晃晃地走向下一扇門，這時的她行動自如。正如她前一天所發現的，她是個身體硬朗的老人。

第三扇門之後是一處窄小後院，周圍有高高的磚牆。後院裡有一大堆木柴，還有幾堆擺得亂七八糟的東西，看起來像是廢鐵、輪子、水桶、金屬薄板及鐵絲，疊得幾乎和磚牆差不多高。蘇菲將這扇門也關起來，心裡覺得有些困惑，因為這個後院跟城堡完全搭不起來。磚牆的上面看不見城堡，只能看見天空。蘇菲唯一能想到的解釋，就是這個空間是位於城堡的邊緣，也就是前一天晚上擋住她的城牆附近。

她打開第四扇門，結果那扇門之後只是一處掃具間。房間裡的掃帚上掛著兩件布滿灰塵的高級絲絨斗篷。蘇菲慢慢地將門關起來。房間裡的最後一扇門就在那面有窗戶的牆上，那也是她昨晚進來時打開的門。她蹣跚地走過去，然後小心地打開那扇門。

她在那裡站了好一段時間，看著外面緩緩移動的山坡，盯著山坡上的石南擦過門下，感受著風吹過她稀疏的頭髮，聽著城堡移動時大塊黑石磚相互摩擦的隆隆聲。接著她關起門，走向窗戶。窗外又出現了港口城鎮的景象，而且絕對不是畫出來的。對面有個婦人打開房子的門，將屋裡的灰塵往街道上掃。在那座房子的後面，有張灰色船帆正被快速地拉上船桅，驚擾了周圍的海鷗，那群海鷗繞圈飛行著，而底下的海面波光粼粼。

「我真是搞不懂。」蘇菲對著那顆骷髏頭說。接著，因為火焰漸漸微弱到快消失了，她過去加了幾塊木柴，並用耙子掃掉一些灰燼。

捲曲的綠色小火從木柴間爬出來，然後向上竄成一張有著綠色頭髮的瘦長藍臉。

「早安，別忘了我們的交易喔。」火魔說。

所以說，這一切都不是夢。蘇菲並不常哭，但她還是在椅子上坐了許久，盯著火魔模糊而飄忽不定的模樣，連麥可起床的聲音也沒注意到，直到她發現麥可就站在她旁邊。他看起來一臉尷尬，還有點厭煩。

「妳還在啊。有什麼問題嗎？」麥可說。

「我老了……」蘇菲抽著鼻子說。

她正想說自己中了魔咒，但就像荒野女巫所說的，還有火魔猜的一樣，她說不出來。

「這個嘛，我們每個人都會變老。妳要吃早餐嗎？」麥可開心地說。

蘇菲發現自己的確是個硬朗的老人。她前一天只在中午時吃了麵包和乳酪，所以現在飢腸轆轆。她說出「要」之後，麥可走向壁櫥時，她從椅子上跳起來，從他的肩膀上方偷窺，想看看有什麼可以吃。麥可態度拘謹地開口：

「這裡恐怕只有麵包和乳酪了。」

「可是那裡有一整籃雞蛋！還有，那不是培根嗎？那喝點熱的怎麼樣？煮水壺在哪裡？」蘇菲回答。

「這裡沒有煮水壺。而且只有霍爾能煮東西。」麥可說。

「我也能煮東西。你把那個煎鍋拿下來，我煮給你看。」蘇菲說。

即使麥可極力阻止她，她還是伸手去拿掛在壁櫥那面牆上的黑色大鍋子。

「妳不懂。問題是卡西法，就是那個火魔。除了霍爾之外，他是不會為任何人低頭，讓人在他頭上煮東西的。」麥可說。

「我拒絕被剝削。」蘇菲轉身看向火魔時，火魔頑皮地閃爍著說。

「你是說，要是霍爾不在，你就連一杯熱飲都無法喝了嗎？」聽到蘇菲這麼問，麥可有點尷尬地點點頭。蘇菲接著說。「那你才是被剝削的那個人！」

她從麥可抗拒的手中搶過煎鍋，將培根丟進鍋裡，很快地放了一支木湯匙到蛋籃裡，然後拿著整堆東西到火爐邊。她說：

「好了，卡西法，不要再胡鬧了，快點低頭。」

「妳不能強迫我！」火魔嘶吼道。

蘇菲反而吼回去——喔！我當然可以！她兇狠的樣子跟以前阻止兩個妹妹打架時一模一樣。

「你要是不聽話，我就往你身上倒水，或是用火鉗把你的木柴都夾走。」蘇菲一邊說，一邊拖著嘎嘎作響的關節跪到壁爐邊，接著悄聲說道。「還是我收回我們的交易，或是我告訴霍爾這件事？我——可以這麼做吧？」

「喔，真該死！麥可，你幹嘛讓她進來啊？」卡西法咒罵道。他不情願地彎下他的藍臉，在木柴上縮成一圈捲曲的綠色火焰。

「謝謝。」蘇菲說。她很快地將重重的煎鍋甩到那圈火上，以免卡西法又突然爬起來。

「真希望妳的培根燒焦。」卡西法在煎鍋下面用悶住的聲音說。

蘇菲將幾條培根丟進煎鍋。鍋子變得很燙，培根在鍋裡滋滋作響，她必須用裙子包住手，才有辦法握住鍋子的把手。這時候門打開了，但是培根的滋滋聲實在太大了，所以蘇菲沒注意到。她對卡西法說：

「你別傻了。還有，你不要亂動，我要來打蛋了。」

「喔，霍爾，早安啊。」麥可在旁邊無奈地說。

聽到這句話，蘇菲急忙轉過身來。她驚訝地盯著眼前的人。一個穿著藍色和銀色鮮豔套裝的高大年輕人剛走進來，正要將吉他靠到牆角上。他撥開遮住眼睛的金髮，用一雙充滿好奇、玻璃般綠色的眼睛看著她。他的臉部瘦長，有著稜角分明的臉型線條，表情看起來十分困惑。

「妳是誰啊？我們有見過嗎？」霍爾問。

「我們從沒見過。」蘇菲用堅定的語氣撒謊說。畢竟他們只短暫見過一面，霍爾只來得及叫她一聲「小灰鼠」，所以這樣說也不算是不符合事實。蘇菲心想，她那次能幸運逃脫，真該慶幸自己運氣好。不過她內心所想的其實是：**天啊！巫師霍爾只不過是個二十幾歲的年輕人，卻這麼邪惡！**

她一邊將鍋裡的培根翻面，一邊思考，因為年紀大了，處事也隨之變得異於往常。她寧願尋死，也不想讓眼前這個穿著浮誇的少年知道，在五朔節那天，自己就是那位讓他憐憫的女孩。這無關心臟和靈魂那類的事，她就是不想讓他知道。

「她說她叫蘇菲，是昨天晚上來的。」麥可說。

「她是怎麼讓卡西法彎下身子的？」霍爾說。

「她威脅我！」卡西法在滋滋作響的煎鍋下，用被悶住的聲音可憐兮兮地說。

「能辦到這件事的人可不多。」霍爾一邊思考，一邊說著，將吉他靠到牆角，然後走到壁爐邊。他將蘇菲推到一邊時，身上的風信子香和培根的味道混在一起。

「卡西法不喜歡我以外的人在他身上煮東西。」

他跪下來，用長長的袖子包住自己的一隻手，然後握住煎鍋，又說：

「麻煩再幫我拿兩條培根和六顆蛋，接下來，告訴我妳來這幹嘛。」

「年輕人，你問我為什麼要來嗎？」蘇菲看完城堡的狀態之後，理由就變得很明朗了。她看著霍爾耳朵上的藍色耳環，將蛋一顆一顆拿給他。「當然是因為我是新來的清潔工了。」

「真的嗎？」霍爾用單手打蛋，並將蛋殼丟進木柴之間，然後卡西法一邊低吼，一邊狼吞虎嚥地吃掉蛋殼。霍爾接著又說。「誰說的？」

「我。」蘇菲說。她還故作高尚地加上一句。「年輕人，我就算洗不淨你身上的邪惡，也絕對可以把這個地方清乾淨。」

「霍爾才不邪惡。」麥可說。

「我當然很邪惡。麥可，你都忘記我現在有多邪惡了。」他對著蘇菲抬了抬下巴，然後反駁了麥可。「如果妳這麼想要幫上忙的話，那就拿些刀叉來，然後把工作檯上的東西清掉。」

工作檯底下擺著幾張高腳凳，麥可將凳子拿出來坐，並將檯面上的東西都擺到旁邊，騰出空間來放從抽屜裡拿出來的刀叉，而蘇菲也過去幫忙。當然，她並不期望霍爾會歡迎她，但到目前為止，他都還沒答應要讓她留到早餐後。麥可看起來不需要幫忙，於是蘇菲拖著腳走向她的拐杖，然後慢慢地將枴杖放進掃具間裡，像是刻意想讓人看到似的。然而，霍爾好像還是沒注意到她，於是蘇菲開口：

「如果你想要的話，你也可以給我一個月的試用期。」

但是霍爾只說了一句話：麥可，拿盤子來。然後拿著冒煙的煎鍋站起來。卡西法跳起來並像是解脫般地大吼，然後向上高高衝進煙囪裡。

蘇菲還是希望霍爾能給她明確的回應，於是她再次嘗試：

「如果我接下來的這個月要打掃這裡，就得知道城堡還有哪些空間。我現在只找到這個房間和浴室。」

麥可和霍爾聽了都大笑起來，讓蘇菲很驚訝。

直到快吃完早餐之時，蘇菲才知道他們笑的原因。霍爾不但不太給人明確的回應，好像也討厭回答問題。蘇菲放棄從他口中聽到答案，轉而向麥可詢問。

「你告訴她吧，這樣她才不會一直煩人。」霍爾說。

「城堡除了妳看到的部分，還有樓上的兩間房間外，就沒有其他空間了。」麥可說。

「什麼？」蘇菲大喊。

霍爾和麥可又開始大笑起來。麥可跟她解釋：

「霍爾和卡西法發明了這座城堡，由卡西法來維持城堡的運作。城堡的內部其實就是霍爾在庇護港的老房子，這是城堡唯一真實之處。」

「可是庇護港是在離這裡好幾英里遠的海邊啊！你們這樣真是太過分了！為什麼要讓這座又大又醜的城堡在山坡上四處移動，把馬克契平的居民們嚇個半死？」蘇菲說。

「妳這老太婆說話還真直！我當巫師到現在這個階段，必須讓大家感受到我的力量和邪惡才行。我不能讓國王對我有好印象。而且我去年得罪了一個有權有勢的人，所以必須要避開他們。」霍爾聳聳肩說。

用這種方式來避開別人有點奇怪，但蘇菲猜巫師跟一般人有不一樣的標準。她很快就發現，這座城堡還有其他古怪的地方。他們吃完飯後，麥可將盤子堆到工作檯旁滿是黏液的水槽，這時門口傳來巨響又低沉的敲門聲。卡西法熊熊燃燒起來：

「金貝利的門！」

原本正要走去浴室的霍爾走向門口。門的上方有一個方形的木製把手，就鑲在門上方的橫木裡，四邊都各用油漆點了一點。原本是綠色的點位於底部，但霍爾在開門前轉了手把，換成紅色的點在下面。

門外站著一位看起來很重要的人，他戴著硬挺的白色假髮，假髮上又戴了一頂寬帽子。他穿著鮮紅色、紫色和金色交雜的衣服，手上拿著一枝小權杖，權杖上有緞帶裝飾，看起來像小小的五朔節花柱。那個人鞠躬敬禮，身上的丁香和橙花香味飄進房裡。那個人開口說：

「國王陛下要我向您問好，並請我送來兩千雙七里格靴的訂單尾款。」

蘇菲看到他身後有一輛大馬車在等他，街道兩側排滿了奢華的房屋，屋外還有上了漆的雕刻裝飾，更遠處還有幾座高塔、尖頂和穹頂，景象壯麗得完全超乎她過去的想像。那個人交給霍爾一只叮噹作響的絲質長錢包，而霍爾接過錢包後也向他鞠躬，然後關上門。整個過程發生得實在太快，讓蘇菲覺得有點可惜。霍爾又轉了轉方形把手，讓綠色圓點回到下面，並將長錢包塞進口袋裡。蘇菲看到麥可用著急又擔心的眼神盯著那個錢包。

霍爾沒說什麼就直接走向浴室，並大聲叫道：

「卡西法，我需要熱水——」

接著有好一段時間都不見他的人影。蘇菲按捺不住好奇心，於是開口問麥可：

「剛剛門口那個人是誰？還有，那又是什麼地方啊？」

「剛剛那扇門是通往金貝利，也就是國王的居所。那個人應該是大臣的屬下。還有……」麥可看著卡西法，憂心忡忡地加上一句。「我真希望他沒給霍爾那麼多錢。」

「霍爾會讓我留在這裡嗎？」蘇菲問他。

「就算他會，他也不會明確說出口的。他不喜歡給出任何明確的答案。」麥可回答她。

第五章　沒完沒了的大掃除

蘇菲決定，她現在唯一的目標，就是要表現給霍爾看，讓他知道她是位多麼優秀、不可多得的清潔工。她用一塊破布綁起自己稀疏的白髮，並捲起袖子，露出年老而消瘦的手臂，然後從掃具間拿了塊舊桌巾綁在腰間當作圍裙。還好只有四間房間要掃，不用打掃一整座城堡。她拿起水桶和掃帚，並開始工作。

「妳在做什麼？」麥可和卡西法異口同聲地驚呼。

「打掃啊。這個地方實在是髒得不像話。」蘇菲理直氣壯地回答。

「這裡不需要打掃。」卡西法說。

「霍爾會把妳趕出去的！」麥可則是咕噥著說。

不過蘇菲並不理會他們。灰塵像雲朵一樣飄在空中。

正當蘇菲在打掃時，門口又傳來一陣敲門聲。卡西法熊熊燃燒起來，大喊：

「庇護港的門！」

接著他打了個大噴嚏，發出像是在煎東西的滋滋聲，紫色火花穿過周圍的灰塵飛出來。麥可離開工作檯去開門。蘇菲隔著被她弄得滿天飛舞的灰塵看過去，她看到麥可轉動門上的方形手把，將藍色的圓點轉到下面。麥可打開門，門外的景象和蘇菲從窗戶往外看到的一樣。

門口站著一個小女孩，她說：

「費雪先生，我是來幫我媽媽拿魔咒的。」

「要用在妳爸爸船上的安全咒對吧？很快就好。」麥可回到工作檯，從架子上拿了一罐粉末，量好並分量後倒到一塊方形的紙上。

麥可工作時，那個小女孩好奇地看著屋裡的蘇菲，蘇菲也一樣好奇地看著她。

麥可用紙將粉末包起來，並扭轉了幾下固定住之後，然後走回門口，對小女孩說：
「妳跟媽媽說，把這個撒在船的周圍，這樣就算遭遇了暴風雨，船也能夠安全來回一趟。」
「巫師先生還雇了一名女巫來幫忙嗎？」小女孩接過那包粉末，並給麥可一枚硬幣後問。
「沒有。」麥可說。
「妳在說我？喔，沒錯，小朋友。我可是因格利王國最厲害、最有潔癖的女巫。」蘇菲大喊。
麥可將門關起來，看起來很惱怒地說：
「這下子要傳遍整個庇護港了，霍爾可能會不高興。」
他再次轉動把手，讓綠色圓點回到下面。
蘇菲暗自偷笑，一點也沒有悔意。她可能是被手上的那支掃帚影響了，但要是大家都以為她在為霍爾工作，也許就可以說服霍爾讓她留下來了。她覺得奇特的是，她還是位少女的時候，如果做出這樣的行動，大概會尷尬到整個人縮起來；但現在身為一位老太太，她就不擔心別人怎麼看待自己的言行，這讓她覺得十分輕鬆自在。

麥可抬起壁爐邊的一塊石頭，並將小女孩給的那枚硬幣藏到石頭下。蘇菲走過去，好管閒事地說：

「你在做什麼？」

「我跟卡西法都會另外存一些錢，不然霍爾會把我們賺來的錢都花光的。」麥可有點不好意思地說。

「軟弱又揮霍無度的傢伙！國王給的錢他一下子就花掉了，比我燒柴的速度還快，一點也不明智。」卡西法帶著劈啪聲說。

蘇菲從水槽取水灑在空中，讓灰塵降到地上，卡西法嚇得往後靠著煙囪。接著蘇菲又重新掃了一次地。她掃地時刻意往門口移動，想仔細看看門上的那個方形把手。把手的第四邊有一點黑色的油漆，她還沒看過霍爾他們用過這一邊。她一邊好奇那會通到哪裡，一邊迅速地掃掉樑上的蜘蛛網。麥可發出哀號聲，而卡西法又打了一個噴嚏。

這時候，霍爾帶著一陣氤氳的香氣走出浴室。他看起來非常整潔清爽，連衣服上的銀飾和刺繡都感覺變亮了。他看了蘇菲一眼，並用藍色和銀色的袖子遮住頭部，退回浴室裡。

「別再弄了！放那些可憐的蜘蛛一馬吧！」霍爾說。

「這些蜘蛛網太不像話了！」蘇菲一邊將蜘蛛網一捆一捆拿下來，一邊說。

「那把蜘蛛網清掉就好，不要動那些蜘蛛。」霍爾說。

「牠們只會製造出更多蜘蛛網。」蘇菲說完，心想他大概是因為某個邪惡的原因而喜歡蜘蛛吧。

「牠們還會殺蒼蠅，非常有用。我要穿越房間，麻煩妳先不要揮動掃帚。」霍爾說。

蘇菲將身體靠在掃帚上，看著霍爾穿越房間並拿起吉他。他將手放到門栓上時，蘇菲問他：

「既然紅色的點是通到金貝利，藍色是通到庇護港，那黑色是通到哪裡？」

「妳這老太太還真雞婆！那是通到我私人的藏身處，我不會告訴妳那是哪裡的。」霍爾說完，他打開門時，門外展現出正在捲動的廣闊高沼地和山丘的景象。

「霍爾，你什麼時候會回來？」麥可有點絕望地說。

霍爾假裝沒聽到麥可說的話，反而對蘇菲說：

「我不在的時候，一隻蜘蛛也不准殺。」

說完，他用力關上門。麥可別有深意地看著卡西法並嘆氣，卡西法惡毒地咯咯大笑。沒人說明霍爾去了哪裡，蘇菲就當作他是又出去抓年輕女孩了，她比之前更有熱忱地繼續工作。霍爾警告她之後，她就不敢再傷害任何一隻蜘蛛了。於是她用掃帚敲著樑木並大吼：

「給我出來，蜘蛛！給我走開！」

蜘蛛被她嚇得四處逃竄，蜘蛛網也都掉下來。在這之後，她當然還得再掃一次地。接下來，她跪在地上擦洗地板。

「我希望妳不要再打掃了！」麥可坐在不會擋到她的階梯上說。

「我真希望沒跟妳談成交易——」卡西法躲在爐架後面咕噥說。

「等到這裡變得整齊乾淨，你們就會變開心了。」蘇菲繼續努力地一邊擦地板，一邊說。

「可是我現在覺得很痛苦！」麥可反駁她說。

霍爾到了深夜才回來。這時候蘇菲已經因為清潔地板而耗盡體力，沒有力氣動了。她全身痠痛，彎腰駝背坐在椅子上。麥可抓住霍爾衣袖的其中一邊，將他拉進浴室。蘇菲聽見麥可在浴室裡激動地大肆抱怨。雖然卡西法在外面大吼著：

「霍爾，快阻止她！她要弄死我們兩個了！」

蘇菲依然清楚聽到麥可說了「糟糕的老太婆」、「一個字也聽不進去！」這類的話。不過麥可放開霍爾之後，霍爾只問蘇菲：

「妳有殺蜘蛛嗎？」

「當然沒有！」蘇菲生氣地說。身體痠痛讓她變得脾氣暴躁。「牠們一看到我就嚇得逃命。這些蜘蛛是什麼啊？是被你吃掉心臟的女孩子嗎？」

「不是，只是一般的蜘蛛而已。」霍爾聽了之後大笑說。說完，他就神情恍惚地上樓了。

麥可嘆了一口氣，然後去掃具間找出一張舊折疊床、一張稻草做的床墊和幾件毛毯，並放到樓梯下面的空間。他對蘇菲說：

「妳今晚就睡這裡吧。」

「這表示霍爾要讓我留下來了嗎?」蘇菲問道。

「我不知道啦!霍爾從來不會承諾任何事,我可在城堡住了六個月,他才發現我住在這裡,然後收我當學徒。我只是認為——睡床應該會比睡在椅子上好。」麥可不耐煩地說。

「那就謝謝你了。」蘇菲感激地說。而那張床的確比椅子舒服,而且進入夜晚後,卡西法抱怨肚子餓時,她也較方便起身幫他添木柴。

在接下來的幾天裡,蘇菲努力不懈地清掃城堡。她很樂在其中。她一邊告訴自己她是在找線索,一邊擦洗窗戶、清理黏答答的水槽,還叫麥可清空工作檯和架子,好讓她能擦拭那些地方。她也將櫃子裡和樑木上的東西都清空,並將那些地方也清乾淨。她想像那個骷髏頭也變得像麥可一樣,一副吃了很多苦的樣子,因為它實在是被拿來拿去太多次了。她將一件舊床單釘在離壁爐最近的樑上,並強迫卡西法低頭,好讓她清理煙囪。卡西法很不喜歡這樣。蘇菲清完煙囪之後,發現房間裡到處都是煤灰,害她又要清理一次時,卡西法就在一旁惡毒地大笑。這件事是蘇菲的問題，她雖然努力不懈，但卻抓不到訣竅。不過，其實努力不懈也是她的訣竅。她已經想過了，只要她打掃得夠徹底，早晚一定能找到被霍爾藏起來的少女靈魂、被啃過的心臟，或是卡西法的契約之謎。她覺得煙囪裡的空間被卡西法守著，應該是個適合藏東西的地方，但那裡只有一大堆煤灰而已。蘇菲將煤灰裝袋後放在院子裡，院子在她心目中也是個非常適合藏東西的地點。

每次霍爾出現，麥可和卡西法都會對他大聲抱怨蘇菲，但霍爾好像沒在聽。他似乎也沒注意到房間變乾淨了，也沒發現食物櫃裡放滿了蛋糕和果醬，有時還有萵苣。

跟麥可的預言一樣，傳聞很快就在庇護港傳開了。很多人找上門來看蘇菲，庇護港的人叫她「女巫太太」，金貝利的人則叫她「巫師女士」。事情也傳到了首都。雖然從金貝利來的人總是穿得比庇護港的人體面，但不論是從哪裡來的人，都覺得要找個藉口，才能見到這麼重要的人。所以蘇菲在工作時常常必須停下來，對來訪的人點頭微笑，並收下禮物，或是請麥可趕快幫人做一個魔咒。

有些禮物很好——有圖畫、貝殼串、實用的圍裙。蘇菲每天都使用著那件圍裙，還將貝殼串和圖畫掛在她位於樓梯下的小空間，那裡很快就開始有家的感覺了。

蘇菲清楚，等到霍爾將她趕出去之後，她一定會很想念這一切。她越來越害怕霍爾會趕她出去，她知道霍爾也不能永遠對她視而不見。

接下來，蘇菲開始打掃浴室。這件事花了她好幾天的時間，因為霍爾每天出門之前，都會在浴室裡待很久。霍爾一出門，蘇菲就立刻跑進蒸氣瀰漫、充滿香氛咒的浴室。她對著浴缸喃喃地說：

「來找找跟契約內容有關的東西吧！」

不過，她主要的目標當然是那擺滿了小紙盒、罐子及管子的置物架。她以要擦洗置物架為藉口，將上面的每樣物品都拿下來，然後大部分的時間都在仔細地觀察，想看看那些貼著「皮膚」、「眼睛」和「頭髮」的容器，其實是不是少女的身體部位。在她看來，裡面裝的似乎只是乳液、粉末和化妝品。如果這些原本都是活生生的少女，那她覺得霍爾一定是用了那根寫著「腐敗用」的管子，讓她們在洗手臺裡腐爛到讓人認不出來。不過她還是希望，這些都只是化妝品而已。

她將東西放回架上，然後繼續刷洗浴室。那天晚上她渾身痠痛，她坐在椅子上休息時，卡西法開始抱怨，說他已經為她抽乾一座溫泉了。

「溫泉在哪？」蘇菲問。因為她這陣子對每件事都很好奇。

「大部分是在庇護港的沼澤地。不過如果妳一直這樣下去，我就得從荒野取水來了。妳什麼時候才要停止打掃，找出幫我解除契約的方法？」卡西法問道。

「很快就會。要是霍爾老是不在家，我要怎麼找出契約內容？他本來就這麼常待在外面嗎？」蘇菲回問。

「他在追女生的時候才會這樣。」卡西法答。

蘇菲將浴室刷得又亮又乾淨之後，就去擦樓梯和二樓的走道。接著她走到城堡前半部麥可的小房間。麥可這時候已經像看待自然災害一樣，很無奈地接受了蘇菲的存在。蘇菲走進房間時，麥可不滿地大喊，並衝上樓搶救他最寶貴的財產。那些東西放在一盒舊盒子裡，被收在麥可被蟲蛀過的小床下。正當他衝過去保護那個盒子時，蘇菲瞥見盒子裡有藍色絲帶、糖製玫瑰，下面還有看起來像信的物體。

「原來麥可有女朋友！」蘇菲自言自語著——她將窗戶打開——這扇窗戶外面也是庇護港的街道。然後，她將麥可的寢具搬到窗臺上通風。蘇菲很驚訝自己沒去問麥可他女朋友是誰，還有他是怎麼不讓女朋友被霍爾盯上的，畢竟她最近變得很愛管閒事。

她從麥可的房間掃出的灰塵和垃圾非常多，卡西法嘗試燒掉那些垃圾時，還差點被悶死。

「我真的會被妳害慘！妳跟霍爾一樣沒良心！」卡西法呼吸困難地說。而他只有綠色頭髮和一小塊藍色額頭露在外面。

麥可將他寶貴的盒子放進工作檯的抽屜，並將抽屜鎖起來：

「真希望霍爾可以聽聽我們的意見！這次應付這個女生為什麼需要那麼久？」

隔天，蘇菲原本想從後院開始打掃，但是庇護港偏偏在下雨。雨點拍打著窗戶，也滴進煙囪，讓卡西法一直惱怒地發出嘶嘶聲。後院也是庇護港那棟房子的一部分，所以蘇菲打開後院的門時，那裡也正下著大雨。她用圍裙遮住頭，翻找院子裡的東西，最後在整個人濕透前，找到了一桶白色油漆和一把大油漆刷。她將東西拿進屋裡，並開始油漆牆壁。還從掃具間裡找到了一把舊摺疊梯，於是她將樑木之間的天花板也粉刷了。接下來的兩天，霍爾將把手轉到綠色點朝下並開門，走到山坡上時，天氣都很晴朗，好幾片雲影在石南之上互相追趕，速度比移動城堡還快，但庇護港卻總是下著雨。蘇菲則將她的小空間、樓梯、二樓走道及麥可的房間，都漆上了白色油漆。

第三天，霍爾進門時問道：

「這裡發生了什麼事？感覺好像變亮了。」

「是蘇菲。」麥可用絕望的聲音回答。

「我早就要猜到了。」霍爾一邊說，一邊走進浴室。

他發現了！那個女生一定是讓步了！麥可低聲對卡西法說。

隔天，庇護港還是一樣下著小雨。蘇菲戴上頭巾，將袖子往上捲，並圍上圍裙。她將掃帚、水桶和肥皂拿在手上，然後等到霍爾一出門，她就像老去的復仇天使，出發去打掃霍爾的房間。

她將霍爾的房間留到最後打掃，是因為她怕自己會在那裡找到可怕的東西。過往幾天，她連偷看房間內部也不敢，而她搖搖晃晃走上階梯時心想，這種想法真是太蠢了。現在她很確定，卡西法負責城堡裡所有強大的魔法，麥可負責工作賺錢，霍爾則是整天在外遊蕩捕抓少女，並且剝削卡西法和麥可，就像芬妮剝削自己那樣。蘇菲一直都不覺得霍爾可怕，現在對他更是只有鄙視之情。

蘇菲走到二樓的走道時，看到霍爾站在房間門口。他用一隻手慵懶地撐在門上，完全擋住了蘇菲的路。

「這裡不行。我想要我的房間維持骯髒的狀態，謝謝。」他和善有禮地說。

「你是從哪裡過來的？我明明看到你出門了。」蘇菲驚訝得目瞪口呆。

「我故意演給妳看的。妳已經把卡西法和可憐的麥可欺負得夠慘了，我用常理推測，妳今天一定會找上我。還有，不管卡西法跟妳說什麼，我還是個巫師，難道妳不覺得我會魔法嗎？」霍爾說。

蘇菲所有的假設都被這段話推翻了，不過她死也不願意承認。她疾言厲色地說：

「年輕人，大家都知道你是巫師，但你的城堡是我見過最髒的地方，這點並不會因此而有所改變。」

蘇菲的眼神越過霍爾垂墜的藍色和銀色袖子，往房間裡看。房間的地毯上堆滿垃圾，看起來就像鳥巢。她還看到了幾面油漆剝落的牆，以及擺滿書的書架，其中有幾本書看起來很奇怪。如此看來，這裡並沒有成堆被啃過的心臟，不過那也可能是被藏在大四柱床的後面或下面。那張床的帷帳因為積了灰塵而呈灰白色，讓蘇菲沒辦法看到窗外的景色。

「不行，妳少管閒事。」霍爾在她的臉前面甩甩袖子說著。

「才不是！是那間房間……」蘇菲回嘴。

「有，妳就是愛管閒事。妳就是個超愛管閒事、愛命令人，又有恐怖潔癖的老太婆。控制一下妳自己吧，妳讓我們都很困擾。」霍爾說。

「但這裡跟豬圈沒兩樣，我沒辦法不管！」蘇菲說。

「妳可以不管啊。我就是喜歡我房間現在的樣子。妳必須承認，我也有住在豬圈裡的權利。妳下樓去找點別的事做吧。拜託了，我不喜歡跟人吵架。」霍爾說。

蘇菲無計可施，只好提著噹啷作響的水桶，蹣跚地走下樓。她有點嚇到了，也很驚訝霍爾沒有當場將她趕出城堡。但他既然沒有趕她走，她就開始思考接下來要做的事。她打開樓梯旁邊的門，發現外面的毛毛雨已經快停了，於是就衝進院子，然後開始充滿幹勁地整理還在滴水的垃圾堆。

她聽見一聲「噹啷」的金屬互撞聲，接著霍爾又出現了。他站在蘇菲正要搬動的一大塊鏽鐵板中央，重心有點不穩。霍爾開口：

「這裡也不行。妳還真是煩人！放過這個院子吧，我知道東西都擺在哪裡，妳要是整理過了，我要用傳送咒時就會找不到需要的東西。」

蘇菲心想，所以這裡很可能藏著一捆靈魂，或是一盒被咬過的心臟。她覺得很挫折，於是對著霍爾大吼：

「可是我就是來這裡打掃的！」

「那妳得為生活找個新目標了。」霍爾說。一瞬間，他似乎要暴怒了。他用他古怪的淺色眼睛瞪著蘇菲，但他還是控制住脾氣。「妳快點進屋吧，妳這好動無比的老人。在我生氣之前，請妳找些別的事做。我很討厭生氣。」

「你當然很討厭生氣！你就是不喜歡所有讓你不開心的事，對吧？你就是個愛逃避的傢伙，只要遇到不喜歡的事，就馬上逃得遠遠的！」蘇菲將她細瘦的手臂在胸前交叉，她不喜歡被那雙玻璃珠般的眼睛瞪著，所以回嘴。

「很好，那我們現在都知道彼此的弱點了。現在快點進屋吧，快點進去。」霍爾勉強擠出笑容說。他逼近蘇菲，揮手要她進門。他揮著的那隻手袖子勾到了生鏽的鐵板，結果被扯破了。

「真該死！」他罵完後舉起藍色和銀色的袖子說。「妳看妳幹了什麼好事！」

「我可以幫你補好。」蘇菲回道。

「妳又來了，妳怎麼這麼愛被奴役？」霍爾又面無表情地看著她，他抓起破掉的袖子，一派輕鬆地夾在右手雙指間，然後拉過去。藍色和銀色的布料一離開他的手指，就變得完好如初。「妳看，這樣了解了嗎？」

蘇菲搖搖晃晃地走回屋裡，感覺自己被教訓了一頓。巫師顯然不必用一般的方法做事，而霍爾已經展現給她看，他真的是個巫師。

「他為什麼沒有把我趕出去呢？」蘇菲問。這句話她一半是在問自己，一半是在問麥可。

「我也不知道，不過我覺得他把卡西法當依據。大部分的人來到這裡，要不是沒發現卡西法，就是被他嚇得動彈不得。」麥可說。

第六章　沾滿綠色黏液的霍爾

霍爾那天沒有出門，接下來幾天也是如此。蘇菲並沒有去打擾他，只是靜靜坐在爐邊的椅子上沉思。她發覺，雖然是霍爾活該，但她的確一直將對荒野女巫的憤怒發洩在城堡中。她對自己是靠說謊才能留在這裡也有點不滿。霍爾可能以為卡西法很喜歡她，但她心知肚明，卡西法只是想跟她交易而已。她覺得自己好像讓卡西法失望了。

這種情緒並沒有持續很久。蘇菲發現麥可有一堆衣服需要縫補，於是她從針線包裡拿出頂針、剪刀和縫線，並開始縫補。那天晚上，她甚至開心到跟卡西法一起唱那首關於燉鍋的歌。

「在這工作開心嗎？」霍爾用諷刺的語氣說。

「我還需要更多工作。」蘇菲回答。

「如果妳一定要找事做的話，我的舊套裝也需要縫補。」霍爾說。

從這句話看來，霍爾好像已經消氣了。蘇菲鬆了一口氣，因為她那天早上倒是真的嚇到了。

霍爾顯然還沒抓到他看上的那個女孩。蘇菲聽到麥可明確地問霍爾關於那女孩的事，但霍爾都巧妙地避開了，沒有回答任何問題。

「他果然是個愛逃避的傢伙，連自己的邪惡都無法面對。」蘇菲對著麥可的一雙襪子喃喃自語。她看著霍爾成天焦躁地忙進忙出，試圖掩飾不滿的情緒，她實在太了解這種心情了。

霍爾在工作檯工作得比麥可更快、更認真，他製作魔咒的方式既專業又草率。從麥可的表情可以看出，那些魔咒大多都很少見，也很難製作，但霍爾做到一半，就會衝進他的房間，去照料某個藏起來的東西——那一定是個邪惡的東西——接著跑到院子裡，在那裡修補某個大型的魔咒。蘇菲透過門縫偷看，結果看到優雅的巫師跪在泥巴裡，這讓她很驚訝。他將兩條長長的袖子綁在脖子後面，以免袖子妨礙到他的工作——他正小心地將一堆油膩的金屬組裝成某種特別的框架。

那道魔咒是為國王做的。又來了一位穿著過度正式，身上噴了香水的傳訊者，他帶來一封信，還說了一段長篇大論。他對霍爾說，雖然霍爾身上其他的事也很重要，但是能不能撥冗出一點時間，利用他強大又聰明的腦袋，來解決國王陛下遇到的一個小問題——也就是，要怎麼做，軍隊的馬車才能在沼澤地和崎嶇的路面上行駛呢？霍爾給了他一個很有禮貌的冗長回答。雖然霍爾拒絕了，但那位傳訊者又繼續講了半個小時，最後他們互相行禮，而霍爾也答應幫忙做那魔咒。

傳訊者離開後，霍爾對麥可說：

「我有種不好的預感——沙利曼為什麼會在荒野失蹤啊？國王現在似乎認為可以找我代替他。」

「但大家都說他沒有你那麼有創造力。」麥可說。

「我就是太有耐心，又太客氣了。我應該跟他超收更多錢的。」霍爾喪氣地說。

霍爾對從庇護港來的客人也一樣有耐心又客氣，但麥可憂心忡忡地說，問題是霍爾跟他們收的錢太少了。他會這麼說，是因為霍爾花了一個小時，傾聽一位水手的太太解釋她為什麼還不能付錢，接著還承諾要幫一位船長製作風息咒，幾乎不求任何回報。霍爾為了逃避麥可的嘮叨，給麥可上了一堂魔法課。

蘇菲一邊縫著麥可襯衫上的鈕扣，一邊聽霍爾對麥可解釋魔咒。霍爾繼續說：

「我知道我這樣有點草率，但你不一定要做得完全跟我一樣。首先，你一定要小心地仔細讀過一次。魔咒的形狀應該能告訴你很多資訊，你要看看它是會自己實現，還是你會自己發現，又或者就只是個簡單的魔咒，也可能是要混合行動和言語。確定這點後，你要再從頭讀一次，確定哪些部分是字面上的意思，又有哪些部分藏著謎題。你現在已經開始學習比較強大的魔咒，你會發現每道強大的魔咒，裡面都會故意藏著一個錯誤或是謎題，以防止意外發生，而你必須要能找出那些部分。比如說這個魔咒……」

蘇菲聽著麥可結結巴巴地回答霍爾的問題，並看著霍爾用一支不會沒水的神奇羽毛筆在紙上寫下評語，蘇菲發覺她也可以從中學到很多。她突然想到，既然瑪莎在費爾法克斯夫人那裡時，都能夠學會和蕾蒂交換身分的魔咒，那自己一定也能在這裡做到一樣的事。幸運的話，她可能就不必依靠卡西法了。

霍爾確定麥可完全忘記他跟庇護港的人收了多少錢之後，就將他帶到院子，叫他幫忙製作要給國王的魔咒。蘇菲拖著她嘎嘎作響的關節，搖搖晃晃地走到工作檯旁。魔咒寫得十分清楚，但霍爾字跡潦草的評語難倒了她。她對骷髏頭說：

「我從沒看過有人字寫成這樣！他是用筆還是用撥火棍在寫字啊？」她心急地讀過工作檯上的每一張紙片，並觀察那些放在彎曲瓶子裡的粉末和液體。她又對骷髏頭說。「對，我承認，我在調查別人的私事，而且也沒找到多少東西。我只找到治療雞瘟、緩解百日咳、召喚風，還有除臉毛的方法。要是瑪莎只找到這點東西，她現在應該還在費爾法克斯夫人那裡。」

霍爾從院子回來後，蘇菲覺得他好像檢查了所有她動過的東西，但那似乎只是他靜不下來罷了。在那之後，他好像不知道自己該做什麼了。那天晚上，蘇菲還聽到他不停地上下樓梯。隔天早上，他只在浴室裡待了一小時就出來了。當麥可穿上他最好的紫紅色套裝，準備前往金貝利的王宮時，他似乎抑制不住自己的情緒。他們兩個用金色的紙將大型魔咒包起來。以這個魔咒的大小來說，它的重量一定是輕得驚人。麥可一個人用兩隻手抱住它，就可以輕鬆將它拿起來。霍爾幫他將門上的把手轉成紅色朝下，並送他走上有著豪華房屋的街道。

「他們知道你要過去，你應該只要等一個早上就好。你跟他們說，就連小孩都能操作，然後就操作給他們看。等你回來之後，我有一道強大的魔咒要交給你處理，再見。」霍爾對正要離去的麥可說。

霍爾關門，在房裡來回踱步。他突然說：

「真想出去透透氣。我要去山坡上散步，妳跟麥可說，要交給他做的魔咒在工作檯上。還有，這個給妳縫，這樣妳就有事忙了。」

霍爾不知道從哪裡拿了一套衣服，丟到她的大腿上，那是一套灰色和鮮紅色的套裝，跟藍色和灰色那套一樣高級。霍爾拿起放在角落的吉他，將門上的把手轉成綠色向下，然後走到馬克契平上方，掠過門下那片石南間。

「他想出去透透氣啊！」卡西法發起牢騷。同時，庇護港起了霧，卡西法在木柴間放低身體，不安地動來動去，想躲開從煙囪滴進來的水滴。「那他有沒有想過我被困在這潮濕的爐架裡是什麼感覺？」

「那麼你至少給我一點提示吧，這樣我才知道怎麼幫你解除契約。」蘇菲說。她將那套灰色和鮮紅色的套裝抖開。「天啊，你雖然有點破損，但還是很好看。你被製作出來，就是來吸引女生的，對吧？」

「我已經給過妳提示了！」卡西法發出嘶嘶聲說。

「那你要再給我一次才行，我沒注意到。」蘇菲說。她放下那套衣服，搖搖晃晃地走向門口。

「如果我給妳提示，還告訴妳那是『提示』的話，那就是告訴妳內容了，而我不能告訴別人內容——妳要去哪裡？」卡西法問。

「我要做一件只有他們兩個都不在時，我才敢做的事。」蘇菲一說完，她轉動門上面的方形把手，讓黑色圓點朝下，然後打開門。

門外空無一物，外面看起來既不是黑色或灰色，也不是白色，既不混濁，也不透明。那個空間沒有移動，也沒有任何氣味或觸感。蘇菲小心翼翼地向門外伸出一根手指，感覺那裡不冷也不熱，也不像有任何東西存在，好像真的什麼也沒有。她問卡西法：

「這是什麼？」

卡西法跟蘇菲一樣很感興趣。他將他的小藍臉伸出爐架，往門的方向看，顯然已經忘了起霧的事。他用氣音說：

「我不知道，我只負責維護城堡。我只知道那是在城堡沒有人可以走到的那一面，感覺很遠。」

「感覺好像比月亮還遠！」蘇菲說完，她關上門，並將把手轉成綠色向下。她猶豫了一下，然後開始搖搖晃晃地走向樓梯。

「他鎖起來了。他跟我說，如果妳又想偷看，就這樣跟妳說。」卡西法說。

「喔，他在樓上放了什麼？」蘇菲問。

「我也不知道，我對於樓上的事完全不了解。妳知道這有多讓人沮喪嗎？我甚至沒辦法真正地看到城堡外面，我能看到的範圍只夠讓我看出要去的方向。」卡西法說。

蘇菲跟卡西法一樣沮喪，她坐下來，開始縫補那套灰色和鮮紅色的套裝。不久後，麥可就回來了。

「國王確實立刻就接見我了，他……」麥可說完。他環視整個房間，看向那個平常放著吉他的牆角。「喔，不！怎麼又是那個女生！我還以為她早就已經愛上他，而這整件事幾天前就結束了。怎麼要這麼久？」

「你沒搞清楚狀況。我們冷酷無情、又沒良心的霍爾發現這位小姐特別難搞，所以決定欲擒故縱，故意不去找她幾天，看這樣會不會有幫助，就這樣而已。」卡西法邪惡地發出嘶嘶聲地說。

「真討厭！他這樣一定會惹出麻煩，我還傻傻地希望他可以恢復理智呢！」麥可說。

「真是的！你們怎麼可以如此談論這麼邪惡的事！我知道我不能怪卡西法，畢竟他本來就是邪惡的惡魔，可是麥可，你……」蘇菲將手上的衣服重重甩在膝蓋上後說著。

「我可不覺得我邪惡。」卡西法抗議道。

「如果妳以為我覺得這樣也沒關係，那妳就錯了！妳都不知道霍爾一直如此對待感情，給我們帶來多少麻煩！我們被告上法院過，還有女追求者拿著劍找上門，更遇過拿著擀麵棍的媽媽、帶著棍棒的爸爸和叔叔。喔，還有姨字輩，姨字輩最可怕了，她們會拿著帽針追著你跑。不過要說最糟的情況，就是那女孩本人找到霍爾的住處，又哭又鬧地找上門來。霍爾每次都會從後門逃跑，卡西法跟我只好想辦法對付他們。」麥可說。

「我最討厭那種傷心流淚的女生，她們的眼淚都會滴到我身上，我還寧願她們生氣。」卡西法說。

「等等，讓我搞清楚。」蘇菲說。她用關節腫脹的雙手緊抓著紅色的緞面布料。「霍爾到底都怎麼對待這些可憐的女生？我聽說他會吃掉她們的心臟，奪走她們的靈魂。」

麥可聽到後有點尷尬地笑了，他說：

「看來妳一定是從馬克契平來的。我們剛建好城堡時，霍爾有派我去那裡敗壞他的名聲，那時我——呃——就說了那種話。那是許多阿姨們都會說的話，而且某種意義上來說也是真的。」

「霍爾非常善變。女生一旦愛上他，他就會對她失去興趣，懶得理她。」卡西法說。

「可是對方愛上他之前，他又靜不下來。這種時候的他毫無理智可言，所以我總是很期待對方愛上他的那一刻。在那之後，情況就會變好了。」麥可急切地說。

「直到她們找出他的所在位置。」卡西法說。

「我還以為他會動點腦子，用假名介紹呢。」蘇菲語帶輕蔑地說。她故意用輕蔑的語氣，是為了掩飾她覺得自己有點愚蠢的心情。

「喔，他一直都是用假名。他很喜歡用假名，還有假扮成其他身分，不是在追女孩的時候也一樣。妳沒發現嗎？他在庇護港叫巫師詹金斯，在金貝利叫巫師潘卓根，在城堡裡則是可怕的霍爾。」麥可說。

蘇菲從沒注意到這件事，她覺得自己更愚蠢了，而這讓她很生氣。她說：

「我還是覺得這樣很邪惡，他不該到處讓可憐的女孩傷心。這樣太沒良心了，也很沒意義。」

「他本來就是這樣。」卡西法說。

蘇菲縫補衣服時，麥可拉了三腳凳坐到爐邊，向蘇菲說霍爾之前的愛情故事，還有他戀愛後惹出的麻煩。蘇菲對手上的高級套裝念念有詞：

「所以是你這件衣服吃了女生的心，對吧？這些阿姨在講甥女的事時，幹嘛把話講得這麼奇怪？也許她們其實是想要自己穿上你這套好衣服。要是有個憤怒的阿姨追著你跑，你會有什麼感受？」

麥可跟蘇菲說某個阿姨的故事時，蘇菲突然想到，也許霍爾在馬克契平有那些傳言也沒什麼不好。否則她可以想像得到，像蕾蒂那種固執的女孩，很有可能會喜歡上霍爾，最後變得鬱鬱寡歡。

就在麥可剛提議吃中飯，而卡西法像平常一樣哀聲嘆氣時，霍爾用力開門走了進來。他看起來從沒這麼不開心過。

「要不要吃點東西？」蘇菲問他。

「不要。卡西法，幫我在浴室放熱水。」霍爾拒絕。他不悅地在浴室門口站了一段時間並說。「蘇菲，妳是不是整理過這個架子上的魔咒？」

蘇菲覺得自己真是愚蠢到了極點。她寧死也不願意承認，自己曾經為了找出女孩子的身體部位，翻找那些小盒子和罐子。她一邊走去拿煎鍋，一邊故作高尚地說：

「我沒碰上面的任何東西。」

「我真心希望妳沒碰。」浴室門被重重關上後，麥可不安地說。

蘇菲在煎中午要吃的食物時，浴室不停傳出沖洗和水流聲。

「他用了很多熱水，應該是在染頭髮。希望妳沒動那些跟頭髮有關的魔咒，他雖然相貌平平，頭髮又是泥巴的顏色，但他對自己的外表可是很虛榮的。」卡西法在煎鍋下說。

「喔，閉嘴！我都有把東西放回原處啊！」蘇菲突然大發雷霆，她生氣到將鍋裡的蛋和培根都倒在卡西法身上。

卡西法當然是興奮地將食物吃掉，他一邊狼吞虎嚥，一邊熊熊燃燒著。蘇菲在劈啪作響的火焰上又煎了更多食物，然後和麥可一起吃掉。正當他們在收拾餐桌，卡西法用藍色舌頭舔著紫色嘴唇時，浴室的門突然被撞開，霍爾大吼大叫，還絕望地嚎啕大哭。他大吼著：

「你們看看我！給我好好看——看——！看這個一人搗亂部隊對我的魔咒——做了什麼好事？」

蘇菲和麥可立刻轉身看向霍爾。霍爾的頭髮濕濕的，但除此之外，他們都看不出來跟之前有什麼差別。

「如果你是指我……」蘇菲開口說。

「我、就、是在說妳！妳看！」霍爾尖叫著說。他用力在三腳凳上坐下，手指大力戳了戳自己的一頭濕髮。「你們現在就認真、仔細地看我！我的頭髮都毀了！我現在看起來跟鍋裡的培根和蛋沒兩樣！」

麥可和蘇菲緊張地彎下腰觀察霍爾的頭髮。看起來跟平常差不多，髮根也是淡黃色的，唯一的差別是隱約多了一點點的紅色。蘇菲覺得那樣的顏色還不錯，讓她想到自己原本的髮色。

「我覺得很好看。」她說。

「好看？妳當然覺得好看！妳就是故意的。妳就是要把我弄得這麼淒慘，才肯善罷甘休！妳看！我的頭髮都變紅色了！這下我在頭髮長出來之前，都得躲起來了！」霍爾激動地展開雙臂大叫。「這真是太絕望、太痛苦、太恐怖了！」

房間突然變暗，混濁的巨大人形從四個角落浮現，一邊哀號，一邊逼近蘇菲和麥可。那陣哀號一開始是可怕的呻吟，接著變成絕望的嘶吼，然後又轉為痛苦恐懼的尖叫。蘇菲用雙手摀住耳朵，但尖叫聲穿透了她的手掌，音量越來越大，而且每一秒都變得更加恐怖。卡西法趕緊縮進爐架，在最低處的木柴下閃著微微火光。麥可抓住蘇菲的手肘，將她拖到門口。他將門的把手轉成藍色朝下，踹開門，然後拉著蘇菲全速跑到庇護港的街道上。

那陣聲音在街道上聽起來也一樣恐怖。街道上的居民都將家門打開，摀著耳朵跑出來。

「我們應該就這樣丟著他一個人嗎？」蘇菲的聲音顫抖著。

「沒錯。如果他覺得是妳的錯，那妳絕對要這麼做。」麥可回答。

他們被一陣陣尖叫聲追趕著，匆匆跑過城鎮。有一大群人也跟著他們一起跑。雖然這時海邊的霧已經變成了毛毛細雨，但大家還是往港口或沙灘跑。這是因為在那些地方，浩瀚的灰色大海可以稍微吸收噪音，讓噪音聽起來還能忍受。有點被淋濕的居民們擠在一起，望著被霧氣籠罩的白色地平線，還有停泊的船上滴著水的繩索，那陣噪音則是轉為震耳欲聾的心碎哭聲。蘇菲發覺，這是她第一次這麼近看海，可惜她沒有心情好好享受。

哭聲漸漸轉為痛苦的嘆氣聲，最後回歸平靜。人們開始小心地走回城裡，有幾個人膽怯地來找蘇菲。

「女巫太太，可憐的巫師怎麼了？」他們問。

「他今天有點不開心。」麥可說完，他又對蘇菲說。「走吧，我想現在可以冒險回去城堡了。」

他們沿著碼頭的石岸走回去，幾位水手從停著的船上擔心地叫住他們，問他們那陣噪音是代表暴風雨還是厄運。

「都不是，現在已經沒事了。」蘇菲回答他們。

但事情還沒結束。他們回到巫師的家——從外面看起來，那就是一棟蓋得歪歪扭扭的普通小屋，要不是有麥可，蘇菲根本認不出來。麥可小心翼翼地打開破舊的小門，屋裡的霍爾還坐在凳子上，看起來陷入了全然的絕望，全身覆蓋著濃稠的綠色黏液。

綠色黏液的量十分可怕、驚人又具威脅性——滿屋幾乎都是黏液。霍爾整個人都被黏液覆蓋，一團團黏稠的黏液從頭和肩膀上垂下來，堆在他的膝蓋和手上，然後順著他的腿慢慢向下流淌，並從凳子上拉成細絲滴下來。地板上到處都是一灘灘不停擴散的黏液，黏液長長的手指已經伸到了壁爐邊，聞起來還有臭味。

卡西法用沙啞的氣音喊道：快救救我！

仔細一看，卡西法已減弱成兩團微弱的火焰，他接著說：

「這個東西快害我熄滅了！」

蘇菲拉起裙子，盡可能走近霍爾，不過也沒辦法靠得多近。她對霍爾說：

「停！快停下來！你這種行為跟嬰兒沒兩樣！」

霍爾沒有做出任何動作，也沒有回答。他透過黏液往外看，臉看起來既蒼白又悽慘，兩隻眼睛睜得大大的。

「我們該怎麼辦？他死了嗎？」麥可在門邊發抖著。

蘇菲心想，麥可是個好孩子，只是在遇到危機時會不知所措。她說：

「當然不是。而且要不是為了卡西法，就算他要整天都把自己弄得像鰻魚凍，我也不在乎！把浴室的門打開。」

正當麥可努力避開地上的黏液往浴室走時，蘇菲將圍裙丟到壁爐邊，以阻止黏液繼續靠近卡西法。她拿起鏟子，挖起一堆堆灰燼，丟到最大的那一灘黏液上。那灘黏液發出激烈的嘶嘶聲，整個房間瀰漫起蒸汽，變得更難聞了。蘇菲捲起袖子，彎下腰，抓住霍爾沾滿黏液的膝蓋，然後將霍爾連著凳子一起推往浴室。地上的黏液讓她的腳不停打滑，但也讓凳子更容易移動。麥可過來幫忙拉住霍爾掛著黏液的袖子，他們一起慢慢將霍爾推進浴室。接下來，因為霍爾還是不願意移動，他們將他推進淋浴間。

「卡西法，快拿熱水！要很熱的！」蘇菲喘著氣嚴肅地說。

他們用一小時才將霍爾身上的黏液清掉，接著麥可又花了一小時來勸霍爾離開凳子，換上乾淨的衣服。幸好蘇菲剛補好的那套灰色和鮮紅色套裝就掛在椅背上，沒有被黏液弄髒。藍色和銀色的那套已經毀了，蘇菲叫麥可將那套衣服丟進浴缸泡水。同時，她一邊念念有詞地抱怨，一邊取來更多熱水。她將門上的把手轉成綠色向下，然後將黏液都往外掃到高沼地去。城堡像一隻蝸牛，在石南間留下一條痕跡，不過這是個可以輕鬆擺脫黏液的好方法。蘇菲一邊清洗地板，一邊想著，住在移動城堡裡還是有好處的。她又想著，不知道霍爾的聲音會不會也從城堡傳出去，要是會的話，馬克契平的居民就太可憐了。

這時的蘇菲又累又生氣，她知道霍爾是在用綠色黏液報復她。當麥可終於將霍爾帶出浴室時，她也一點都不想同情他。霍爾穿著灰色和鮮紅色的衣服，麥可輕輕將他安置在壁爐邊的椅子上。

「你真是太蠢了！你現在是要將你最好的魔法都用掉還是怎樣？」卡西法劈哩啪啦地大罵。

霍爾一點也沒聽進去，他只是一邊顫抖，一邊靜靜坐著，看起來十分悲慘。

「我沒辦法讓他說話——」麥可無助地低聲說。

「他只是在鬧脾氣罷了。」蘇菲說。她知道瑪莎和蕾蒂也很常鬧脾氣，所以她很清楚要怎麼應付這種情形。不過眼前的人是一名會為頭髮而歇斯底里的巫師，如果打他屁股，好像太冒險了。無論如何，蘇菲的經驗告訴她，鬧脾氣的原因通常都不是表面上的理由。她要卡西法騰出空間，讓她可以將一鍋牛奶放在木柴上。熱好牛奶後，她倒了一杯塞到霍爾手裡並說：

「喝吧。現在告訴我，這一切到底是為了什麼？是你一直去見的那位年輕女孩嗎？」

「沒錯，我故意疏遠她，想看看這樣會不會讓她喜歡上我，結果根本沒有用。上次我見到她時，她說她不確定，這次她告訴我，她還有在跟另一個人見面。」霍爾一邊傷心地喝著牛奶，一邊說。

霍爾的聲音聽起來十分痛苦，讓蘇菲也開始同情起他了。他的頭髮乾了之後，蘇菲才發現他的髮色真的很接近粉紅色，這讓她覺得有點愧疚。霍爾繼續傷心地說：

「她是我在這附近看過最美的女生。我真的很愛她，可是她卻對我的深情嗤之以鼻，反而同情另一個人。我對她這麼用心，她怎麼可以跟別的男生來往？通常只要我出現，她們就會把其他男生甩掉的。」

蘇菲聽到這番話，同情心便大幅減少。她突然想到，既然霍爾可以輕易將自己全身弄滿綠色黏液，那應該也能輕鬆將頭髮變成正確的顏色才對。她說：

「那你怎麼不餵她愛情魔藥？這樣不就搞定了嗎？」
「喔，不行。這樣會破壞遊戲規則，就不有趣了。」霍爾說。
蘇菲的同情心變得更少了。這一切都是場遊戲，是嗎？她突然生氣地說：
「你都沒有為那個可憐的女孩想過嗎？」
霍爾將牛奶喝光，多情地對著杯子微笑。他說：
「當然，我整天都在想她，可愛的蕾蒂．海特！」
砰的一聲，蘇菲的同情心消失得無影無蹤，取而代之的是強烈的不安感。她心想，喔，瑪莎！看來妳這陣子真的很忙！原來妳說的並不是賽莎利西點店的人啊！

第七章　阻止蘇菲離開的稻草人

那天晚上，唯一能夠阻止蘇菲出發前往馬克契平的，是她身上嚴重的痠痛。庇護港的陰雨好像滲進了她的骨頭，她全身痠痛地躺在她的小空間裡，擔心著瑪莎。她心想，也許情況還不算太糟。她只要告訴瑪莎，那個她還不確定的追求者就是巫師霍爾，這樣應該就能嚇阻她了。接著她要告訴瑪莎，想要將霍爾嚇跑，只要說她愛上了他就行了，或許還可以找阿姨來威脅他。

隔天早上蘇菲起床時，還是一樣覺得全身痠痛。她一邊拿出拐杖準備出門，一邊對拐杖咕噥著：

「該死的荒野女巫！」

她聽到霍爾在浴室裡唱歌，剛才的脾氣似乎從未發生過。她用最快的速度，搖搖晃晃、躡手躡腳地走向門口。

蘇菲還沒走到門口，霍爾就從浴室裡出來了，蘇菲不太高興地看著他。他打扮得整齊時髦，身上帶著淡淡的蘋果花香。陽光從窗戶照進室內，被他的灰色和鮮紅色套裝反射而散開，並在他的頭髮上形成淺淺的粉紅色光圈。

「我覺得，我這髮色挺好看的。」他說。

「是嗎？」蘇菲不太高興地說。

「跟這套衣服很搭。妳還真會縫衣服，感覺妳讓這套衣服變好看了。」霍爾說。

「哼！」蘇菲回答。

「妳是因為身體痠痛而覺得困擾嗎？還是有什麼事惹妳生氣了？」霍爾停下來，手握著門上的把手。

「惹我生氣？我幹嘛生氣？只不過是有人把城堡弄得到處都是肉凍，害庇護港的居民們耳聾，把卡西法嚇到變成炭渣，還讓好幾百個女孩心碎而已，我幹嘛生氣啊？」蘇菲說。

霍爾大笑。他將把手轉成紅色向下後說：

「對不起——國王今天想要接見我，我應該會在王宮待到傍晚，不過我回來之後，可以幫妳的風濕想想辦法。別忘了跟麥可說，我把要給他的魔咒放在工作檯上了。」

他對蘇菲露出燦爛的微笑，然後出門走進金貝利的尖塔間。

「別以為這樣就沒事了！」門關上時，蘇菲對著門大吼。不過那道微笑已經稍微安撫了她。她喃喃自語。「要是那個微笑連對我都有用，那難怪可憐的瑪莎會沒辦法確認自己的心意了——」

「妳走之前，要再幫我添一根木柴才行。」卡西法提醒她。

蘇菲搖搖晃晃走到爐邊，往爐架裡又丟了一根木柴，然後再次往門口走。但這時麥可匆匆跑下樓，抓起工作檯上剩下的吐司，並衝向門口。

「妳不會介意吧？我回來時會買新的。我今天有件緊急的事要辦，不過我會在傍晚前回來。如果船長來拿風息咒，我已經把東西放在工作檯上了，上面有標示清楚是他要的東西。」麥可焦急地說著，將門把轉成綠色向下，然後抱著吐司，跳到颳著風的山坡地上。正當城堡慢慢遠離他，門砰的一聲關上時，他大喊：再見！

「真討厭！卡西法，城堡裡沒人的時候，要怎麼開門？」蘇菲說。

「我可以幫妳和麥可開門，霍爾都自己開。」卡西法說。

這也就是說，蘇菲不在城堡裡時，也沒有人會被鎖在門外。她無法確定自己還是否會回來，但她並不想要跟卡西法說。等到麥可應該已經快走到目的地時，她再次往門口走。這次，卡西法把她叫住。

「如果妳要出門很久的話，就放些木柴在我搆得到的地方吧。」卡西法說。

「你有辦法拿起木柴嗎？」蘇菲雖然不耐煩，但還是被激起了好奇心。

卡西法伸出一隻手臂形狀的藍色火焰，回答蘇菲的問題，火焰尾端還分岔成綠色的手指。那隻手並不長，看起來也不強壯。他自豪地說：

「看到沒？我只差一點點就能碰到壁爐邊了。」

蘇菲在爐架前疊了一堆木柴，讓卡西法至少可以搆到最上面的那根。

「要先拿到爐架裡，才可以開始燒喔。」她警告卡西法。接著她再次往門口走。這一次，她還沒走到門口，門口就傳來了敲門聲。蘇菲心想，今天還真倒楣，一定是船長吧。她伸出手，準備將門把轉成藍色朝下。

「不對，是城堡的門。不過我不太確定……」卡西法說。

那一定是麥可因為某種原因回來了。蘇菲一邊這麼想，一邊打開門。

一張蕪菁做的臉不懷好意地盯著她看，她還聞到了發霉的味道。一根木棍背對著廣闊藍天，上面連著衣衫襤褸的手臂，一隻手臂轉過來，對著蘇菲揮舞。那是一個稻草人，雖然是用木棍和破布做的，卻擁有生命，還想進到城堡裡面。

「卡西法！讓城堡跑快一點！」蘇菲尖叫。

門附近的石塊相互摩擦嘎嘎作響，綠褐色的高沼地快速掠過門外。稻草人的木棍手臂先是敲打著門板，接著面臨城堡逐漸拋下它時，又刮過城堡的外牆。它將另一隻手臂也轉過來，似乎在試著抓住城堡的石牆，正想盡辦法進入城堡。

蘇菲用力關上門。她心想，這件事又再次證明了，家裡的老大想要出來闖蕩，是多愚蠢的一件事！那個稻草人是她在來城堡的路上時立在灌木叢裡的。她還曾經對它開過玩笑，結果現在那些玩笑好像給了它邪惡的生命。它竟然跟著她到這裡，還想抓她的臉。蘇菲跑到窗邊，想看看稻草人是不是還在想辦法進入城堡。

當然，她只看到晴天下庇護港的街景。對街的屋頂後面，有十幾張船帆正緩緩升上船桅，一群海鷗正在藍天中盤旋。

「同時處在好幾個地方就是有這種問題！」蘇菲對著工作檯上的骷髏頭說。

接下來，她突然發現了變成老太太最大的缺點。她的心臟忽然劇烈地跳了一下，接著開始不規則地跳動，然後又像是要衝出她的胸口般，痛得不得了。她全身發抖，膝蓋也在顫抖，感覺自己好像快死了。她唯一能做的事，就是努力走到爐邊的椅子那裡。她氣喘吁吁地坐下，用手摀著胸口。

「有什麼問題嗎？」卡西法問她。

「有——我的心臟。因為門口有稻草人！」蘇菲上氣不接下氣地說。

「稻草人跟妳的心臟有什麼關係？」卡西法又問。

「它想進來這裡，真是嚇壞我了。我的心臟……你是不會懂的，你這個年輕氣盛的傻惡魔！」蘇菲的呼吸還沒平穩下來，就接著說。「你又沒有心臟。」

「我有！」卡西法說。他的語氣跟剛剛露出手臂時一樣自豪。「就在木柴下面，那個發光的地方。還有，不要說我年輕，我的年紀可是比妳還大上幾百萬歲！現在可以讓城堡減速了嗎？」

「要等稻草人走了才行。它走了嗎？」蘇菲說。

「我看不出來。妳也知道，它不是有血肉的身體。我之前就說過了，我沒辦法真正地看到外面。」卡西法說。

蘇菲起身，吃力地走到門口，感覺身體很不舒服。她小心翼翼地慢慢打開門。門外綠色的陡峭山坡、岩石還有紫色的緩坡快速掠過時，令她覺得頭昏。但她還是抓住門框，探出身體，沿著城牆望向城堡正在遠離的那片高沼地。稻草人還跟在城堡後面，距離城堡大約一百五十英尺。它以某種不祥的勇猛姿態，在石南叢間跳來跳去，飄動的雙臂張開成某個角度，讓它能平衡於山坡上。蘇菲看著它離城堡越來越遠，它雖然速度慢，卻一直鍥而不捨地跟著。蘇菲關上門。

「它還在我們後面跳著追趕，再移動快一點。」蘇菲說。

「可是這樣會破壞我的計畫。」卡西法對蘇菲解釋。「我原本是想先繞山丘一圈，然後再回到麥可離開城堡的地方，剛好在傍晚接他回家。」

「那用兩倍速繞山丘兩圈吧。只要能甩掉那個可怕的東西就好！」蘇菲說。

「妳真是大驚小怪！」卡西法不滿地抱怨。不過他還是加快了速度。

這是蘇菲第一次感覺到整座城堡在隆隆地震動。她縮在椅子上，想著自己是不是快死了。她還不想死，至少要先跟瑪莎說上話才行。

城堡繼續高速移動，城堡裡的所有東西也都跟著搖晃。瓶子發出叮噹聲，骷髏頭也在工作檯上發出撞擊聲。蘇菲聽見浴室裡架子上的物品掉下來，掉進泡著霍爾那件藍色和銀色套裝的浴缸裡。她開始覺得好一點了。她再次拖著身體走到門邊往外看，頭髮在風中飛揚。門下的地面快速移動，城堡越過山坡的同時，山丘好像也在慢慢旋轉。石塊摩擦發出的隆隆聲震耳欲聾，城堡向後噴出大量的煙。這時候，稻草人已經變成了遠處山坡上的一個小黑點。再過一段時間之後，它更是完全消失了。

「很好，那我今晚就停在這裡了。今天真是累人。」卡西法說。

劇烈震動漸趨平緩，屋裡的東西也停止搖晃。接著，卡西法去睡覺了，他像一般的火焰那樣沉到木柴間，讓木柴變成覆著白色灰燼、透著紅色的圓柱體，只有最下面還留著一點點藍色和綠色火焰。

這時候，蘇菲又開始覺得有活力了。她走進浴室，將掉進浴缸的六盒小紙盒和一個瓶子從混著黏液的水裡撈出來。那些小紙盒都濕透了，經過昨天的事之後，她實在不敢將紙盒如此放著。她將紙盒擺在地上，然後小心地灑上包裝上寫著「乾燥分」的粉末，結果紙盒幾乎一瞬間就乾了。這讓蘇菲有了信心，她洩掉浴缸裡的水，將粉末倒在霍爾的套裝上，結果衣服也變乾了。雖然上面還是有綠色的汙漬，尺寸也縮小許多，但這還是讓蘇菲很開心，她覺得自己終於做好了一件事。

蘇菲高興地開始準備晚餐。她將工作檯上的東西都推到一邊，圍著骷髏頭堆起來，然後開始切洋蔥。她對骷髏頭說：

「至少你不會流眼淚，你要往好處想。」

這時，門突然打開了。

蘇菲嚇了一跳，差點切到自己的手。她還以為又是稻草人，原來是麥可回來了。麥可雀躍地衝進門，將一條吐司、一塊派及一盒有著粉紅色和白色條紋的盒子丟到洋蔥上，然後抓住蘇菲細瘦的腰，跟她繞著房間跳起舞來。

「沒事了！沒事了！」麥可高興地大叫。

蘇菲搖搖晃晃地跳來跳去，以免自己踩到麥可的靴子。

「冷靜點，冷靜點！」她喘著氣說，還被轉暈了，還要努力將刀子舉到不會割到人的地方。「什麼沒事了？」

「蕾蒂愛的是我！」麥可大叫後，繼續抓著蘇菲跳舞，差點走進浴室，又差點踏進壁爐。「她從來沒見過霍爾！這整件事完全是場誤會！」他抓著蘇菲在房間的中央轉圈。

「拜託你放開我，不然遲早會有人被刀子割傷！還有，可以解釋一下你說的事嗎？」蘇菲大吼。

「當然！」麥可喊著，帶著蘇菲轉到椅子旁邊，將她丟到椅子上，蘇菲坐著不停喘氣。「昨天晚上，我還希望妳把他的頭髮染成藍色呢！不過我現在已經不在意了。霍爾提到『蕾蒂．海特』時，我甚至還考慮要自己把他的頭染成藍色。我看他說話的方式就知道，只要她一愛上他，他就比照對其他人那樣，把她給甩了。而我一想到那個女孩是我的寶貝蕾蒂，我就……總之，霍爾不是說她還有另一個對象嗎？我原本以為是我，所以我今天才匆匆跑去馬克契平。但好險沒事了！霍爾一定是在追一個跟她有相同名字的女孩，因為蕾蒂從來沒見過他。」

蘇菲聽得有點頭昏腦脹，她問：

「先讓我搞清楚，我們現在說的是在賽莎利西點店工作的蕾蒂．海特，對嗎？」

「當然囉！她一到那裡工作，我就對她一見鍾情，後來她跟我說她愛我，我簡直不敢相信。愛慕她的人可是有好幾百個，要是霍爾也喜歡她，我並不感到驚訝。我現在終於可以放心了！我從賽莎利西點店帶了一塊蛋糕回來給妳，來慶祝這件事。我放到哪裡去了？喔，在這裡。」麥可興奮地說。

他將那盒粉色及白色相間的盒子塞給蘇菲，洋蔥也跟著掉到蘇菲的大腿上。

「孩子，你今年幾歲啊？」蘇菲問。

「五朔節時我剛滿十五歲。卡西法那天還從城堡放了煙火。對吧，卡西法？喔，他睡著了。妳可能會覺得我還太年輕，不適合訂婚——我得再當三年的學徒，蕾蒂則要做更久——可是我們已經許下承諾了，我們也願意等待彼此。」麥可說。

蘇菲心想，如果是這樣的話，麥可的年紀正好適合瑪莎。而且她現在也知道，麥可不但個性好，也很可靠，未來還可以成為巫師。瑪莎的運氣真好！她回想起那個讓她不知所措的五朔節，發覺麥可其實就是那群擠在瑪莎櫃檯前吼叫的男生之一。只不過，當時霍爾也有出現在市集廣場。

「蕾蒂說她沒見過霍爾的事，你確定她說的是實話嗎？」蘇菲著急地問。

「當然，我看得出來她是不是在說謊。她只要說謊，就會停止繞她的大拇指。」麥可說。

「沒錯！」蘇菲一邊偷笑，一邊說。

「妳怎麼知道？」麥可驚訝地問。

「因為她可是我妹妹……呃……妹妹的孫女啊。她小時候也不是永遠誠實的人。不過她還年輕，所以……呃……這麼說好了，也許她長大後會長得不一樣，她……呃……搞不好過個一年左右，就會看起來不太一樣了。」蘇菲說。

「我也是啊！我們這個年紀的人，本來就會一直改變，所以我們不擔心這種事。無論如何，她都還是蕾蒂。」麥可說。

蘇菲心想，這句話某種意義上也沒錯。她憂心地繼續問：

「我是說如果，要是——雖然她說的是實話，但她其實認識霍爾，只是霍爾給了她假名呢？」

「別擔心，這點我也想過！我向她說過霍爾的長相——妳得承認，他長得很有特色——而她真的從沒見過他，也沒看過他那把爛吉他。我也不必告訴她，霍爾其實根本不會彈吉他。她跟我說她從沒看過霍爾時，拇指也是一直打轉。」麥可說。

「那真是太好了！」蘇菲說完，僵硬地躺回椅子上。瑪莎的事很讓她放心，不過還有另一件事讓她擔心，因為她很確定，除了瑪莎假扮的蕾蒂之外，這附近唯一的蕾蒂．海特就是真正的那位了。要是鎮上有人跟蕾蒂同名同姓，那應該早就有人到帽子店裡來八卦了。不對霍爾讓步這點，聽起來很像是固執的蕾蒂。蘇菲擔心的是，蕾蒂竟然告訴霍爾她的真名。也許她還不確定自己愛不愛他，但她一定有喜歡他，才會告訴他這麼重要的祕密。

「不要那麼擔心嘛！」麥可靠著椅背，笑著說。「妳看看我帶回來給妳的蛋糕。」

蘇菲掀開那盒子，這時她突然想到，麥可剛開始還將她視為天災，現在卻開始接納她了。她既高興又感激，於是決定要將關於瑪莎、蕾蒂還有自己的實情全都告訴他。他本來就有權知道未來結婚對象來自怎樣的家庭。她打開盒子，裡面裝著賽莎利西點店最美味的蛋糕，蛋糕上有滿滿的鮮奶油、櫻桃和捲起來的小塊巧克力。

「哇喔！」蘇菲驚嘆。

這時候，門上的方形把手發出喀啦一聲，自動轉成紅色向下，霍爾接著就走了進來。

「這蛋糕太棒了吧！是我最喜歡的口味。這是在哪裡買的？」霍爾說。

「我……呃……我去了趟賽莎利。」麥可有點害羞地說。

蘇菲抬起頭看著霍爾，每次她下定決心，要告訴別人她被下了魔咒時，一定都會被打斷。現在看來連巫師也是如此。

「看來跑這麼遠是值得的。聽說賽莎利西點店的蛋糕比金貝利其他蛋糕店的都好吃，我竟然沒去過那裡，真是太蠢了。對了，工作檯上那個是派嗎？」霍爾仔細看著蛋糕說，他走過去看。「竟然把派放在一堆生洋蔥上，連骷髏頭都受不了了。」

霍爾拿起骷髏頭，將卡在眼窩裡的一圈洋蔥敲出來，並對骷髏頭說：

「蘇菲好像又在找事做了，朋友，你就不能幫忙阻止她一下嗎？」

骷髏頭的牙齒發出聲響，霍爾看起來嚇了一跳，匆忙地將骷髏頭放下。

「是不是有什麼問題？」麥可似乎能讀懂他舉動背後的意義。

「沒錯，我可能要找人去跟國王說我壞話才行。」霍爾說。

「是馬車的魔咒出了問題嗎？」麥可說。

「不，那個魔咒的效果很好，而這正是問題所在。」霍爾焦躁地擺弄著手指上的一圈洋蔥。「國王現在想讓我承諾幫他做別的事。卡西法，我們如果不小心點，他就要任命我當宮廷巫師了。」

卡西法不發一語，霍爾走到壁爐邊，才發現卡西法正在睡覺。霍爾說：

「麥可，叫他起來，我有事情要問他的意見。」

麥可朝卡西法丟了兩根木柴，並叫他的名字。但是壁爐裡除了冒出一縷細煙之外，什麼也沒發生。

霍爾大叫：卡西法！

就算這樣也沒用。霍爾給了麥可一個困惑的眼神，並拿起撥火棍，蘇菲從沒看過他這麼做。他用撥火棍戳進還沒燒過的木柴下面，並說：

「抱歉，卡西法。快起來吧！」

突然，一長串黑濃的煙往上竄，然後停住。

「走開，我好累。」卡西法咕噥著說。霍爾聽到這句話，非常擔憂地說：

「他怎麼了？我從沒看過他這個樣子。」

「我猜是因為稻草人吧。」蘇菲說。

跪在地上的霍爾轉身面向蘇菲，用他那雙玻璃珠似的眼睛盯著她說：

「妳這次又做了什麼？」蘇菲在解釋時，他也還是一直盯著蘇菲。「稻草人？卡西法會為了一個稻草人而同意加快城堡的速度嗎？親愛的蘇菲，請妳告訴我，妳到底都怎麼欺負火魔，才讓他變得這麼聽話。我真的很想知道！」

「我沒有欺負他。那個稻草人嚇到我了，卡西法是同情我才這麼做。」蘇菲說。

「那個稻草人嚇到她了——卡西法是同情她才這麼做——」霍爾重複蘇菲說的話，然後接著說。「蘇菲，卡西法從來不會同情別人。總之，希望妳喜歡吃生洋蔥和冷冷的派當晚餐，因為妳差點就把卡西法弄熄了！」

「我、我們還有蛋糕。」麥可想試著化解衝突。

開始用餐之後，霍爾好像就沒那麼生氣了。但是一直到他們吃完飯，他屢次焦慮地去看壁爐裡還沒燒過的木柴。那個派冷著吃也不錯，生洋蔥被蘇菲用醋泡過後，也變得很美味，蛋糕更是好吃得不得了。他們吃蛋糕時，麥可鼓起勇氣問了霍爾——國王到底想要什麼。

「現在還沒辦法確定，不過他有試探我對他弟弟的看法，這給我一種不好的預感。賈斯汀王子氣沖沖地離開之前，他們顯然有大吵一架，人們也都在討論這件事。國王顯然希望我自願幫他找他弟弟，結果我偏偏像個笨蛋一樣，跟他說我不認為巫師沙利曼死了，這下事情變得更糟了。」霍爾沮喪地說。

「你為什麼要逃避去找王子的事？你覺得自己沒辦法找到他嗎？」蘇菲逼問他。

「看來妳不只愛欺負人，還很沒禮貌呢。」霍爾還沒原諒她對卡西法做的事。

「如果妳一定要聽到答案，那我就告訴妳。我就是知道自己一定能找到他，才想逃避這件事。賈斯汀和沙利曼是好友，賈斯汀之所以會跟國王吵架，就是因為他說他要去找沙利曼，而且他認為國王一開始就不該派沙利曼去荒野。現在問題來了，就連妳也一定知道，荒野那裡有位可怕的女士，她去年發誓要把我活活抓去酥炸，更動用詛咒來追殺我。我之所以能躲她躲到現在，是因為我那時候想得夠周到，給了她假名。」

「你的意思是說，你拋棄了荒野女巫嗎？」蘇菲難以置信地問。

霍爾又切了一塊蛋糕吃，他一臉憂傷，故作高尚地說：

「話不能這麼說。我得承認，我有一陣子的確以為自己很喜歡她。從某種角度來看，她是個悲哀的女人，沒有人愛她，因格利王國所有的男生都很怕她。親愛的蘇菲，我想妳應該懂的。」

聽到這句話，蘇菲整個人火冒三丈。她正準備開口反駁，麥可就立刻插進來說：

「那你覺得我們要把城堡移去其他地方嗎？這就是你建造這座移動城堡的原因，不是嗎？」

「這得看卡西法的意願。」霍爾的視線越過麥可的肩膀，再次看向壁爐裡連煙都冒不太出來的木柴。「我得說，要是國王和荒野女巫都要找我，我還真的很想把城堡搬到千里之外，找塊漂亮的岩石停在上面。」

麥可明顯對自己的發問後悔了。蘇菲猜得到他在想什麼。如果城堡搬到千里之外，他跟瑪莎的距離就會變得更遠了。她問霍爾：

「要是你搬走，你的蕾蒂．海特要怎麼辦？」

「我想，到那時候，事情就已經結束了。真希望我能想到讓國王放棄的方法……我知道了！」霍爾心不在焉地說完，舉起叉子，叉子上還插著一塊正在融化的鮮奶油和蛋糕，然後他用叉子指著蘇菲說。「妳——可以去跟國王說我壞話。妳就假裝是我年邁的老母親，去為妳藍眼睛的兒子求情。」

霍爾對蘇菲露出微笑，那道笑容想必迷惑了荒野女巫，非常有可能也迷惑了蕾蒂。他沿著叉子發射笑容，那燦爛的笑容越過叉子上的鮮奶油，直直射進蘇菲的眼睛。

「如果妳連卡西法都能欺負，那應付國王應該根本不算什麼。」他又說。

蘇菲的眼神穿透那燦爛的笑容，直直瞪著霍爾，她一句話也沒說。她心想，這一次，該換她逃開了。她一定要離開，雖然她對卡西法的契約感到抱歉，但她已經受夠霍爾了。霍爾先是弄出綠色黏液，又為了卡西法自願做的事對她怒目相向，現在還對她說這種話！她明天就要出發去上弗定山谷，告訴蕾蒂所有的事。

第八章　蘇菲決定離開城堡

隔天早上，卡西法像往常一樣熊熊燃燒著，他心情看上去還不錯，這讓蘇菲鬆了一口氣。要不是因為她實在受夠霍爾了，霍爾看到卡西法時開心的樣子說不定還會讓她感動。

「我還以為她弄死你了，你這顆老火球。」霍爾跪在壁爐旁，長長的袖子垂在灰燼裡。

「我只是很累而已。感覺好像有股力量在後面拉著城堡，而我之前從沒讓它跑得這麼快過。」卡西法說。

「以後別再讓她逼你做這種事了。」霍爾站起來，優雅地撥掉灰色和紅色套裝上的餘灰。「麥可，你今天可以開始做那個魔咒了。還有，如果國王有派人來，就說我出門處理私人急事，明天才會回來。我要去找蕾蒂，不過你不必告訴他這點。」

霍爾拿起吉他，將門的把手轉成綠色朝下並打開門。門外的景象是廣闊的山丘，天空已經轉陰。

稻草人又出現了。霍爾打開門時，它突然從旁邊衝出來，那張蕪菁臉就撞在霍爾的胸口上，霍爾手上的吉他發出一聲可怕的噹啷聲。蘇菲嚇得發出微弱的尖叫聲並緊緊抓住椅子。稻草人僵硬地揮舞其中一隻木頭手臂，拼命想抓住門。從霍爾抱著腳的樣子看來，稻草人顯然撞得很用力。它無疑是非要進到城堡裡不可。

卡西法將藍臉伸出爐架，一旁的麥可則是被嚇得一動也不動。他們異口同聲地說：**真的有稻草人！**

「喔，是嗎？還真謝謝你們告訴我！」霍爾大口呼吸，舉腳踹向門框邊，稻草人被踹得向後飛，輕輕降落在幾英尺遠的石南叢裡。它立刻就跳起來，並且再度朝城堡跳過來。霍爾匆匆將吉他放在門前的臺階上，然後跳下臺階迎接稻草人。他伸出一隻手說：

「想都別想，這位朋友，回到你原本的地方去吧！」

霍爾舉著手，慢慢往前走，稻草人則稍稍撤退，帶著警覺心慢慢地向後跳。每當霍爾停下腳步，稻草人就跟著停下來，它的一隻腳踏在石南叢間，衣衫襤褸的手臂輕輕晃動，像一個拳擊手正輕輕出拳，試圖找出對方防禦的空隙。它手臂上飛揚的破布，跟霍爾衣服上的長袖有幾分相似。

「所以你還是不走，是嗎？」霍爾看著稻草人的蕪菁頭緩慢地左右搖動，像是在說「不」。他繼續說。「但你恐怕得走了。你嚇到了蘇菲，而天知道她被嚇到會做出什麼事。仔細想想，你也嚇到我了。」

霍爾將雙手往上舉，他看起來有些吃力，就像是在將一個重物高高舉到頭上。接著，他大喊出了一個奇怪的詞，喊到一半，一陣突如其來的雷聲就蓋過了他的聲音。稻草人向後飛了起來，身上的破布在空中拍動，兩隻手臂不停旋轉，像在抗議的模樣。它不停地往遠處飛，最後變成天空中的一個小點，然後漸漸消失在雲朵間，再也不見蹤影。

霍爾放下手臂，然後回到城堡門口，用手背擦擦自己的臉。他氣喘吁吁地說：

「蘇菲，我要收回我之前說的難聽話。那個東西的確很可怕，也許昨天就是它在後面拉著城堡，它身上有我所見過最強大的魔法。不知道它是什麼——該不會是妳上一棟打掃的屋子裡剩下的東西吧？」

蘇菲虛弱地回笑。她的心臟又不舒服了。霍爾發覺蘇菲不太對勁，他越過吉他跳進屋裡，抓住她的手肘，然後扶她到椅子上坐好。

「放鬆一點！」霍爾說。

就在那一刻，霍爾和卡西法之間似乎發生了什麼事。蘇菲感覺得出來，因為霍爾正抓著她，而卡西法還有一部分身體探出爐架。無論發生了什麼事，她的心臟幾乎是在一瞬間就恢復正常了。霍爾看了卡西法一眼，聳聳肩，然後轉向麥可。他給了麥可一大堆指示，要他讓蘇菲好好靜養一天。最後，他撿起地上的吉他，離開了城堡。

蘇菲躺在椅子上，假裝成比實際上還要加倍虛弱的樣子。她必須趁霍爾不在時出發。麻煩的一點是，霍爾也是要去上弗定山谷，不過她走路的速度比霍爾慢得多，所以等她抵達那裡，霍爾應該已經要準備回來了。最重要的一點，就是不能在路上遇到霍爾。她偷偷注意麥可的一舉一動，看到麥可攤開魔咒，然後埋頭苦思。等到麥可將櫃子上厚重的皮革書本取下來，焦頭爛額地做起筆記，然後完全專注於工作上時，蘇菲便開始咕噥著：

「這裡好悶！」她說了幾次，麥可都沒注意到。她又說。「真的太悶了。」

接著她站起來，蹣跚地走向門口：

「我想呼吸新鮮空氣。」

她打開門，然後爬出門外。她爬出去時，卡西法還很配合地讓城堡停下來。蘇菲走到石南叢間，她四處張望，試著掌握自己的位置。要越過山丘前往上弗定山谷，只要從城堡往下坡走，走過石南叢間的沙子路就行了。卡西法當然不會讓霍爾遭遇不便。蘇菲開始往那個方向走，心裡有點傷心，她覺得自己會很想念麥可和卡西法。

正當蘇菲快要走到那條路上時，她身後傳來了喊叫聲。麥可從她後面的山坡上跳躍般地跑過來，高聳的黑色城堡也跟在他身後，從四座高塔吐出一陣陣焦躁的黑煙。

「妳在做什麼？」麥可追上詢問。從他的表情，蘇菲看得出來，他覺得蘇菲被稻草人嚇到精神錯亂了。

「我一點問題也沒有。我只是要去找我另一個妹妹的孫女罷了，她的名字也叫蕾蒂．海特，你懂了嗎？」蘇菲氣沖沖地說。

「她住在哪裡？」麥可逼問蘇菲，他似乎覺得蘇菲會回答不出來。

「上弗定山谷。」蘇菲說。

「可是那裡離這裡有十英里遠！我已經答應霍爾要讓妳靜養了，所以不能讓妳走。我答應他，不會讓妳離開我的視線。」麥可說。

聽到這番話，蘇菲不太高興。霍爾現在想叫她去見國王，所以開始認為她有用處了，所以他當然不希望她離開城堡。蘇菲不滿地哼了一聲。

麥可開始慢慢掌握情況了，他說：

「而且霍爾一定也是去上弗定山谷。」

「我也很確定他是。」蘇菲說。

「所以說，妳是在擔心妳的外甥孫女。」麥可了解重點在哪了。「我懂了！可是我還是不能讓妳走。」

「我就是要走。」蘇菲說。

「可是，要是霍爾在那看到妳，他會大發雷霆的。」麥可一邊思考，一邊繼續說。「因為我已經答應他了，要是這樣的話，他會生我們兩個的氣。妳應該在城堡裡休息。」

這時候，蘇菲已經快要準備揍他了。他突然大喊：

「等等！掃具間裡有一雙七里格靴！」

他抓住蘇菲年老而消瘦的手腕，將她往上坡拖，走回停在那裡等待的城堡。蘇菲得一路輕輕跳躍，才不會被石南絆倒。

「可是七里格有二十英里那麼長！這樣我只要走兩步，就會到前往庇護港的半路上了。」蘇菲喘著氣說。

「不對，一步是三英里。這樣就幾乎等同於到弗定山谷的距離了。我們可以一人穿一隻，然後一起去，這樣一來，妳就不會離開我的視線，也不會耗費太多精力。

而且我們還可以比霍爾更早到，他也不會知道我們有去那裡。這個方法可以完美解決我們所有的問題！」麥可說。

麥可看起來十分自豪，所以蘇菲實在不忍心反駁他。她聳聳肩，心想還是趁兩位蕾蒂交換長相之前，先讓他知道真相比較好，這麼做對她而言也不會違背自己。不過當麥可從掃具間拿出靴子時，蘇菲就開始猶豫了。原來在這之前，她都將七里格靴當成了兩個少了提把、有點被壓扁的皮製水桶。

麥可將那兩個笨重的水桶狀物品拿到門邊並解釋道：

「穿的時候，要連鞋子也一起放進去。霍爾幫國王的軍隊做靴子時，先做出了這個原型，後來的成品比較輕一點，形狀也比較像靴子。」

他跟蘇菲坐在門前的臺階上，然後一人穿上一隻靴子。他提醒蘇菲：

「妳讓靴子落地前，記得先面對上弗定山谷的方向。」

他跟蘇菲用穿著普通鞋子的那隻腳站起來，然後小心翼翼地將身體轉向上弗定山谷的方向。

「現在往前踩吧。」麥可說。

咻！一瞬間內，他們身旁的風景快速往後移動。由於速度實在太快了，所有景物看起來都是一片模糊，陸地是一片灰綠色的模樣，天空則是一片藍灰色。

快速前進形成的強風拉扯著蘇菲的頭髮，將她臉上所有皺紋都往後拉，蘇菲覺得自己到達目的地時，可能有一半的臉都跑到耳朵後面了。

這趟旅程在開始的那瞬間就結束了。他們抵達時，周圍是一片平靜，太陽高高掛在天上。他們來到了上弗定山谷裡村莊的草地，身旁的毛茛長得跟他們的膝蓋差不多高，附近的一頭牛正盯著他們看。那頭牛的後面有幾棟茅草屋頂的小屋，懶洋洋地坐落在樹下。不過，那隻水桶狀的靴子實在是太重了，蘇菲一停下來，就失去了重心。

麥可大喊：別把那隻腳放下！

不過已經太遲了。周遭又變成了一片模糊，並颳起強風。蘇菲停下來後，發現自己跑到了弗定山谷，而且都快到弗定山谷的沼澤地了。

「喔，真可惡！」蘇菲罵完後，她小心地在原地單腳跳躍後轉身，然後再嘗試一次。

咻！穿過一片模糊後，她又回到了上弗定山谷的草地上。靴子的重量又讓她往前跨步，她的眼角餘光看到麥可衝過來想抓住她……咻！又是一片模糊。

「喔，真討厭！」蘇菲大聲哀號。她回到了山丘上。城堡歪歪斜斜的黑影在附近靜靜飄浮著，卡西法正從其中一座高塔吹出一圈圈黑煙來娛樂自己。蘇菲只看到這些，她的鞋子又被石南叢絆住，然後又往前跌了一步。

咻！咻！蘇菲這次先到了馬克契平的市集廣場，接著又迅速地跑到一棟豪宅前的草地。

該死！可惡！她每到不同的地方就喊一句，接著她又失去重心，「咻」的一聲跑到山谷邊緣的某塊空地。有隻紅色大公牛正從草地上抬起穿了環的鼻子，然後慢慢低下頭，用角對著蘇菲。

「乖牛兒，我很快就走！」蘇菲大叫。她著急地在原地單腳跳，試著轉身。咻！她回到豪宅。咻！她又回到市集廣場。咻！又看到城堡了。她變得越來越熟練。咻！到上弗定山谷了。但是到底怎麼停下來？咻！

「喔，真該死！」蘇菲大叫。她又快跑到弗定山谷的沼澤地了。

這次她非常小心地單腳跳，慢慢轉身，然後非常謹慎地跨出一步。咻！這次她總算走運了。她的靴子踩到一團牛糞，讓她跌坐在地上。麥可趁她移動之前衝過來，將靴子從她腳上脫下。蘇菲差點無法呼吸，她大叫：

「謝謝你！我剛剛實在是不知道怎麼停下來。」

蘇菲和麥可走過草地，前往費爾法克斯夫人的家。一路上，蘇菲的心跳有點加快，但似乎只是因為剛剛動得太快了。無論霍爾和卡西法先前對她做了什麼，她都心懷感激。

「這裡真不錯。」麥可將靴子藏在費爾法克斯夫人家的灌木叢裡後說。

蘇菲也有同感。那棟房子是村子裡最大的，有著茅草屋頂，黑色樑柱間夾著白色的牆。蘇菲小時候曾經來過，她記得走過繁花盛開、群蜂遊行的花園後，就會抵達房子的前廊。前廊上頭有一株忍冬和一株白色的蔓性玫瑰，它們相互爭豔，似乎在比誰能吸引更多蜜蜂。在上弗定山谷，那天是個完美的炎夏早晨。

費爾法克斯夫人親自來應門。她是那種身材豐滿、讓人覺得自在的女士，頭上盤著奶油色的頭髮。只要看到她，就會覺得生命美好。蘇菲覺得有一點點羨慕蕾蒂。

費爾法克斯夫人看了看蘇菲，又看了看麥可。她上一次看到蘇菲是一年前，那時蘇菲還是個十七歲的女孩，所以她現在當然認不出眼前這個九十歲的蘇菲。她很有禮貌地說：

「兩位早安。」

蘇菲嘆了一口氣。麥可則說：

「這位是蕾蒂·海特的姨婆，我帶她來找蕾蒂。」

「喔，我就覺得妳們長得很像！感覺就是同個家族的。快進來吧，蕾蒂現在有點忙，你們可以一邊吃點司康和蜂蜜，一邊等她。」費爾法克斯夫人說。

她將前門開得更寬敞一點。這時，有隻大柯利犬從費爾法克斯夫人的裙邊擠過，很快地穿過蘇菲和麥可之間，然後跑過最近的花圃，將花都折斷了。

「喔，快阻止牠！牠還不能出來！」費爾法克斯夫人她氣喘吁吁地追著那隻狗。

在接下來的幾分鐘內，他們到處追著那隻狗。那隻狗四處亂竄，激動地發出哀嗚。費爾法克斯夫人和蘇菲追著牠跑，她們跳過花圃，時不時擋住彼此的去路。麥可則是追著蘇菲大喊：

「快停下來！妳這樣會傷到身體！」

那隻狗跑向房子的一個轉角，這時麥可發覺，如果想讓蘇菲停下來，就得先讓那隻狗停下來才行。於是他直直穿過花圃，在狗後面繞著房子跑，然後在狗跑到屋後的果園時，抓住牠身上厚厚的毛，將牠制伏。

蘇菲一拐一拐地趕到時，麥可正在將狗往後拉，還一直對她擺出奇怪的表情。蘇菲一開始還以為麥可不舒服，直到麥可將頭往果園方向擺動好幾次後，她才終於了解，他是有事要告訴她。她從屋子的轉角探頭察看，還以為自己會看到一大群蜜蜂。

結果，她看到的是霍爾和蕾蒂。他們周圍有好幾棵開滿了花、樹幹上長著青苔的蘋果樹，遠處還有一排蜂窩。蕾蒂坐在白色的庭園椅上，霍爾則是單膝跪在她腳邊的草地上，握著她的一隻手，一副高貴又熱情的樣子，蕾蒂充滿愛意地對著霍爾微笑。但對蘇菲來說最糟的是，蕾蒂根本不像瑪莎，她還是原本那位美麗出眾的蕾蒂。她穿著一件粉紅色和白色的洋裝，跟她頭頂滿滿的蘋果花是同一個色調。她的深色頭髮捲曲而有光澤，從其中一邊的肩膀垂下來，眼裡閃耀著對霍爾的深情。

蘇菲將頭縮回，不開心地看著麥可。那隻柯利犬還在麥可手裡哀號著。麥可也跟蘇菲一樣不開心，他悄聲說：

「他一定是用了加速咒。」

這時，費爾法克斯夫人追了上來，她一邊喘氣，一邊努力將一撮鬆掉的奶油色頭髮盤回去。她凶狠地用氣音對那隻柯利犬說：

「你這隻壞狗狗！你下次再這樣，我就要對你下咒了！」

那隻狗眨了眨眼，然後坐下。

「快點進去！給我待在屋裡！」費爾法克斯夫人嚴厲地用手指著牠說。

柯利犬從麥可手裡掙脫，然後跑過屋子的轉角。

「真是謝謝你。牠一直想去咬來找蕾蒂的客人。」他們跟著狗走回去時，費爾法克斯夫人對麥可說。她走到前院時，又嚴厲地大喊。「快進去！」

那隻狗好像想繞過屋子的另一邊轉角跑到果園。牠回頭悲傷地看她一眼，然後沮喪地從前廊爬進屋裡。

「也許那隻狗並沒有錯。費爾法克斯夫人，妳知道來找蕾蒂的客人是誰嗎？」

蘇菲說。

「他是巫師潘卓根，也叫霍爾，他還有其他的名字，只不過我跟蕾蒂都假裝不知道。他第一次出現在我們面前的時候真的很好笑，他還說他叫希爾維斯特·奧克。他好像不記得我了，但我可沒忘了他，雖然他學生時期的頭髮是黑色的。」費爾法克斯夫人咯咯笑說。

費爾法克斯夫人將雙手交疊在胸前，站得直直的，準備滔滔不絕地講上一整天，蘇菲以前也常看到她這麼做。

「他是我老師退休前教的最後一個學生。我先生還活著時，有時會叫我用魔法瞬間傳送我們兩人到金貝利看表演——只要我把速度放慢，就可以一次傳送兩個人。我們每次去那裡，我都會順便拜訪潘斯特蒙夫人，她喜歡跟以前的學生保持聯絡。有一次，她就介紹這位叫霍爾的年輕人給我們認識。喔，她很以他為傲。妳知道的，沙利曼也是她的學生，但她說霍爾的能力有他的兩倍好……」費爾法克斯夫人說。

「可是妳沒聽說過霍爾在外面的名聲嗎？」麥可插嘴說。

要在費爾法克斯夫人說話時插嘴，就像是要跳進正在翻動的跳繩。你必須看準時機，一旦成功跳進去，就可以跟她持續對話了。費爾法克斯夫人稍微轉身，面對麥可說：

「我覺得那些有大部分都是謠言。」

麥可張開嘴巴，正想反駁她，但跳繩繼續翻動下去。她繼續說：

「所以我就跟蕾蒂說：親愛的，妳最好的機會來了。我知道霍爾可以教她的事情，有我的二十倍那麼多。我不介意告訴你們，蕾蒂的頭腦比我好多了，她可能會變得跟荒野女巫差不多厲害，但她是好的女巫。蕾蒂是好女孩，我非常喜歡她。要是潘斯特蒙夫人還收學生，我明天就會送蕾蒂過去，但她已經退休了。所以我就跟蕾蒂說：既然巫師霍爾在追求妳，那妳不如就跟他談戀愛，讓他來當妳的老師。你們這一對將來一定會很有成就。蕾蒂剛開始好像不太想這麼做，但她最近態度軟化許多，今天的情況看起來更是順利。」

費爾法克斯夫人說到這裡便停下來，親切地對著麥可微笑。這時蘇菲立刻衝進翻動的跳繩裡，她說：

「可是我聽說，蕾蒂喜歡的是另一個人。」

「妳的意思應該是很同情那個人吧？」費爾法克斯夫人壓低聲音，她話中有話地悄聲說。「那真的是很嚴重的缺陷，而且要任何女孩忍受，都太殘忍了。我之前就是跟他這麼說，我自己也很同情他……」

蘇菲一點也聽不懂，她疑惑地說了聲：喔？

「……但那個魔咒實在強得嚇人，這真的很讓人難過。我只好老實告訴他，像我這種等級的巫師，不可能有辦法解除荒野女巫下的魔咒。也許霍爾可以，但是他當然沒辦法去問霍爾，對吧？」費爾法克斯夫人繼續說。

麥可持續緊張地看著屋子的轉角，就怕霍爾往這走過來，發現他們在這裡。這時他抓準時機踩住跳繩，讓繩子停下來。

「我覺得我們該走了。」麥可說。

「你們真的不進來嚐嚐我的蜂蜜嗎？我所有的魔咒幾乎都會用蜂蜜。」費爾法克斯夫人問了他們後，又開始喋喋不休，這次說的是蜂蜜的魔法特性。麥可和蘇菲刻意往大門走，費爾法克斯夫人則跟在他們後面，一邊說個沒完，一邊惋惜地將剛剛被狗踩彎的植物弄直。與此同時，蘇菲絞盡腦汁，思考要如何問費爾法克斯夫人怎麼知道「蕾蒂是蕾蒂」，才不會惹麥可不開心。費爾法克斯夫人用力將一株羽扇豆弄直後，停下來喘口氣。

這時蘇菲立刻就說：

「費爾法克斯夫人，本來要來妳這裡的，不是我的另一個外甥孫女瑪莎嗎？」

「這些孩子真調皮！她們以為我會認不出那個魔咒嗎？那可是我自己以蜂蜜為基底調製的！不過就像我那時候跟她說的：我不會挽留不想留在這裡的人，而且我也寧願教有心學習的學徒。只不過，在我這裡不能有任何的偽裝，所以妳如果想留下來，就得恢復成原本的模樣。結果妳也看到了，一切皆大歡喜。妳確定不留下來自己問她嗎？」費爾法克斯夫人一邊從羽扇豆旁站起來，一邊笑著搖頭說。

「我想，我們得走了。」蘇菲說。

麥可也加上一句：

「我們必須回去了。」

麥可又緊張地往果園看了一眼。他從灌木叢裡拿出七里格靴，並在走出大門後，幫蘇菲擺好一隻靴子。

「這次我會好好抓住妳的。」麥可說。

正當蘇菲將腳放進靴子裡時，費爾法克斯夫人從大門探出頭來。她說：

「是七里格靴啊，妳敢相信嗎？我好幾年都沒見到這種東西了。對妳這個年紀的人來說，這非常實用，呃……抱歉，我忘了問妳的名字。總之，我最近也覺得我可以擁有一雙。所以說，蕾蒂的巫術天賦就是遺傳自妳吧？雖然天賦不一定是遺傳而來的，但是通常……」

麥可緊緊抓住蘇菲的手臂，然後拉著她前進。當他們同時落地，費爾法克斯夫人的閒話家常也隨著咻的一聲，消失在強風中。接下來，麥可必須抱住自己的腳，才不會撞上城堡。城堡的門開著，卡西法從裡面對他們大吼：

庇護港的門！自從你們離開後，就有人一直在敲門——

第九章　麥可搞不定的魔咒

在城堡外敲門的人是船長，他終於來拿風息咒了。他相當不滿自己等了這麼久，於是對麥可說：

「孩子，我要是錯過浪，就要跟巫師先生告你的狀了。我不喜歡懶惰的孩子。」

蘇菲覺得麥可對船長太有禮貌了，但她當時太過沮喪，所以沒有插手管這件事。

船長走後，麥可回到工作檯對著魔咒皺眉，蘇菲則是靜靜坐著修補襪子。她只有這雙襪子，而她腳上腫脹的關節已經將襪子磨出了幾個大洞。她的灰色洋裝也嚴重磨損，還髒兮兮的。她想過要拿霍爾那件毀掉的藍色和銀色套裝，將汙漬最少的部分剪下來做成裙子，但她不敢這麼做。

「蘇菲，妳有幾個外甥孫女啊？」正看著第十一頁筆記的麥可抬起頭說。

在這之前，蘇菲就一直怕麥可會問她這些問題，她回答：

「孩子，你到我這個年紀的時候，就會記不得有幾個了。她們都長得很像，我覺得那兩個蕾蒂說不定是雙胞胎。」

「喔，不對。上弗定山谷的那個外甥孫女可沒有我的蕾蒂漂亮。」麥可說。這番話讓蘇菲有些驚訝。他接著將第十一頁撕碎，並開始寫第十二頁。「還好霍爾沒有遇到我的蕾蒂。」

然後麥可開始寫第十三頁，接著又將那頁也撕掉後說：

「費爾法克斯夫人說她知道霍爾是誰時，我真的很想笑，妳不覺得很好笑嗎？」

「不。」蘇菲知道，這點並不會改變蕾蒂對他的感覺。蘇菲想起蘋果花下那蕾蒂燦爛而充滿愛慕之情的笑容，不抱希望地問。「霍爾這次該不會是真的愛上她了吧？」

卡西法嗤之以鼻，從煙囪噴出綠色的火花。

「我就是怕妳會這麼想，但妳這樣只是在欺騙自己，就跟費爾法克斯夫人一樣。」麥可說。

「你怎麼知道？」蘇菲說。

卡西法和麥可看了彼此一眼，麥可問：

「他今天早上有忘記在浴室待一小時以上嗎？」

「他待了兩個小時，在裡面往臉上施魔咒，真是個愛慕虛榮的傻子。」卡西法說。

「那答案很清楚了。等到霍爾忘記這麼做的那天，我才相信他是真的戀愛了，在那之前都不算。」麥可說。

蘇菲想起霍爾在果園裡單膝下跪，努力擺出帥氣姿勢的樣子，她知道麥可和卡西法是對的。她想過要去浴室將霍爾的化妝咒都倒進馬桶，但又不敢這麼做。她一拐一拐地走上樓，拿出那件藍色和銀色的套裝，然後花一整天從上面剪出小小的藍色三角形，想縫成一件拼布裙。

麥可走過來將十七頁筆記丟向卡西法，並貼心地拍拍蘇菲的肩膀說：

「每個人最後都會走出難關的。」

到了這個時候，麥可顯然搞不定他正在做的魔咒。他放棄做筆記，然後從煙囪刮了一些煤灰下來。卡西法伸長脖子，不解地看著他。麥可從樑上掛著的一個袋子裡拿出一條枯萎的植物根部並放進煤灰裡。接著，他思考許久，然後將門的把手轉成藍色向下，前往庇護港。二十分鐘後，他帶回一個螺旋形的大貝殼，並將貝殼、植物根部和煤灰放在一起。接下來，他又撕碎了好幾頁的紙張放進去。他將那堆東西放在骷髏頭前，並朝著它們吹氣，讓煤灰和碎紙張在工作檯上盤旋。

「妳覺得他在做什麼？」卡西法問蘇菲。

麥可停止吹氣，開始用杵和臼將所有的東西搗碎，不時滿臉期待地看著骷髏頭。什麼事也沒發生，於是他又從袋子和罐子裡拿出不同的材料來嘗試。

「我覺得自己不該偷偷調查霍爾。他或許對女生很花心，但對我非常好。他收留我時，我坐在他庇護港的家門口，只是個沒人要的孤兒。」麥可將第三組材料放進碗裡用力搗爛時說。

「這整件事是怎麼回事？」蘇菲一邊剪下一個藍色三角形，一邊問。

「我媽媽過世，爸爸也在暴風雨中溺死了。這種時候，沒人會想收留你。我付不出房租，所以只好離開原本的家。我試著在街上生活，但人們一直把我從門前和船上趕走，到了最後，我想到唯一能去的，就是所有人都害怕得不敢去管的地方。那時候，霍爾才剛開始用『巫師詹金斯』的名義做點小生意，但大家都說他的房子裡有惡魔，於是我在他的門前睡了幾晚，直到某天早上，霍爾為了出門買麵包而打開門，而我跌進屋裡。他說我可以在屋裡等他買完食物回來，於是我就進來了。我遇到了卡西法，而我從來沒見過火魔，所以我就開始跟他說話。」麥可說。

「你們談了什麼？」蘇菲很好奇卡西法有沒有也叫麥可幫他解除契約。

「他跟我說他的煩惱，還滴眼淚在我身上，對吧？他好像沒想過我可能也有煩惱。」卡西法說。

「我覺得你沒有，你只是很愛抱怨而已。你那天早上對我很好，我猜那讓霍爾印象深刻。但你也了解他的性格，他沒有說我可以留下之類的話，只是沒叫我走而已。所以我就開始想辦法讓自己有點用處，像是幫忙管理錢，讓他不會一拿到錢就花光之類的。」麥可說。

這時候，魔咒發出某種「呼」的聲音，然後產生了輕微的爆炸。麥可嘆著氣將骷髏頭上的煤灰掃掉，並嘗試其他的材料。蘇菲則是開始用她腳邊的藍色三角形做起拼布來。

「我一開始犯了很多愚蠢的錯，但霍爾對我很寬容，我覺得我現在已經沒那麼笨拙了。我想我也的確有在理財方面幫上忙，霍爾常常買昂貴的衣服，他說沒人會想僱用看起來賺不到錢的巫師。」麥可繼續說。

「那只是因為他喜歡衣服而已。」卡西法用橘色眼睛看著正在縫布的蘇菲，好像想暗示什麼。

「這套衣服已經毀了。」蘇菲說。

「不只有衣服。還記得去年冬天嗎？那時候你只剩最後一根木柴，結果霍爾卻出門買了骷髏頭和那把蠢吉他回來。我當時真的很生氣，他說是因為它們很好看。」麥可說。

「那你們怎麼解決木柴的事？」蘇菲問。

「霍爾用魔法從某個欠他錢的人那裡拿了一些過來。欠錢的事是霍爾說的，而我只希望他說的是實話。然後我們吃了海藻，霍爾說吃海藻對你有好處。」麥可說。

「海藻很不錯，乾乾脆脆的。」卡西法喃喃地說。

「我討厭海藻。」麥可心不在焉地看著碗裡被他搗碎的東西。「我搞不懂耶——應該要有七樣材料，除非那是指有七道手續，但還是先用五芒星陣試試看好了。」

麥可將碗放在地上，並用粉筆在周圍畫出一個五角星形。碗裡的材料又爆炸了，這次爆炸的力道將蘇菲的三角形碎布吹到壁爐邊。麥可咒罵了一聲，然後匆匆抹掉地上的五芒星。

「蘇菲，我搞不定這個魔咒，妳有可能幫我嗎？」麥可問。

蘇菲心想，這就像是孫子拿著回家作業去找奶奶那樣。她將三角形碎布收集起來，然後很有耐心地重新將布擺好。她小心地說：

「讓我看看。不過你也知道，我一點都不懂魔法。」

麥可心急地將一張有點閃亮的奇怪紙張塞到她手裡。那張紙以魔咒來說也很不尋常，上面印的粗體字略帶灰色，而且有點模糊，紙的邊邊也有許多灰色的色塊，看起來像正在褪去的暴風雨雲。

「說說妳有什麼想法。」麥可說。

蘇菲讀了讀上面的文字[1]。

去抓住墜落的流星，
讓曼德拉草根懷上孩子，
告訴我過往歲月的去處，
或者誰弄裂了惡魔的腳。
教我聽見美人魚的歌聲，
或是避開嫉妒的尖刺，
並去找出
怎樣的風
能吹動誠實的心向前。

解讀此詩的意涵，
並自己寫出第二節。

這段文字讓蘇菲十分困惑。這不太像她之前偷看的那些魔咒。她仔細讀了兩次，麥可在一旁心急地解釋，也沒幫上什麼忙。

「妳也知道，霍爾告訴我高階的魔咒都藏著謎題吧？我一開始覺得詩的每一句都是一個謎題，所以我用帶著火花的煤灰來代表流星，用螺旋形貝殼來代表美人魚的歌聲。接下來，我想我應該也算是個孩子，所以我就把曼德拉草根拿下來──也許這就是出錯的地方──然後，避開尖刺的東西會是大羊蹄的葉子嗎？我之前都沒想到──總之，這些全都失敗了！」麥可說。

「我並不意外。我覺得這些都是不可能做到的事。」蘇菲說。

不過麥可並不接受這種說法。他理性地指出，要是這些事不可能做到，那就永遠都沒人可以完成魔咒了。他接著又說：

「還有，偷偷調查霍爾的事讓我很慚愧，所以我想做好這個魔咒來彌補。」

「那很好，我們先從『解讀此詩的意涵』開始吧，如果『解讀』也是魔咒的一部分，那這一定能啟動它。」蘇菲說。

但這道建議麥可也不接受，他否定了蘇菲的想法：

「不，這種魔咒要在開始做之後，才會自己顯露出來，最後一句就是這個意思。要在寫第二節的時候，說出魔咒的意思，這樣才會成功。這種魔咒非常進階，我們要先解開第一部分才行。」

「我們來問問卡西法吧。卡西法，誰是……」蘇菲又將她的藍色三角形堆成一堆後說著。

但麥可也不讓她做這件事：

「不行，妳安靜點。我覺得卡西法也是魔咒的一部分。妳看，上面寫著『告訴我』和『教我』，我一開始以為是要教那個骷髏頭，但那沒有效，所以一定是卡西法。」

「要是我說什麼，你都要反駁，那你自己做就好了！無論如何，卡西法一定知道是誰弄裂了他的腳！」蘇菲說。

聽到這句話，卡西法的火突然變旺了一點：

「我又沒有腳。而且我是火魔，不是惡魔。」

卡西法一邊說著，一邊縮到木柴下面，接下來蘇菲和麥可討論魔咒的時候，他就在那裡不停地劈啪作響，喃喃自語地說著：真是胡扯！

到了這時候，這個謎題已經吸走了蘇菲的注意力，她將三角形碎布收起來放到一邊，拿出紙筆，開始跟麥可一樣做一大堆筆記。接下來一整天，她和麥可就這樣坐著看向遠方，咬著羽毛筆，時不時向彼此提出意見。

蘇菲的其中一頁筆記寫著：

大蒜可以避開嫉妒嗎？我可以用紙剪出一個星星，然後讓它墜落。我們可以跟霍爾說嗎？霍爾應該比卡西法更喜歡美人魚。不過我不覺得霍爾有誠實的心，那是指卡西法的心嗎？「過往歲月」到底是什麼意思？是不是要讓一種乾燥的植物根部結出果實？要種植物嗎？在大羊蹄的葉子旁邊？在貝殼裡？裂開的腳是偶蹄嗎？那就是除了馬之外大部分的動物。是不是要在馬蹄上放一瓣大蒜？那風呢？是氣味嗎？還是七里格靴的風？霍爾是惡魔嗎？裂開的腳趾穿著七里格靴？還是穿著靴子的美人魚？

蘇菲寫下這些文字時，麥可也樣著急地問：

「『風』會不會是某種滑輪啊？一個誠實的人被吊死？可是那樣就變成黑魔法。」

「來吃晚餐吧。」蘇菲說。

他們吃了麵包和乳酪，然後繼續望著遠方。最後，蘇菲開口：

「麥可，我拜託你，我們不要再猜了，試著直接照魔咒說的做吧。哪裡最適合抓流星？是山丘上嗎？」

「沼澤——庇護港的沼澤地比較平坦。我們有辦法做到嗎？流星的速度很快。」麥可說。

「我們也可以走得很快，只要穿上七里格靴就行了。」蘇菲說。

麥可從座位上跳起來，一副如釋重負、開心的模樣。他一邊找出靴子，一邊說：

「我覺得妳說得對！我們去試試吧。」

這一次，蘇菲很謹慎地帶了她的拐杖和披肩，畢竟外頭的天色已經暗了。麥可正將門的把手轉成藍色朝下時，發生了兩件奇怪的事——工作檯上骷髏頭的牙齒發出聲響，而卡西法則是熊熊燃燒起來，衝上煙囪。

「我不想要你們走！」卡西法說。

「我們很快就回來。」麥可安撫他說。

他們走上庇護港的街道，當下是明亮又帶有暖意的夜幕已覆蓋於街頭之時，然而，他們走到街道盡頭時，麥可突然想起蘇菲那天早上不舒服的事，開始擔心夜晚的風會影響她的健康。蘇菲回他別耍笨了，並拄著拐杖堅定地向前走，直到燈火通明的窗戶被他們拋在身後，夜晚也變得遼闊、潮濕又冷颼颼的。沼澤地聞起來有鹽類和泥土的味道，海面波光粼粼，海浪後退時發出柔和的唰唰聲。蘇菲看不太清楚，但她感覺得到，他們面前有好幾英里平坦的地面。蘇菲只看到低空中略帶藍色的帶狀霧氣，還有沼澤地水坑反射出的微弱閃光，同樣的景色一直延續到天際，其餘可見的部分全是遼闊的天空。夜空中的銀河看起來像從沼澤中升起的一片霧，而星星努力穿透霧氣閃著光亮。

麥可和蘇菲站在那裡，一人面前擺著一隻靴子，等著流星墜落。

大概一小時後，蘇菲就得假裝自己沒在發抖，才不會讓麥可擔心了。再半小時後，麥可說：

「五月不適合做這件事，八月或十一月是最好的。」

又過了半小時後，他擔心地說：

「曼德拉草根要怎麼辦？」

「我們先把這件事搞定，再來擔心那個吧。」蘇菲說話時緊緊咬著牙，以免牙齒打顫。

又一段時間後，麥可說：

「蘇菲，妳先回家吧，畢竟這是我要做的魔咒。」

就在蘇菲打開嘴巴，準備說這是個好主意時，一顆星星正好從天上墜落，在空中劃出一道白色的痕跡。

「有流星！」蘇菲尖叫道。

麥可將腳踩進靴子追上去，蘇菲先是用拐杖撐起自己，接著也出發了。咻！啪！他們深入沼澤地，四周空盪盪的，到處都是霧氣和閃著微光的水坑。蘇菲將拐杖插進泥土裡，好不容易站穩。

麥可的靴子掉在她旁邊，看起來像一坨深色的汙漬，麥可的人則正在拚命往前跑，只能聽見他的雙腳不停踩在泥地上的聲音。

而流星就在那裡。就在麥可奔跑的人影前方幾英尺處，蘇菲可以看見一個小小的白色火焰狀物體正在下降。那個明亮的物體下降得很慢，麥可看起來有機會抓到它。

「來吧，拐杖！帶我過去那裡！」蘇菲將腳拉出靴子，然後叫道。她一拐一拐地全力衝刺，跳過草叢，踩過水坑，一路上都盯著那道小小的白光。

她趕上時，麥可正踩著輕輕的腳步，跟在流星後面，伸出雙手準備抓住它，星光映照出他的輪廓。那顆流星就在麥可前面一、兩步距離的地方飄浮著，高度和麥可的手一樣高，還緊張地回頭看向麥可。蘇菲心想，真奇怪！

那顆星星是由光構成，發散出的白光在周圍形成一個圓圈，照亮著麥可周遭的草叢、蘆葦和黑色水坑，但它同時又有一雙大眼睛，正緊張地往後看著麥可，還有著一張尖瘦的小臉。

那顆流星看到蘇菲時嚇了一跳。它突然往前衝，並用尖銳刺耳的聲音大叫：

「到底是怎樣？你們想幹嘛？」

蘇菲原本想叫麥可停下來——它都嚇壞了！但她實在是喘不過氣來說話。

「我只是想抓住你，不會傷害你的。」麥可向流星解釋。

「不要！不要！」那顆流星絕望地劈啪作響，它繼續說。「這樣不對！我應該要死才對！」

「可是，只要你讓我抓住你，我可以救你的。」麥可溫柔地說。

「不要！我寧願去死！」那顆流星大喊後，它往下衝，遠離麥可的指尖。麥可試著抓住它，但星星的速度實在太快了。那顆流星衝向距離最近的水坑，接著有一瞬間，原本黑色的水坑濺成一團白色的火焰，然後是一陣逐漸消退的微弱滋滋聲。蘇菲蹣跚地走到那裡時，麥可正站在水坑邊，看著小圓球的最後一點光芒逐漸消失在黑暗的水中。

「真讓人傷心。」蘇菲說。

「對啊，我也有點同情它。我們回家吧，我受夠這個魔咒了。」麥可嘆了一口氣。

他們花了二十分鐘才找回靴子。蘇菲覺得他們能找得回來，就已經是奇蹟了。他們垂頭喪氣地走過庇護港昏暗的街道時，麥可說：

「妳知道嗎？我知道我是永遠做不出這個魔咒了。這對我來說太難了，我應該要去問問霍爾。我很討厭認輸，但至少現在霍爾會有理智回答我，因為那個蕾蒂·海特已經接受他了。」

蘇菲聽到這段話，完全開心不起來。

註1　此段詩句在第十一章註5有詳細說明。

第十章　卡西法給蘇菲的提示

霍爾一定是在蘇菲和麥可出門時回到城堡的。蘇菲正在卡西法的身上煎早餐時，他從浴室出來，然後優雅地在椅子上坐下。他打扮得整整齊齊，容光煥發，身上有股忍冬的香味。

「親愛的蘇菲，妳老是在忙東忙西的。就算我要妳休息，妳昨天還是認真工作了，對吧？妳為什麼要把我最好的套裝剪成拼圖呢？我只是問一下，沒有惡意。」霍爾說。

「你那天把它弄得都是黏液，我只是想改造它一下。」蘇菲說。

「這件事我可以輕易做到，我想，我已經證明給妳看了。只要妳給我妳的尺寸，我也可以為妳量身打造一雙七里格靴。也許可以用咖啡色的小牛皮製作，做得實用一點。明明一步就能走十七公里，還有人能每次都踩在母牛糞上，真是不可思議。」霍爾說。

「說不定是公牛糞。我敢說，你一定也在靴子上找到了沼澤地的泥巴。我這個年紀的人很需要運動。」蘇菲說。

「看來妳比我原本想的還要忙。昨天我去找蕾蒂時，眼睛正好有一瞬間離開了蕾蒂可愛的臉，而我能對天發誓，我看到了妳長長的鼻子，正從房子的轉角處探出來。」霍爾說。

「費爾法克斯夫人是我們家族的朋友。我怎麼知道你也剛好在那裡？」蘇菲說。

「妳的直覺很準，所以妳知道。沒有事物能逃得過妳的魔掌。要是我去追的女生住在海中央的冰山上，我遲早——我看是很早就會——會看到妳騎著掃帚從空中俯衝下來。其實到了現在，要是我沒看到妳，我反而還會覺得失望。」霍爾說。

「你今天要去冰山了嗎？從蕾蒂昨天的表情看來，那裡大概沒有什麼值得你留戀的了！」蘇菲回嘴說。

「蘇菲，妳真是冤枉我了。」霍爾的聲音聽起來像心被傷到了，蘇菲懷疑地看向旁邊。霍爾的側臉在他耳朵掛著的紅色珠寶後面，看起來既憂傷又高尚。「我要過好幾年，才有可能離開蕾蒂。還有，其實我今天是要再次去見國王。這樣妳滿意了嗎？愛管閒事的長鼻子太太。」

蘇菲不太相信霍爾說的任何一句話。但他用完早餐後出門時，將門的把手轉成紅色朝下，看起來的確是要去金貝利。麥可想問他那個難解的魔咒，卻被他揮手趕走了。麥可沒有事情可以做，於是也出門了。他說自己乾脆去一趟賽莎利西點店。

蘇菲一個人留在城堡裡。她還是不相信霍爾所說關於蕾蒂的話，但她之前誤會過霍爾，而且她目前為止，都只有透過麥可和卡西法的話去了解霍爾的行為。她收集起所有的藍色三角形碎布，開始心懷愧疚地將碎布縫回銀色的網狀布上——那是那套衣服僅剩的部分了。接著，有人敲了門，她嚇了一大跳，心想是稻草人回來了。

「是庇護港的門。」卡西法說完，對蘇菲露出一道紫色的笑容。

那應該沒問題。蘇菲搖搖晃晃地走到門口，將把手轉到藍色朝下後開門。門外有一匹拉馬車的馬。牽著馬的那人大約五十歲，他問女巫太太，有沒有東西可以阻止馬一直將馬蹄鐵弄掉。

「讓我瞧瞧。」蘇菲蹣跚地走到壁爐邊，然後悄聲說。「我該怎麼做？」

「用黃色粉末，就在第二個架子上的第四個罐子裡。那些魔咒大多都是依靠人的信念，所以妳拿給他的時候，要看起來有信心一點。」卡西法小聲回答她。

於是蘇菲學著麥可的動作，將黃色粉末倒到方形的紙上，漂亮地扭轉一下紙，然後拿著那包粉末蹣跚走到門口。

「用這個吧，年輕人。這個魔咒固定馬蹄鐵的效果可以贏過一百根釘子。聽見了嗎，馬兒？你接下來一整年都不必去找鐵匠了。這樣是一便士，謝謝。」蘇菲說。

那天非常忙碌。蘇菲得不時放下手上在縫的東西，在卡西法的幫助下賣魔咒給客人，她賣了一個通水管的、一個抓山羊的，還有一個能釀出好啤酒的魔咒。唯一讓她苦惱的，是一位敲了金貝利那扇門的客人。蘇菲將門的把手轉成紅色朝下後開門，看到門口站著一個穿著高貴的少年。那少年看起來年紀比麥可大不了多少，他臉色蒼白，冒著汗，在門前的臺階上擰著雙手。

「巫師女士，求求妳了！我明天清晨要跟人決鬥，請給我一個能確保我贏的魔咒吧。要多少錢我都願意給！」他說。

蘇菲回頭看向卡西法，卡西法用表情對她示意，讓她知道城堡裡沒有現成的那種魔咒。

「這麼做是不對的。而且你本來就不該跟人決鬥。」蘇菲嚴厲地告訴那個少年。

「那給我一個讓我有公平競爭機會的魔咒吧！」少年絕望地說。

蘇菲看著他。他身材矮小，一副膽小懦弱的樣子。他看起來毫無獲勝的希望，就像那種永遠都是輸家的人。

「我盡量想辦法。」蘇菲說。

她蹣跚走到架子旁，掃視架上的罐子，覺得上面寫著「卡宴辣椒」的紅色罐子是最有可能幫上忙的。蘇菲倒了一大堆到方形的紙上，並將那個骷髏頭放到旁邊。她低聲對骷髏頭說：

「因為你一定比我更懂這些。」

那少年不安地靠在門上看著蘇菲，蘇菲拿起一把刀，做出一些動作，希望能看起來像是在對那堆辣椒施法。她含糊地說：

「你要把這場決鬥變公平。公平的決鬥，懂嗎？」

接下來，她將辣椒用紙包起來並扭緊，然後拿著辣椒一拐一拐地走到門口。「決鬥一開始，你就把這個灑到空中，這樣你就能擁有跟對方同等的機會。接下來你能不能贏，就取決於你自己了。」她對那個矮小的少年說。

那個矮小的少年十分感激，甚至還想給蘇菲一枚金幣來報答她，但蘇菲拒絕收下金幣，於是他給了蘇菲兩便士，然後開心地吹著口哨離開了。蘇菲一邊將錢塞到壁爐邊的石頭下，一邊說：

「我覺得自己好像個騙子。不過我還真想去決鬥現場看看！」

「我也是！妳什麼時候才要放我離開這裡，讓我可以去看看那種事情？」卡西法發出劈啪聲說。

「我得要有關於契約的提示，才有辦法幫你。」蘇菲說。

「妳今天晚點可能就會得到了。」卡西法說。

接近傍晚時，麥可快步走進門。他緊張地環顧四周，確認霍爾還沒回來，然後走到工作檯旁，在桌上擺出各種物品，一邊裝出忙碌的樣子，一邊開心地唱著歌。

「我真羨慕你，可以輕輕鬆鬆地走那麼多路。」蘇菲一邊將藍色三角形縫上銀色的布邊，一邊說。「瑪——我外甥孫女過得怎麼樣？」

麥可高興地離開工作檯，坐到壁爐邊的凳子上，開始跟蘇菲分享當天遇到的事。接下來，他也問了蘇菲的一天。結果當霍爾雙手抱著一大堆包裹，用肩膀將門推開時，麥可看起來一點也不忙碌。他正好聽到那個決鬥咒的故事，在凳子上笑得人仰馬翻。

霍爾用背把門關起來，一臉悲痛地靠在門上站著。

「看看你們！我真是太慘了。我整天幫你們做事，結果你們看到我，卻連一聲招呼也不打，連卡西法也一樣！」霍爾說。

麥可愧疚地從凳子上跳起來，而卡西法則說：

「我從不打招呼的。」

「有什麼問題嗎？」蘇菲問道。

「這樣好多了，你們總算假裝有注意到我了。蘇菲，妳這麼問真是太體貼了。沒錯，我的確遇到了問題。國王今天正式要求我去幫他找他的弟弟——還極力暗示我可以順便解決荒野女巫——而你們還坐在這裡哈哈大笑！」霍爾說。

這時，霍爾的心情顯然糟到隨時都會製造出綠色黏液。蘇菲趕緊將正在縫的東西放到一邊：

「我來烤點熱奶油吐司吧。」

「都發生了這種悲劇，而妳就只能做這種事嗎？」霍爾繼續說。「還烤吐司！不，別站起來。我好不容易才拿著這堆要給你們的東西回來，所以你們至少也表現出感興趣的樣子吧，這樣才有禮貌。來，在這裡。」

霍爾將幾個包裹丟到蘇菲的大腿上，並將另一個包裹拿給麥可。

蘇菲困惑地拆開那些包裹。包裹裡有幾雙絲質長襪，還有兩個包裹裝著最高級的麻紗襯裙，襯裙上有荷葉邊、蕾絲和緞面的裝飾。有一雙淺灰色麂皮製成、側邊有彈性的靴子，還有一件蕾絲披肩。另外還有一件灰色的水波紋絲質洋裝，上面有著蕾絲裝飾，很搭披肩。蘇菲以專業的眼光仔細審視這些衣物，驚訝得倒抽一口氣。

光是那些蕾絲裝飾就要價不菲。她心存敬畏地撫摸那件洋裝的絲質布料。

麥可也打開包裹，拿出一件漂亮的新絲絨外套。他一點也不感激。

「你一定花光了絲質錢包裡所有的錢！我才不需要這個，需要新衣服的人是你。」麥可說。

霍爾將他的靴子掛到那套藍銀色衣服剩餘之處上，一臉惋惜地將它舉起來。雖然蘇菲已經很努力地縫補，但上面的孔洞還是比布料多。

「我真是無私啊！我可不能讓你跟蘇菲穿著破爛的衣服，就去國王面前破壞我的名聲。這樣國王會覺得我沒好好照顧我的老母親。蘇菲，怎麼樣？靴子的尺寸對嗎？」霍爾說。

蘇菲還在驚訝地摸著那些衣服，聽到這句話，她抬起頭說：

「你這麼做，到底是因為你好心，還是因為你懦弱？謝謝你，但我不會去的。」

「真是不知感激！」霍爾大叫，張開雙臂說。「我們再來弄些綠色黏液吧！接下來我就只好把城堡移到好幾百英里外，再也見不到我可愛的蕾蒂！」

麥可用眼神對蘇菲苦苦哀求，蘇菲則是惡狠狠地瞪著霍爾。她很清楚，現在她兩位妹妹的幸福，都取決於她是否答應去見國王，更別說她可能還得對付綠色黏液。

「你根本還沒要求我做任何事。你只有說我會去。」蘇菲說。

「而妳的確會去，不是嗎？」霍爾微笑著說。

「好吧，你想要我什麼時候去？」蘇菲說。

「明天下午。麥可可以扮成妳的僕人，跟妳一起去。國王已經知道妳會去了。」

霍爾在凳子上坐下，開始冷靜而有條理地對蘇菲解釋她要說的話。

事情開始順他的意，所以他那種要製造綠色黏液的情緒也完全消失了。蘇菲注意到了這點，她覺得很想甩他一巴掌。

「我希望妳可以做得恰到好處，讓國王能繼續僱我做傳送咒那類的工作，但又沒有信任我到能把尋找他弟弟這種事交給我。妳要告訴他我惹荒野女巫生氣的原因，還有我是個多麼好的兒子，不過妳說這些事的同時，也要讓他感覺到我很沒用才行。」霍爾解釋道。

霍爾解釋得很詳細。蘇菲雙手緊抱著包裹，試著理解他說的話，但心裡還是忍不住想，要是她是國王的話，根本就沒辦法理解這個老太太想說什麼！

與此同時，麥可在霍爾的手肘邊探頭探腦，想問霍爾那個難解的魔咒。但霍爾一直想到新的小細節，要叫蘇菲跟國王說，並且揮手將麥可趕走。

「麥可，現在不是時候。蘇菲，我突然想到，妳可能要練習一下，才不會被宮裡的氣派震懾住，妳可不能在跟國王說話時突然頭昏腦脹。麥可，等一下。所以我已經安排妳去找潘斯特蒙夫人。她是我以前的老師，是位很受敬重的長輩，在某些方面，她甚至比國王還受敬重。這樣一來，妳去宮殿的時候，就會已經習慣這樣的感覺了。」霍爾說。

聽到這裡，蘇菲開始希望自己從沒答應過這件事。霍爾終於理會麥可時，她鬆了一大口氣。

「好了，麥可，該你了。有什麼事？」霍爾問。

麥可揮動著那張閃亮的灰色紙張，跟霍爾大肆抱怨，說這個魔咒感覺根本不可能完成。聽到這番話，霍爾似乎感到意外，但他還是接過那張紙問道：

「你在哪裡遇到了問題？」

霍爾將紙攤開，看了看紙上的字，然後挑起一邊的眉毛。

「我試過把它當謎題來解，也試過直接照上面說的做，但蘇菲跟我沒辦法抓住流星……」麥可解釋。

「我的天啊！」霍爾大喊並開始大笑，得咬住自己的嘴唇才停得下來。「麥可，可是這不是我留給你的魔咒啊。你是在哪裡找到這個的？」

「在工作檯上，蘇菲放在骷髏頭周圍的那堆東西裡。那裡就只有這個新魔咒，所以我以為……」麥可說。

霍爾從凳子上跳起來，去翻找工作檯上的東西。

「蘇菲又惹出麻煩了。」桌上的東西又被他翻得亂七八糟，他接著說。「我早該料到了！那個正確的魔咒不在這裡。」

他想了想，拍拍骷髏頭光滑的褐色頭頂：

「是你做的好事嗎？我早就覺得你是從那裡來的，我很確定那把吉他就是。呃……親愛的蘇菲……」

「怎麼了？」蘇菲說。

「愛找事做的老笨蛋，難以控制的蘇菲[1]，妳是不是有將門的把手轉成黑色向下，然後把妳那雞婆的長鼻子伸出門外過？」霍爾說。

「我把手指伸出去而已。」蘇菲沉穩地說。

「但妳還是有打開門。那個麥可以為是魔咒的東西，一定就是在那時候跑進來的。你們兩個都沒想過，這東西看起來不像一般的魔咒嗎？」霍爾說。

「魔咒本來經常就看起來怪怪的。那這到底是什麼？」麥可問。

霍爾嗤之以鼻，他譏笑著說：

「解讀此詩的意涵，並自己寫出第二節！喔，天啊！」說完，他跑向樓梯，一邊上樓，一邊大喊。「我拿給你們看。」

「我想我們昨晚在沼澤地到處跑，都只是在浪費時間而已。」蘇菲說。

麥可沮喪地點點頭，蘇菲看得出來，他覺得自己很愚蠢。

「都是我的錯，是我把門打開的。」蘇菲說。

「門外有什麼？」麥可感興致地問。

這時候，霍爾奔下來。他說：

「那本書不在這——」

「麥可，你剛剛是不是說，你們有出去嘗試抓住流星？」霍爾似乎不太開心。

「對，但它嚇到愣慌了，掉進水坑淹死了。」麥可說。

「真是萬幸！」霍爾說。

「這件事很令人難過。」蘇菲說。

「令人難過？」霍爾說看起來比剛剛更不高興了。「這是妳出的主意，對吧？一定是！我都可以想像得到妳在沼澤地跳來跳去，鼓勵麥可這麼做的樣子！我告訴妳，這是麥可這輩子做過最蠢的事。要是他抓到那顆流星，他現在就不只是傷心難過而已了！而妳——」

卡西法睡眼惺忪地閃著火光衝上煙囪，他問霍爾：

「你為什麼這麼生氣？你自己也抓了一顆，不是嗎？」

「沒錯，而我……」霍爾用他那玻璃珠般的眼睛瞪著卡西法，正要開始大肆抱怨，但他冷靜下來，轉向麥可說。「麥可，答應我，以後不要再嘗試去抓流星了。」

「我答應你。不過這個如果不是魔咒，那是什麼？」麥可欣然同意。

「我想這叫做『詩歌』，但這上面寫的還不是全部，而我想不起來剩下的部分。」霍爾看著手中的灰色紙張說。他站著思考，然後好像悟出了什麼，顯然很擔心的樣子。「詩的下一節好像很重要。現在得把這張紙送回去，然後看看……」

他走向門，將把手轉到黑色向下，接著又停下動作，轉身看麥可和蘇菲。他們兩個都直直地盯著門把看。

「好吧，我知道要是我拋下蘇菲，她一定會想辦法鑽出來，那就對麥可太不公平了。你們兩個都一起來吧，這樣我也能盯著你們的舉動。」霍爾說。

霍爾打開門，然後走進門外的一片虛無。麥可急急忙忙地衝過去，從凳子上跌了一跤。蘇菲也跳起來，手上包裹都掉到了壁爐邊。

「別讓火花碰到包裹！」蘇菲匆匆對卡西法說。

「那妳答應我，要告訴我那邊有什麼。還有，妳已經得到提示了。」卡西法說。

「是嗎？」蘇菲說。

她走得太匆忙了，沒留心卡西法的話。

註1

此處原文為Busy old fool, unruly Sophie。引用自約翰．多恩（John Donne）的詩作*The Sun Rising*的首句並將最後一字改為蘇菲。

第十一章　到怪奇國度尋找魔咒

原來那片虛無只有一英寸厚而已。在它後面的空間，有著天色陰暗、下著毛毛雨的午後。鋪設在腳底是水泥路，路的另一端是前往花園的大門，霍爾和麥可就在那裡等著蘇菲。門後面是平坦堅硬的路面，兩側都排列著房屋。蘇菲在小雨中顫抖著，她回頭看自己來的地方，發現城堡變成了一棟有著大窗戶的黃色磚屋。那棟房子就跟附近其他房子一樣，是棟方正的新屋，前門上的玻璃還有波紋裝飾。路上似乎都沒有人，這也許是正下著小雨的緣故，但蘇菲認為主因是，這裡雖然有很多房子，卻是一個城鎮的邊緣地帶。

「妳好奇夠了嗎？」霍爾對她喊。

霍爾穿著那套灰色和鮮紅色的華麗衣服，衣服的布料因為淋雨而變得潮濕。他手上拿著一串奇怪的鑰匙，那些大多是扁扁的黃色鑰匙，跟周遭的房子相配。蘇菲走向他時，霍爾開口：

「我們得入境隨俗，換套衣服才行。」

接著，他身上的衣服變得模糊，好像周圍的毛毛雨突然變成了一陣霧。衣服變回清楚的樣子後，雖然還是鮮紅色和灰色，但形狀變得很不一樣。原本長長的袖子消失了，整套衣服都變得鬆鬆垮垮、破破爛爛的。麥可的外套也變成了一件有襯墊的及腰衣物。他舉起一隻腳，腳上穿的是帆布鞋。他盯著自己的雙腿，一件藍色的「布料」緊緊包住了他的腿。

「我快沒辦法彎曲膝蓋了。」麥可說。

「你會習慣的。蘇菲，走吧。」霍爾說。

蘇菲沒想到，霍爾竟然帶他們往回走向那棟黃色屋子。她看到霍爾鬆垮的外套背後寫著一串神祕的字：威爾斯橄欖球。麥可跟在霍爾後面，走路的姿勢因為腿上的東西而有點僵硬。蘇菲低頷看著自己的雙腿，發現在被關節撐得凹凸不平的鞋子之上，她細瘦的腿露出了超過原來的兩倍。除此之外，她的穿著都沒有什麼變化。

霍爾用手上的其中一把鑰匙，打開那扇玻璃上有波紋的門。門邊用鍊子掛著一塊木牌，蘇菲被霍爾推進整潔光亮的前廳時，看到牌子上寫著「裂谷」[1]。房子裡似乎有人，離他們最近的那扇門後傳來吵雜的人聲。霍爾一開門，蘇菲發現聲音從一個方形的大盒子發出來的，盒子前方正閃動著神奇圖畫。

有個女人正坐在那裡編織，她大喊：霍爾！

她放下手上的東西，看起來有點生氣，但在她起身之前，原本用手撐著頭，在專心看著神奇圖畫的小女孩就跳起來，撲向霍爾。

「霍爾舅舅！」小女孩對霍爾大叫。她跳上霍爾的身體，雙腿環繞著霍爾。

「瑪莉！親愛的，妳過得怎麼樣？有乖嗎？」霍爾與小女孩開始用一種外語交談，話說得又快又大聲。

蘇菲看得出來他們關係很好，她對那外語感到好奇，那語言聽起來很像卡西法那首滑稽的燉鍋歌，但她無法篤定。在一連串外語的談話聲間，霍爾像表演腹語術的人抽空說：

「這是我的外甥女瑪莉，還有，這是我姊姊梅根·派瑞。梅根，這是麥可·費雪，還有蘇菲……呃……」

「海特。」蘇菲說。

梅根冷靜地與他們握個手，似乎不太喜歡他們。她比霍爾年長，但也和霍爾一樣，臉部修長而有稜角，只不過她的眼睛是藍色，看起來十分不安，頭髮是深色的。

「瑪莉，安靜！」她打斷了瑪莉和霍爾的外語對話。「霍爾，你會在這裡久留嗎？」

「我只是來拜訪一下。」霍爾將瑪莉放到地上。

「加瑞斯[2]還沒回來。」梅根話中有話。

「真可惜！我們不能留下來了。我只是想介紹妳給我朋友認識。我還想問妳一件事，聽起來可能有點奇怪——尼爾最近有弄丟語文作業嗎？」霍爾親切地假笑。

「你怎麼知道？他上星期四還在到處找他的作業呢！他最近換了個新的語文老

師，她非常嚴格，不只會糾正學生的拼字，還逼他們一定要準時交作業。不過這對尼爾也沒有壞處，他這個懶惰的小惡魔！他上星期四翻遍了家裡，結果只找到一張寫著奇怪文字的舊紙張……」梅根大叫。

「啊！那後來他怎麼處理那張紙？」霍爾說。

「我叫他拿去交給安歌莉雅老師，這樣至少能讓老師覺得他有努力過。」梅根說。

「他交了嗎？」霍爾問。

「我可不清楚，你直接去問他本人比較好。他在樓上前面那間房間，跟他的機器在一起。不過你從他那裡大概問不出什麼有意義的話。」梅根說。

「走吧。」霍爾對麥可和蘇菲說。

他們兩人正看著周遭棕色和橘色的明亮房間。霍爾拉起瑪莉的手，然後帶著他們走出房間，並走上樓梯。就連樓梯都鋪著粉紅色和綠色的地毯，所以霍爾一行人走上樓梯時，幾乎沒有發出任何聲音。他們走進一間鋪著藍色和黃色地毯的房間，有兩個男孩正蹲在窗邊大桌子上的幾盒神奇盒子前。蘇菲覺得就算有銅管樂隊經過，他們可能也不會抬起頭來。最大的那盒神奇盒子前面是一片玻璃，就跟樓下的盒子一樣，但上面主要顯示的不是圖畫，而是文字跟圖表。所有的盒子都長著軟軟的白色長莖，好像是從房間的一面牆上長出來的。

「尼爾！」霍爾說。

「不要打斷他，不然他會死掉的。」其中一個男孩說。

蘇菲和麥可聽到事情攸關生死，便退到房門附近。但霍爾似乎並不擔心會殺死外甥，他大步走向牆邊，然後拔起盒子的根。盒子上的圖畫立刻消失。這兩個小男孩說的，蘇菲覺得可能連瑪莎也不知道。

「瑪莉！我要跟妳算帳！」第二個男孩轉身大吼。

「這次可不是我！」瑪莉吼回去。

尼爾將整個身體轉過來，像在責怪般地瞪著霍爾。霍爾親切地說：

「你好啊，尼爾。」

「他是誰啊？」另一個男孩問。

「我那個沒用的舅舅。」尼爾氣呼呼地瞪著霍爾，他的皮膚黝黑，眉毛很濃密，瞪著人的雙眼炯炯有神。「你想幹嘛?快把插頭插回去。」

「真是謝謝你對我的歡迎!你先回答完我的問題,我就插回去。」霍爾說。

「霍爾舅舅,我的電玩才玩到一半。」尼爾嘆了口氣,接著說。

「是新的遊戲嗎?」霍爾問。

兩個男孩看起來都很不滿。尼爾開口:

「不是,是我聖誕節收到的那款。你也知道,他們老愛唸我,說我把時間和錢浪費在沒用的事上。要到我生日的時候,他們才會給我買新的。」

「那事情就簡單了。既然你已經玩過了,那按下遊戲結束也沒關係。我可以拿新的來賄賂你……」霍爾說。

「真的嗎?」兩個男孩很感興趣地說。

「那你可以給我一款其他人都沒有的嗎?」尼爾接著說。

「可以,但你要先看看這個——跟我解釋這是什麼。」霍爾將那張閃亮的灰色紙張拿到尼爾面前。兩個男孩都看了看那張紙,尼爾說:

「這是一首詩。」

他說話的語氣，就像一般人說「這是死老鼠」的時候。

「這是安歌莉雅老師上星期出的作業。我記得裡面有『風』跟『有鰭的』，主題是潛水艇。」另一個男孩說。

蘇菲和麥可聽到這個新解釋，驚訝地眨了眨眼睛，心想他們怎麼會沒想到。

「嘿！這是我弄丟的作業。你在哪裡找到的？那麼那張寫著奇怪文字的紙是你的囉？安歌莉雅老師說那很有趣——我還真走運——她看完後就把那張紙帶回家了。」尼爾大叫。

「謝謝你。那她住在哪？」霍爾說。

「菲利普斯太太的茶館樓上，在卡地夫路。你什麼時候要給我新的遊戲卡帶？」尼爾說。

「等你想起來詩剩下的部分之後。」霍爾說。

「這樣不公平！我連已經抄下來的部分都不記得，你根本是在玩弄我的感情……」尼爾說到一半，霍爾就大笑，將手伸進鬆垮的衣服口袋，拿出一盒扁扁的小盒子給他。

「謝謝！」尼爾真誠地道謝完，他迫不及待地轉向他的神奇盒子。霍爾將那些盒子的根種回牆上，笑著示意麥可和蘇菲走出房間。那兩個男孩開始做起一連串神奇的動作，而瑪莉也擠到他們之間，吸著拇指看他們在做的事。

霍爾快步走向那個粉紅色和綠色的階梯，但麥可和蘇菲還留在房門邊，想知道那些盒子到底是什麼。尼爾在房裡大聲唸著：

「你身處一座有四扇門的魔法城堡中，每扇門一打開都是不同的時空。在第一時空中，城堡不停移動，隨時都有可能遭遇危險……」

蘇菲一邊緩慢地走向樓梯，一邊想著這段話的內容聽起來還真熟悉。她看到麥可正站在樓梯之中，看起來有點尷尬。霍爾正在樓梯尾端跟他姊姊爭執。蘇菲聽到霍爾正在質問著：

「什麼意思？妳把我的書都賣了？我現在就是需要其中一本書，妳沒有權利把我的書賣掉。」

「你少插嘴！聽好！我早就跟你說過，我這裡可不是你的儲藏室。你對我和加瑞斯來說就是個恥辱，老是穿著那些衣服虛度光陰，也不買一套正式的衣服讓自己看起來體面一點。你整天跟那些下等人或無業遊民混在一起，甚至還把他們帶來這裡！你是想把我變得跟你一樣低俗嗎?你接受了高等教育，卻不去做個正常的工作，整天遊手好閒，白費了你讀大學的時間，也白費了別人為你做的犧牲，還有你的錢……」梅根用低沉兇惡的聲音回他。

梅根的嘴不輸費爾法克斯夫人。她一直不停地說，蘇菲開始了解，霍爾為什麼會養成逃避事情的習慣了。梅根這種人，確實會讓人想默默從最近的門逃走。不幸的是，霍爾被堵在階梯口，身後又有蘇菲和麥可。

「……你從沒腳踏實地工作過，也從沒從事過讓我驕傲的職業，只會讓我和加瑞斯蒙羞，還跑來這裡把瑪莉寵壞……」梅根繼續滔滔不絕地說。

蘇菲將麥可推到一邊，踩著沉重的步伐下樓，努力讓自己看起來有威嚴一點。她煞有其事地說：

「走吧，霍爾。我們真的該走了，我們光是站在這裡就少賺一大堆錢，你的僕人說不定還正打算把你的金盤子拿去賣呢。」

「很高興認識妳，但我們很趕時間，霍爾可是很忙的。」蘇菲走到樓梯底部，對梅根說。

梅根吃驚地倒抽一口氣並瞪著蘇菲。蘇菲有威嚴地對她點點頭，然後推著霍爾走向那個有波紋玻璃的前門。霍爾轉身問梅根：

「我那輛舊車還停在車庫裡嗎？還是妳連那個也賣掉了？」

蘇菲也跟著轉頭，看到麥可一臉脹紅。

「只有你才有鑰匙。」梅根冷淡地說。

這似乎就是道別了。他們重重關上前門，霍爾帶他們走到黑色平坦道路的盡頭，來到一棟方正的白色建築物前。霍爾沒說任何跟梅根有關的話，他使用了鑰匙，將建築物那扇寬敞的門打開：

「我猜那位嚴厲的語文老師應該會有那本書。」

蘇菲真希望自己能忘記接下來發生的事。他們坐上一輛沒有馬拉動的車，以駭人的速度前進。車子一路上散發出臭味，發出低沉的聲音，還不停搖晃，並爬上蘇菲看過最陡峭的道路——那些路讓蘇菲很好奇，路邊的房子怎麼都不會滑到斜坡的底部。她閉上眼睛，用力抓住座椅上破掉的布，希望能快點到達目的地。

幸好他們很快就到了。他們來到一段比較平坦的路，路旁的房子蓋得很密集，旁邊有扇大窗戶，窗裡掛著白色窗簾，還有一塊牌子，上面寫著：茶館休息中。雖然牌子上這麼寫，但霍爾走到窗戶旁的一扇小門，按下一顆按鈕之後，安歌莉雅還是出來應門了。

他們三人都盯著安歌莉雅看。她雖然是位嚴厲的學校老師，卻出乎意料地年輕、纖細又貌美。她的秀髮是藍黑色，垂在橄欖棕色的心形臉蛋旁邊，還有一雙深色大眼。她身上唯一讓人覺得嚴厲的，就是那雙大眼睛。她的眼神看起來既銳利又機靈，感覺能一眼看透眼前的人。

「讓我猜猜，你就是霍爾．詹金斯吧？」安歌莉雅對霍爾說。她的聲音低沉悅耳，但又帶著開心的情緒，也很有自信。

霍爾嚇了一跳，但很快就露出笑容。看到這一幕，蘇菲心想，蕾蒂和費爾法克斯夫人的美夢大概是不可能成真了。因為安歌莉雅小姐就是會讓霍爾這種人一見鍾情的那種女生。而且不只是霍爾，連麥可也用愛慕的眼神看著她。雖然四周的房子看起來都廢棄了，但蘇菲很確定裡面滿滿的都是人，他們都認識霍爾和安歌莉雅小姐，想看看接下來會發生什麼事。蘇菲感覺得到那些隱形的目光，馬克契平也是這樣。

「那妳一定就是安歌莉雅小姐了。很抱歉打擾妳，但我上星期犯了個愚蠢的錯，把我外甥的語文作業誤認為重要文件並帶走了。我猜尼爾想證明他沒逃避作業，所以把那份文件交給妳了。」霍爾說。

「沒錯，你進來拿吧。」安歌莉雅說。

當他們三人一個個走進門，上樓到安歌莉雅樸素的小客廳時，蘇菲很確定，那些隱形的人都瞪大了眼睛，伸長脖子看著他們。

「要坐下嗎？」安歌莉雅體貼地問蘇菲。

蘇菲還在因為那個沒有馬的車而顫抖著，她欣然在兩張椅子的其中一張上坐下。那張椅子並不舒適，安歌莉雅的家並不是設計成舒適的環境，而是適合讀書的環境。雖然房裡有很多奇怪的東西，但蘇菲還是看得懂周圍擺滿牆壁的書、桌上成堆的紙張，還有地上一疊疊的檔案夾。她坐在那裡，看麥可害羞地盯著安歌莉雅，霍爾則是開始努力散發魅力。

「妳怎麼知道我是誰？」霍爾擺出迷人的姿態問。

「你在這個城裡好像有很多八卦。」安歌莉雅正忙著翻找桌上的紙張。

「那些八卦我的人都跟妳說了什麼？」霍爾深情款款地靠在桌邊，想抓住安歌莉雅的目光。

「說你常常突然消失，又突然出現，這是第一點。」安歌莉雅說。

「還有說什麼？」霍爾的眼神跟著安歌莉雅的任何動靜。他的表情讓蘇菲知道，這下得要安歌莉雅小姐也對霍爾一見鍾情，蕾蒂才有機會了。

不過安歌莉雅並不是那種女生。

「還有很多，不過大多都不是什麼好事。」安歌莉雅看了麥可一眼，又看了一眼蘇菲，暗示那些事都不堪入耳，讓麥可害羞得臉紅。她遞給霍爾一張有著波浪邊的泛黃紙張後嚴肅地說。「在這裡。你知道這是什麼嗎？」

「當然知道。」霍爾說。

「那麻煩你告訴我。」安歌莉雅說。

霍爾接過那張紙，過程中有點小拉扯，因為他想連安歌莉雅的手也一起抓住。

安歌莉雅成功掙脫，並將手背在背後。霍爾溫柔地微笑後將紙遞給麥可，然後說：

「你來告訴她吧。」

麥可看到那張紙，紅紅的臉一下子就開心起來：

「是那個魔咒！喔，這個我做得出來——這是放大咒，對吧？」

「我也這麼認為。我很想知道，你都拿這種東西來幹嘛。」安歌莉雅用指責的語氣說。

「安歌莉雅小姐，既然妳都聽說了那麼多我的事，那妳一定也知道，我的博士論文就是研究符咒和咒語。妳看起來好像在懷疑我有使用黑魔法！我可以跟妳保證，我這輩子從來沒用過任何魔咒。」霍爾說。

蘇菲聽到這番明目張膽的謊言，忍不住嗤之以鼻。霍爾惱怒地對蘇菲皺眉：

「我發誓，這個魔咒只是研究用的，而且非常古老又罕見，所以我才想把它拿回來。」

「這下你拿到了。你走之前，可以把我的作業還給我嗎？影印也是要錢的。」

安歌莉雅很快地說。

霍爾欣然拿出那張灰色的紙，將紙舉到安歌莉雅拿不到的地方，他說：

「這首詩一直讓我很困擾。聽起來也許很可笑，但我一直想不起來詩後面的部分。這是華特．雷利[3]的詩，對吧？」

「並不是，這是約翰．多恩[4]的詩，而且很有名。如果你想複習，我這裡有本書，裡面有那首詩。」安歌莉雅嚴厲地看著他說。

「那就麻煩妳了。」霍爾說。

蘇菲看到他的眼神緊跟著去找書的安歌莉雅，這時她突然發覺，霍爾來到這個他家人住的奇異國度，其實就是為了這件事。

不過霍爾想要一石二鳥。當安歌莉雅伸手拿書時，他緊盯著她的身形，用懇求的語氣說：

「安歌莉雅小姐，妳今晚願意跟我外出用餐嗎？」

安歌莉雅拿著一本厚厚的書轉過來，表情變得更嚴肅了。

「我不願意。詹金斯先生，我不知道你聽過哪些關於我的事，但你一定也聽過，我還是把自己當成班．沙利文的未婚妻……」安歌莉雅說。

「我從未聽說過他。」霍爾說。

「他是我的未婚夫，幾年前失蹤了。要我唸出來嗎？」安歌莉雅說。

「好啊，妳的聲音很好聽。」霍爾一點也不覺得抱歉。

「那麼，既然你手上已經有第一節了，我就從第二節開始唸起。」

安歌莉雅朗讀得非常好，不只聲音悅耳動聽，也讓第二節的節奏聽起來跟第一節互相呼應。蘇菲原本覺得這兩段一點也不搭。

若你生而能見那些，
他人看不見的神祕奇景，
那就去跋涉一萬個日夜，
直到歲月讓你滿頭雪白。
當你歸來，你會告訴我
所有你遭遇的奇異光景，
然後發誓，

世上絶無
既忠誠又貌美的女子。

若你……[5]

霍爾的臉色在聽完之後就黯淡下去，蘇菲發現他正冒著冷汗。

「謝謝，這樣就好了，剩下的部分就不麻煩妳了。最後一節裡的那位好女人也一樣不忠誠，對吧？我想起來了。我真傻，當然是約翰·多恩。」霍爾說。

安歌莉雅放下書盯著他，霍爾勉強擠出笑容說：

「我們該走了，妳真的不會改變心意，跟我吃頓晚餐嗎？」

「我不會。詹金斯先生，你還好嗎？」安歌莉雅說。

「我很好。」霍爾說完，他將麥可和蘇菲擠下階梯，然後將他們推進那個沒有馬的可怕車子。霍爾以迅雷不及掩耳的速度將他們塞進車裡，然後開走車子。那些屋子裡的隱形觀眾光看這一幕，一定會以為安歌莉雅正拿刀追著他們。

「發生什麼事了？」麥可問道。

車子再次咆哮著爬上斜坡，蘇菲也再次緊抓著座椅上的破布。霍爾假裝沒聽見，所以等到霍爾將車子開回車庫，鎖上車庫的門時，麥可又問了一次。

「喔，沒什麼事。」霍爾不在意地說。他帶他們走回那棟叫「裂谷」的房子：「只是被荒野女巫用詛咒追上了而已，這遲早都會發生的。」

他打開花園的門時，似乎在腦中計算著什麼。蘇菲聽到霍爾的喃喃自語：一萬，那大概就是仲夏節的時候了。

「什麼東西是仲夏節的時候？」蘇菲問。

「我誕生一萬天的日子。」霍爾快步走進房子的花園內。「而那天，就是我要回去找荒野女巫的日子，愛管閒事的長鼻子太太。」

蘇菲和麥可停下來，盯著霍爾的背部，上面神祕地寫著「威爾斯橄欖球」。他們又聽到霍爾咕噥說：要是我避開美人魚，然後不去碰曼德拉草的根……

「我們還要回那棟房子裡嗎？」麥可大喊。

「荒野女巫會做出什麼事？」蘇菲喊道。

「我光想就覺得害怕。麥可，你不用回去。」霍爾說。

霍爾打開那扇有波紋玻璃的門，門裡是熟悉的城堡房間，卡西法昏昏欲睡，火焰在暮色中將牆壁染成藍綠色。霍爾將衣服上的長袖變回來，並為卡西法添了一根木柴。

「她追上來了，老藍臉。」他說。

「我知道，我感覺得到。」卡西法回道。

註1　此處向《魔戒》致敬，取用了《魔戒》中號稱最後庇護所的「裂谷」（Rivendell），在托爾金的譯名指南中提到須意譯之，故此處並無譯為「瑞文戴爾」。

註2　原文為Gareth。此處以圓桌武士其中一員取名，致敬亞瑟王傳說。故事中另一角色Percival（犬人珀西瓦爾）及霍爾的姓氏「潘卓根（Pendragon）」皆為同一概念。

註3　英國伊莉莎白時代之冒險家、作家及詩人。

註4　英國十七世紀玄學派詩人。

註5　此詩為約翰．多恩的*Go and Catch a Falling Star*摘錄。

第十二章　假扮成霍爾母親的蘇菲

蘇菲認為，如果荒野女巫已經追上霍爾了，那去找國王說霍爾的壞話也沒什麼意義。但霍爾說，正是因為如此，才更要搞定國王。

「我必須使出渾身解數，才能擺脫荒野女巫，所以我可不能讓國王也來追我。」霍爾說。

於是，隔天下午，蘇菲就穿上新衣，坐著等麥可準備好，還有等霍爾從浴室裡出來。她的身體狀態良好，只不過有點僵硬。她一邊等，一邊對卡西法描述那個霍爾家人住的奇異國度，這讓她可以暫時不去想國王的事。卡西法聽了很感興趣：

「我知道他是從外地來的，但這聽起來像是另一個世界，荒野女巫把詛咒送到那裡還真聰明。把原本就存在的東西轉化成詛咒，這種做法怎麼看都很聰明，我很敬佩這種魔法。那天你跟麥可在讀的時候，我就覺得有點奇怪。霍爾那個傻子告訴她太多個人資訊了。」

蘇菲盯著卡西法瘦長的藍臉。卡西法說他敬佩那個詛咒，並不讓她感到意外，就像她也不意外他叫霍爾傻子。卡西法總是在罵霍爾，但她一直無法確定他是不是真的討厭霍爾。卡西法本來就看起來很邪惡，所以很難看出來。

「我也很害怕。要是荒野女巫抓到霍爾，我也會一起受苦。在那之前，如果妳不幫我解除契約，我就完全沒辦法幫妳了。」卡西法轉動他的橘色眼睛跟蘇菲對視。

蘇菲還來不及問問題，霍爾就快步走出浴室。他看起來容光煥發，身上的玫瑰香氣充滿了整個房間。他喊了喊麥可，麥可便穿著藍色的新絲絨外套，用力踩著階梯下樓。蘇菲起身，拿起她可靠的拐杖。他們該出發了。

「妳看起來好有錢，又好有威嚴！」麥可對蘇菲說。

「她這樣我才有面子，除了那根醜陋的舊拐杖之外。」霍爾說。

「有些人還真是自我中心。我就是要帶拐杖去，我需要它給我精神上的支持。」蘇菲說。

霍爾抬頭看著天花板，沒有跟蘇菲起爭執。

他們氣宇軒昂地走上金貝利的街道。當然，蘇菲這次也回頭看，想看看城堡在金貝利是什麼模樣。她看到一個拱形的大型出入口，中間有一個黑色的小門。城堡剩下的部分看起來像是一大片漆著灰泥的牆，上面什麼也沒有，兩側則是有著雕刻的石造房屋。

「我先聲明，這就只是個廢棄的馬廄而已。往這邊走。」霍爾說。

他們走過金貝利的街道，打扮得跟路上的行人差不多高貴。路上的人並不多，畢竟金貝利在較遠的南方，那天的天氣又熱得跟烤爐一樣。人行道在陽光下閃爍，蘇菲又發現了年紀大的另一個缺點：天氣一熱，她便感到不舒服。金貝利豪華的建築物彷彿在她眼裡都在搖晃，讓蘇菲有點惱怒，因為她想好好端詳這個地方，卻只能看到金色穹頂和高樓的模糊輪廓。

「對了，潘斯特蒙夫人會稱呼妳為潘卓根太太。潘卓根是我在這裡的名字。」霍爾說。

「為什麼要叫這個名字？」蘇菲問。

「偽裝身分啊。潘卓根這個名字很好聽，比詹金斯好多了。」霍爾說。

他們轉進一條狹窄的街，還好那裡比較陰涼。

「我用簡單的名字也過得很好。」蘇菲說。

「我們總不能都當瘋瘋癲癲的製帽匠吧[1]。」霍爾說。

潘斯特蒙夫人的家在一條窄巷的尾端，既高大又豪華，漂亮的前門兩側擺著柳橙樹盆栽。一位穿著黑色絲絨衣的年邁門房前來應門，並帶他們走到大廳。大廳裡鋪著黑白相間的大理石磚，非常陰涼。麥可偷偷擦掉臉上的汗，看起來並不熱的霍爾則像老朋友一樣對待門房，兩人有說有笑。

門房將他們交給一位穿著紅色絲絨衣的侍童。侍童彬彬有禮地帶他們走上拋光過的階梯時，蘇菲就開始明白為什麼見國王前要先來這裡練習了。她感覺自己好像已經到了王宮。侍童引導他們走到陰涼的客廳時，她更是確定連王宮也沒有這裡高雅。客廳裡的所有物品都是藍色、金色和白色，看起來小巧又高貴。這其中最高貴的就是潘斯特蒙夫人了。她高大又纖細，直挺挺地坐在有著藍色和金色刺繡裝飾的椅子上，其中一隻手戴著金色網狀手套，僵硬地以金色頂端的手杖撐起身體。她穿著黃棕色的絲綢服飾，樣式既僵化又古板，頭上戴著像是王冠的黃棕色頭飾，頭飾在她下巴綁成一個黃棕色大蝴蝶結固定著。她的臉形削瘦，輪廓與老鷹有幾分神似。蘇菲從沒看過這麼高貴又讓人敬畏的老夫人。

「喔，我親愛的霍爾。」潘斯特蒙夫人伸出一隻戴著金色網狀手套的手說。

霍爾彎下腰親吻手套，這顯然是唯一得體的問候方式。他的動作十分優雅，但從後面看就有點煞風景，因為他的另一隻手正在背後拼命地對著麥可揮舞。麥可慢了半拍才發覺自己應該跟侍童並排站在門邊，他急忙後退，盡可能跟潘斯特蒙夫人拉開距離，內心十分慶幸。

「潘斯特蒙夫人，請容我跟您介紹我年邁的母親。」霍爾對著蘇菲揮手。蘇菲也跟麥可有一樣的感受，所以他也必須對蘇菲用力揮手。

「幸會。」潘斯特蒙夫人說。

她對蘇菲伸出戴著金色手套的手，蘇菲不確定潘斯特蒙夫人是不是也要她親吻手套，但她也不敢嘗試，而是將自己的手放到了手套上。手套裡的手感覺像一隻年老又冰冷的爪子，蘇菲摸到之後，很驚訝潘斯特蒙夫人竟然還活著。

「潘卓根太太，很抱歉我沒辦法站起來。我的身體不好，所以三年前就退休了，不教學生了。你們兩位都坐下吧。」潘斯特蒙夫人說。

蘇菲莊重地在潘斯特蒙夫人對面的刺繡椅上坐下，努力不讓自己因為緊張而發抖。她用柺杖支撐著身體，希望能看起來像潘斯特蒙夫人一樣優雅。

霍爾在旁邊的椅子上坐下，看起來十分放鬆自在，讓蘇菲很羨慕。

「我今年八十六歲了。親愛的潘卓根太太，請問您今年貴庚？」潘斯特蒙夫人說。

「九十歲。」蘇菲說。那是她腦中第一個浮現的大數字。

「年紀這麼大了啊？」潘斯特蒙夫人的語氣似乎有點羨慕，但她還是保持著威嚴。「妳的動作還能這麼靈活，真是幸運。」

「喔，對啊，她真的是老當益壯，有時候都攔不住她呢。」霍爾也附和。

潘斯特蒙夫人對霍爾使了個眼色，她的眼神讓蘇菲知道，她當老師的時候，應該至少跟安歌莉雅差不多可怕。她說：

「我是在跟你母親說話。我敢說，她一定跟我一樣為你感到驕傲。我們兩個老太太一起塑造了你，你可以說是我們共同的作品。」

「妳不覺得我本人也有一點貢獻嗎？我沒有自己加上一些點綴嗎？」霍爾問。

「是有一些，但我並不是全部都喜歡。不過你應該不想坐在這裡聽我們討論你，你去樓下的露天平臺坐著吧，把你的侍童也帶去，亨奇會拿冷飲給你們喝。去吧。」潘斯特蒙夫人答道。

要不是因為蘇菲太緊張了，她可能會因為霍爾的表情而笑出來。霍爾顯然沒想到潘斯特蒙夫人會這麼說，但他還是站了起來，只有稍微聳聳肩，對蘇菲露出警告的表情，然後就發出噓聲把麥可推出客廳。潘斯特蒙夫人稍微轉過僵硬的身體，看著他們離開，並對侍童點點頭，而侍童也快步離開了。接下來，潘斯特蒙夫人把身體轉回來面向蘇菲，而蘇菲感覺更加緊張了。

「我喜歡他以前總是黑髮的時候。那孩子已經走上歪路了。」潘斯特蒙夫人說。

「您說誰？麥可嗎？」蘇菲困惑地問。

「我不是說那個侍童，他可還沒厲害到讓我擔心的程度。我是說霍爾，潘卓根太太。」潘斯特蒙夫人說。

「喔。」蘇菲回答。

她不懂為什麼潘斯特蒙夫人會說霍爾「走上」歪路，霍爾明明早就走歪路走到底了。

「就拿他的外表來說好了，妳看他的衣服。」潘斯特蒙夫人很籠統地說。

「他的確一直都很在乎自己的外表。」蘇菲也同意這點，她不知道自己為什麼要講得如此委婉。

潘斯特蒙夫人接著說：

「他以前也一直都是這樣。我也很在乎我的外表，我覺得這不是問題。但他為什麼要穿著施了魔咒的衣服到處跑呢？那是個會讓女生被他迷住的魔咒——我得承認，他處理得非常好，就連像我這樣受過訓練的人，都很難看出來，因為魔法似乎都縫在衣服的接縫裡——這會讓女生幾乎無法抵擋他的魅力。代表他正在往黑魔法的路上走。潘卓根太太，我想妳作為母親，一定很擔心吧？」

蘇菲不安地想起那套灰色和鮮紅色的衣服。她之前縫那套衣服時，完全沒有發現任何異常之處。不過潘斯特蒙夫人是魔法方面的專家，而她只是個服飾方面的專家。

潘斯特蒙夫人將戴著金色手套的兩隻手都放在手杖上，她傾斜著僵硬的身體，訓練有素、洞悉一切的雙眼直直盯著蘇菲的眼睛。蘇菲感覺更加侷促不安了。

「我的生命已經快結束了，我感覺到死亡悄悄逼近，這狀況有好一陣子了。」潘斯特蒙夫人說。

「喔，我相信事情不是那樣。」蘇菲想說些話來安慰人，但潘斯特蒙夫人那樣盯著她，讓她難以說出像樣的話。

「我跟妳保證，事情就是那樣。潘卓根太太，這就是為什麼我這麼急著見妳。霍爾是我的最後一個學生，也是我最優秀的門徒。他從外地來找我時，我本來已經要退休了。我本來以為，我的最後一名徒弟會是班傑明．沙利文——妳應該對巫師沙利曼這個名稱比較熟悉，願他安息——我還讓他當上了宮廷巫師。奇怪的是，他跟霍爾是從同一個國家來的。後來霍爾到這來時，我一看就知道，他的想像力和能力都是沙利文的兩倍，雖然我得承認，他的個性上有些缺點，但我知道他代表一股良善的力量。潘卓根太太，良善的力量！但他現在這是什麼樣子？」潘斯特蒙夫人說。

「什麼樣子？」蘇菲說。

「他一定是出了什麼事。」潘斯特蒙夫人依然直直地盯著蘇菲，接著她又說。「我死之前，一定要讓他走回正道。」

「妳覺得是出了什麼事？」蘇菲不自在地問。

「這我必須要靠妳才能知道。我覺得他可能經歷了跟荒野女巫類似的事，聽說她原本也不壞——不過這只是傳聞而已，畢竟她比我們都老，都是靠魔法來維持青春。霍爾的天賦跟她不相上下。能力高超的人似乎都很容易自作聰明，做出既不必要又危險的舉動，結果這就成了他們致命的弱點，使他們逐漸墮落。妳有想到這件事可能是什麼嗎？」潘斯特蒙夫人說。

蘇菲的腦海突然浮現卡西法說的話。

——長遠來看，這個契約對我們兩個都沒有好處。

儘管外面的熱氣正從敞開的窗戶吹進陰涼、高雅的客廳，她還是覺得有點寒冷。

「我想——是他與火魔簽了某種契約。」蘇菲說。

潘斯特蒙夫人撐著拐杖的雙手微微顫抖後說：

「應該就是這件事了。潘卓根太太，妳一定要解除那個契約。」

「要是我知道怎麼解除契約，我就會那麼做。」蘇菲說。

「妳作為母親的直覺和強大的魔法天賦會為妳指路。潘卓根太太，雖然妳可能沒發覺，但我持續觀察著妳……」潘斯特蒙夫人說。

「喔，潘斯特蒙夫人，我有發覺。」蘇菲說。

「我很喜歡妳的天賦。妳能賦予事物生命，就像妳手上的那根拐杖，妳顯然跟它說過話，而妳說的話已經讓它變成了外行人所說的魔杖。我相信解除契約對妳來說不會太困難。」潘斯特蒙夫人說。

「是的，但我必須知道契約的內容是什麼。霍爾有跟妳說我是女巫嗎？因為他這麼說的話……」蘇菲說。

「他沒有。這沒什麼好隱瞞的，我經驗老到，所以一看就知道。」潘斯特蒙夫人說完就闔眼，這讓蘇菲稍微鬆懈了，感覺就像一道強光被關掉了。接著她又說。

「那種契約的內容我不了解，也不想了解。」

潘斯特蒙夫人的手杖又開始搖動，她看起來似乎在顫抖，嘴形變成一條線，好像不小心咬到胡椒粒。她接著說：

「不過我終於知道荒野女巫發生什麼事了。她跟火魔簽了約，時間流逝之後，漸漸被火魔控制了。火魔並不明白所謂的善惡，但只要人類能給他們有價值、只有人類才有的東西，他們可能就會被收買而簽下契約。簽約可以延長雙方的壽命，而人類也可以獲得火魔的法力，提升自身的魔力。」

潘斯特蒙夫人再次睜開眼睛，並說道：

「對於這件事，我就只能說到這裡。最後，我建議妳，去找出火魔從霍爾那裡得到了什麼。我們必須道別了，我要休息一下。」

接下來，就像魔法般——也可能真的是魔法——門自動打開了，而侍童進來帶蘇菲走出客廳。蘇菲很高興能夠離開，這時她早已因尷尬而坐立難安了。門關上時，她回頭看潘斯特蒙夫人僵硬而挺直的身子，心想自己如果真的是霍爾的母親，也會這麼害怕潘斯特蒙夫人嗎？她認為還是會的。她喃喃自語：霍爾竟然能忍受這種老師超過一天，我還真佩服他！

「夫人，怎麼了嗎？」侍童問她。他以為蘇菲是在跟他說話。

「我的意思是，下樓慢點，否則我可跟不上。」蘇菲對他說。她兩條腿的膝蓋都在發抖，她又說。「你們年輕人就是愛這麼莽撞。」

侍童體貼地帶她慢慢走下光亮的階梯。半途，蘇菲才終於從潘斯特蒙夫人懾人的氣場中回過神來，開始思考潘斯特蒙夫人所說的話。她指出蘇菲是位女巫，但，蘇菲毫不猶豫地接受了這件事。蘇菲心想，這可能就是某些帽子會這麼受歡迎的緣故。這還解釋了珍．法利爾跟那位某某伯爵的事，可能也是荒野女巫嫉妒她的原因。蘇菲好像一直都知道這點，但她又認為自己身為三姊妹的老大，不應該有魔法的天賦。蕾蒂對於這種事情就理性多了。

接著她又想到那套灰色和鮮紅色的衣服，想著想著，還沮喪到差點跌下樓梯。那衣服上的魔法是她施的，她還記得自己當時對那套衣服說了什麼。

——你被製作出來，就是來吸引女生的！

而那套衣服當然就照做了。那天在果園裡，它將蘇菲迷得神魂顛倒，而昨天雖然表面上看不出來，但它一定也悄悄對安歌莉雅起了效果。

蘇菲心想，天啊！我害更多女孩子心碎了！我一定要想辦法讓霍爾脫下那套衣服！

霍爾穿著那套衣服，跟麥可在鋪著黑白大理石磚的陰涼大廳裡等她。蘇菲跟在侍童後面，慢慢走下階梯時，麥可一臉擔心地用手肘輕推霍爾。

「妳看起來狀態不太好，我想我們還是不要去見國王了。我會去跟國王解釋妳為什麼不能去，並順便講自己的壞話。我可以說因為我太邪惡，所以害妳也生病了。從妳的樣子看起來，這也可能是實話。」霍爾看起來有些難過地說。

蘇菲自然是抗拒去見國王，但她又想起了卡西法說的話。要是國王派霍爾前往荒野，而霍爾被荒野女巫抓住，蘇菲也不可能變回年輕的模樣了。

「見過潘斯特蒙夫人之後，我想因格利的國王應該跟普通人差不多吧。」蘇菲搖頭說。

註1　蘇菲的姓氏（Hatter）是製帽匠的意思，而這裡所說的是《愛麗絲夢遊仙境》中叫瘋帽客的角色。十九世紀時的製帽匠因為工作中會接觸水銀，而產生水銀中毒的症狀，在旁人眼裡看起來瘋瘋癲癲的。

第十三章　蘇菲敗壞霍爾的名聲

他們走到宮殿時，蘇菲又開始覺得暈眩了。宮殿為數眾多的金色穹頂讓她眼花撩亂。要走到宮殿前門，得先爬好幾階的樓梯，而且樓梯上每六階就有一名身穿鮮紅色衣服的侍衛站崗。蘇菲氣喘吁吁、頭暈腦脹地走過他們身邊時，心想這些可憐的年輕人一定熱得快昏倒了。

爬到階梯頂端後，還要再走過一連串的拱門、走廊、通道和大廳，蘇菲都數不清到底經過了多少地方。經過每個拱門時，都會有一名衣著華麗、戴著白手套的人——天氣這麼熱，這些人的手套卻還是白的——詢問他們的來意，並引導他們去找站在下一個拱門的人。

潘卓根太太來晉見國王！每個侍者都這麼大喊，聲音迴盪在走廊間。

大概走到一半時，侍者會很有禮貌地請霍爾停下來，留在原地等候。引導麥可和蘇菲的人不停地更換。他們被引導走上樓梯，接著帶領他們的從穿著紅色衣服的人，換成了穿著藍色衣服的，然後他們又被交給下一個人，最後來到一處鋪著上百塊各色木板的前廳。在那裡，麥可也必須與蘇菲分開，留在前廳等候。到了這時，蘇菲已經分不清楚自己是不是在做一個奇怪的夢，守衛引導她穿越一道大雙開門，這次有位侍者大喊：

「陛下，潘卓根太太來謁見您了。」

因格利國王就在那。他沒有坐在王座，而是坐在一張方正的椅子上。那張椅子上只有一小片金色的葉子，擺在大房間裡靠中間的地方。國王穿得比服侍他的人還要樸素得多，看起來有點孤獨，就像個普通人。雖然他的其中一條腿伸出來，看起來還有點國王的架勢，而且身材豐腴、面無表情，但長得有點英俊，蘇菲還是覺得他看起來還很年輕，而且有一點過於以國王的身分為傲。從他的臉看來，蘇菲覺得他不該對自己那麼有信心才對。

「巫師霍爾之母——找我有什麼事？」國王說。

「自己正在跟國王對話」這件事突然讓蘇菲不知所措。她整個人暈頭轉向，感覺坐在眼前的人和那舉足輕重的國王身分是兩回事，只是剛好出現在同一張椅子上罷了。而霍爾精心編排要她說的話，已經被她忘得一乾二淨，但她還是必須說點什麼。

「陛下，霍爾要我來告訴您，他不會去找您的弟弟。」蘇菲說。

蘇菲盯著國王，而國王也盯著她，這一切簡直是場災難。

「妳確定嗎？我之前跟他談時，他看起來很樂意。」國王問她。

蘇菲腦裡唯一想得到的事，就是她為了說霍爾壞話而來這的，於是她開口：

「他是在說謊，他只是不想惹您生氣。陛下，他就是個愛逃避的傢伙，您懂我的意思吧？」

「而他想逃避尋找我弟弟賈斯汀的事，我知道了。妳年紀也大了，要不要坐下來談，然後告訴我巫師霍爾不想做的原因是什麼？」國王說。
在距離國王有點遠的地方還有張樸素的椅子，蘇菲在那張椅子上坐下，關節嘎嘎作響。她將雙手像潘斯特蒙夫人那樣撐在拐杖上，希望這樣能讓自己感覺好一點，但她的大腦還是因為怯場而一片空白。她只想到要這麼說：
「只有懦夫才會派老母親來幫自己求情。陛下，您從這點就能看出他是怎樣的人。」
「這的確不是一般人會做的事。但我已經告訴他，如果他答應，我會給他豐厚的報酬。」國王嚴肅地說。
「喔，他不在乎錢，不過他真的非常害怕荒野女巫。荒野女巫對他下了詛咒，而那詛咒最近已經追上他了。」蘇菲說。
「那他會害怕也是理所當然的。但是請妳告訴我更多關於霍爾的事。」國王微微發抖後說。
蘇菲拚命地想，更多關於霍爾的事？我要破壞他的名聲才對！她的腦袋一片空白，有一瞬間，霍爾在她心中甚至感覺像是個完美無缺的人。真是太蠢了！

「這個嘛，他很善變、粗心、自私，又很常歇斯底里。我常常覺得他根本不在乎別人的事，只顧著自己好——但有時又會發現他對別人非常好，不過我想他只有在他方便時，才會對別人好——但那時我又發現他會對窮人少收錢。我搞不懂，陛下，他根本是矛盾的集合體。」蘇菲說。

「聽起來霍爾就是個不講道德又狡猾的無賴，頭腦聰明，但是說話油嘴滑舌，對吧？」國王說。

「你說得太好了！但你還沒提到他有多愛慕虛榮，而且……」蘇菲激動地說。

蘇菲狐疑地看著國王，他們之間隔著好幾英尺的地毯，而國王似乎也準備好要跟她一起說霍爾的壞話，這讓她十分意外。

國王的臉上掛著笑容。他的笑容看起來有點沒把握，似乎是出自他這個人的內心，而不是作為國王該有的樣子。

「潘卓根太太，謝謝妳。妳如此直言不諱，讓我鬆了一口氣。巫師答應我去找我弟弟時實在太乾脆了，讓我以為我找錯人了。我怕他是個愛炫耀的人，或是會為了錢不擇手段，但妳剛才所言讓我知道，他就是我要找的人。」國王說。

「喔，可惡！他派我來，就是要告訴您他不適合！」蘇菲大叫。

「而妳已經完成任務了。」國王將椅子稍微拉近蘇菲並說。「那我也老實說吧。潘卓根太太，我真的非常需要找回我弟弟。這不只是因為我喜歡他，而且又後悔跟他吵架，甚至也不是因為有些人在謠傳是我把他殺了——認識我們兩個的人都知道，這完全是在胡說八道。不，潘卓根太太，事實是，我弟弟賈斯汀是位優秀的將軍，而現在高諾蘭和斯坦蘭吉亞即將對我們宣戰，此刻我非常需要他。妳也知道，荒野女巫也有威脅我。而現在所有情報都指出，賈斯汀確實去了荒野，因此我確信，荒野女巫就是要在我最需要他的時候把他帶走。我認為她把巫師沙利曼當成了抓賈斯汀的誘餌，所以我需要找個既聰明又不講道德的巫師去把他找回來。」

「霍爾會逃的。」蘇菲朝國王提出警訊。

「不，我認為他不會。他之所以要派妳來跟我說這些，就是要告訴我，他懦弱到不在乎我對他的想法，不是嗎？潘卓根太太。」國王說。

蘇菲點點頭。她真希望自己能記得霍爾精心編排的那些話，就算她自己聽不懂，國王也一定會聽懂的。

「這可不是愛慕虛榮的人會做的事。不過一個人要不是被逼到絕境，是不會使出這種最後手段的。也就是說，只要我讓巫師知道，他的最後手段也失敗了，他就會聽從我的話。」國王說。

「陛下，我認為您可能……呃……從我的話中聽出了不太正確的細節。」蘇菲說。

「我不這麼認為。」國王笑著說。他原本面無表情，現在表情卻堅定了起來，他非常確信自己是對的。「潘卓根太太，請妳告訴巫師，我將任命他為宮廷巫師，他要跟皇家衛隊一起去找賈斯汀王子。無論賈斯汀是死是活，在今年底之前都要找到。妳現在可以離開了。」

他朝蘇菲伸手，就像潘斯特蒙夫人所做的那樣，只不過少了一點王家的氣勢。蘇菲拄著拐杖站起來，不太確定自己是不是應該親吻國王的手。不過此刻她其實比較想舉起拐杖敲國王的頭，所以她只是握握國王的手，並僵硬地行了個屈膝禮。這麼做感覺似乎沒錯。她蹣跚地走向雙開門時，國王對她露出了親切的微笑。

「喔，可惡！」蘇菲喃喃自語。

不只這件事與霍爾想要的結果背道而馳，現在霍爾還會將城堡遷到千里之外的地方。這下蕾蒂、瑪莎和麥可都會受苦，而且他們還得面對如潮水般洶湧的綠色黏液。她一邊推開沉重的大門，一邊咕噥：

「這都是因為我是老大，老大就是沒辦法成功！」

這時候，另一件糟糕的事發生了。蘇菲沉浸在生氣又失望的情緒中，結果不小心走錯了門，來到一處四周都是鏡子的前廳。透過鏡子，她看見自己穿著灰色高級洋裝，有點駝背、步履蹣跚的模樣，以及好幾個穿著藍色宮廷服飾的人，還有幾個人穿著跟霍爾差不多高級的套裝，但就是找不到麥可。麥可當然正待在另外那處鋪了上百種木頭的前廳裡。

「喔，真討厭！」蘇菲說。

這時候，一位朝臣快步走來對她鞠躬：

「巫師女士！有什麼我可以幫忙的嗎？」

他是個身材矮小的年輕男生，眼睛紅紅的。蘇菲看著他並驚呼：

「喔，我的天啊！所以那個魔咒有效！」

「魔咒的確有效，我在對方打噴嚏時卸除了他的裝備，而他現在正在告我。但現今最要緊的是……」那個矮朝臣有點懊悔地說。他露出開心的微笑繼續說。「我親愛的珍回到我身邊了！所以說，有什麼我能為您做的嗎？我覺得我有責任讓您快樂。」

「我想我也有責任讓你快樂。你該不會就是卡特拉克伯爵吧？」蘇菲說。

「是的。」那個矮朝臣鞠了個躬。

蘇菲心想，珍・法利爾一定比他高了整整十二英寸！而這一切都是我的錯。她說：

「你的確有件可以幫我做的事。」

接著，她對卡特拉克伯爵解釋了麥可的事。卡特拉克伯爵向她保證，麥可會被帶到入口的大廳，在那裡跟她碰面，這一點也不麻煩。他親自帶著蘇菲去找一位帶著手套的侍者，並笑著鞠躬與她道別。蘇菲又像進王宮時那樣，不停地被交給下一個侍者，最後終於蹣跚地走到那層有軍人站崗的階梯。

麥可不在那裡，霍爾也不在，不過這讓蘇菲稍微鬆了口氣。她心想，她早該猜到會這樣！卡特拉克伯爵顯然就是那種什麼事都做不好的人，就像她一樣。她能找到出來的路，大概已經很幸運了。到了這時候，她已經又累又熱，而且灰心喪志，於是她決定不等麥可。她只想趕快在火爐邊的椅子上坐下，並告訴卡西法自己是怎麼將事情搞砸的。

她搖搖晃晃地走下那宏偉的階梯，並走過一條壯麗的大道。她踩著沉重的腳步走到另一條街道上，周圍無數的尖頂、高塔和鍍了金的屋頂令她頭暈目眩。她發現情況比她預想的還糟，她迷路了。她完全不知道該怎麼找到偽裝成馬廄的城堡入口。她隨便走上另一條漂亮的大街，但也認不出那條街來。

到這時候，蘇菲連怎麼回到王宮都不知道了。她試著問路上的行人，但大部分的人似乎都跟她一樣又熱又累。他們只說：巫師潘卓根？他是誰啊？

蘇菲絕望地繼續蹣跚而行。正當她快要放棄，計劃靠在下一戶人家的門口過夜時，她經過了潘斯特蒙夫人家所在的那條窄巷尾端。她心想，啊！我可以去問問那個門房。他跟霍爾那麼要好，一定知道霍爾住在哪裡。於是她轉身向那裡走去。

這時候，荒野女巫迎面朝她走來。

難以說明蘇菲是怎麼認出她的。她的臉看起來不太一樣，頭髮也不像之前那樣是一頭整齊的栗子色捲髮，而是紅色的波浪捲髮，髮長及腰。她穿著一身飄逸的紅褐色和淡黃色衣服，看起來非常時髦可愛。蘇菲一看到她就認出來了，差點就停下腳步，但她還是繼續向前走。

蘇菲想，她不可能會記得我的，我只是被她施過魔法的幾百人其中之一罷了。於是她鼓起勇氣繼續前進，用拐杖敲著鋪著鵝卵石的道路。她提醒自己，要是真的遇上麻煩，潘斯特蒙夫人也說過這根拐杖已經擁有了強大的力量。

這又是她犯的另一個錯。荒野女巫踩著輕盈的腳步靠近蘇菲，還笑著轉動她的陽傘，身後跟著兩個身穿橘色絲絨服飾、看起來悶悶不樂的侍童。走到蘇菲身邊時，她停下來，身上的香水味直撲蘇菲的鼻腔。

「嗯？這不是海特小姐嗎？」荒野女巫笑著，她又接著說。「我對人的長相可是過目不忘，更何況這張臉還是我造出來的！妳來這裡做什麼？還穿得這麼好看。如果妳是要來找潘斯特蒙夫人的話，那妳可以省省力氣。那個老太婆已經死了。」

「死了？」蘇菲說。

她有股衝動想再多說一句，可是她一個小時前不是還活著嗎？不過她並沒有說出口，因為死亡本來就是這樣——每個人死之前都是活著的。

「沒錯，死了。因為我問她我要找的人在哪裡，她卻不願意告訴我。她還說：『等我死了再說吧！』所以我就照她說的話做了。」荒野女巫說。

蘇菲想，她在找霍爾！這下我該怎麼辦？要不是蘇菲又熱又累，她一定會害怕到無法思考。如果荒野女巫連潘斯特蒙夫人都能殺死，那蘇菲根本不是她的對手，就算有拐杖也一樣。而且要是她懷疑蘇菲知道霍爾的所在地，那蘇菲就完蛋了。也許蘇菲記不得城堡入口的位置反而是件好事。

「我不知道妳殺的那個人是誰，不過妳這麼做就是個邪惡的殺人兇手。」蘇菲說。

不過荒野女巫似乎還是懷疑了。她故意說：

「妳剛剛不是說妳要去找潘斯特蒙夫人嗎？」

「不對，那是妳說的。我就算不認識她，也可以因為妳殺了她而說妳邪惡。」

蘇菲說。

「那妳是要去哪裡？」荒野女巫說。

蘇菲非常想叫她少管閒事，但那麼做簡直是在自找麻煩，於是她就說了她唯一想到的一件事。

「我要去見國王。」蘇菲說。

「國王會願意見妳嗎？」荒野女巫並不相信，她笑著說。

「當然會。」蘇菲的身體因為恐懼和憤怒而顫抖，她繼續說。「我已經預約了。我……要去為製帽業爭取更好的工作條件。看到了吧？就算妳對我做了那種事，我依然在工作。」

「那妳走反了，王宮在妳後面那個方向。」荒野女巫說。

「喔，是嗎？」蘇菲真的很驚訝，所以根本不必假裝。她接著說。「那我一定是不小心的。打從妳對我下了什麼咒之類的，我對方向的感覺就變差了。」

荒野女巫哈哈大笑，她一點也不相信蘇菲說的話。她說：

「那妳跟我來吧。我告訴妳怎麼走到王宮。」

蘇菲沒得抗辯，只能轉身跟在荒野女巫的旁邊走著，兩個侍童則是悶悶不樂地跟在她們後面。蘇菲整個人既氣憤又絕望。她看著荒野女巫在一旁優雅地踩著輕盈的腳步，想起潘斯特蒙夫人曾說過荒野女巫其實是個老太婆。她心想，這太不公平了！不過她對此也不能做什麼。

她們走到一條有著噴泉的宏偉大道時，蘇菲質問她：

「妳到底為什麼要把我變成這樣？」

「妳妨礙我蒐集我需要的資訊。當然，我最後還是得到了。」荒野女巫說。

這段話讓蘇菲很困惑，她不知道如果跟荒野女巫說，這其中一定有什麼誤會，會不會有幫助。

「不過我敢說，妳一定不知道自己在妨礙我。」荒野女巫哈哈大笑，好像這是整件事中最好笑的部分。她問道。「妳聽過一個叫威爾斯的地方嗎？」

「沒聽過，那是在海底嗎？」蘇菲說。

「現在還不是。那是巫師霍爾的故鄉。妳知道巫師霍爾吧？」荒野女巫覺得更好笑了。

蘇菲決定說謊，她說：

「我只聽過傳聞。謠傳他以女孩為食，就跟妳一樣邪惡。」

不過她覺得很冷，而且似乎不是因為她們正在經過的噴泉。她們走過噴泉，又穿越鋪著粉紅色大理石的廣場，就走到了通往王宮的那座石造階梯。

「到了，王宮就在那裡。妳確定妳爬得完這些階梯嗎？」荒野女巫說。

「妳也好不到哪裡去。要是妳把我變回年輕的樣子，就算天氣這麼熱，我也有辦法跑上去。」蘇菲說。

「那樣就不好笑了。上去吧，要是妳真的能說服國王見妳，請妳叮嚀他，當年是他的祖父把我流放到荒野的，而我現在還對他懷恨在心。」荒野女巫說。

蘇菲絕望地抬頭看那長長的階梯。至少上面除了站崗的士兵，一個人也沒有。她今天倒楣到這個地步，要是看到麥可和霍爾從階梯上走下來，她也不會覺得驚訝。荒野女巫顯然是想站在那裡看她走上階梯，所以她別無選擇，只能爬上去。她搖搖晃晃地爬上階梯，經過滿身大汗的士兵身旁，一直走到王宮入口。她每走一步，就覺得更加怨恨荒野女巫。走到階梯頂端後，她氣喘吁吁地轉身向後看。荒野女巫還站在那裡，看起來就像是一團漂浮著的紅褐色形體，旁邊有兩個橘色的人影，等著看蘇菲被趕出王宮。

「她真是該死！」蘇菲蹣跚走向拱門旁的守衛。她的運氣依舊不好，周圍完全沒有麥可和霍爾的身影，她只好告訴守衛。「我有事情忘記跟國王說了。」

守衛對她還有印象，於是便讓她進去，接著便有戴著白手套的人來接待她。蘇菲還沒回過神來，王宮的接見應對就再度運作。她就像第一次時那樣，不停地被交給下一個人，最後來到同樣的那道雙開門，然後同樣的那個身穿藍衣的人大喊：

「陛下，潘卓根太太又來謁見您了。」

蘇菲走進同樣那間大房間時想著，這一切真像場惡夢。她似乎別無選擇，只能再次說霍爾的壞話。麻煩的是，她經歷了這麼多事，又被緊張的情緒影響，所以腦袋比之前更加空白了。

她這次進來時，國王立於角落處的寬敞書桌那，焦慮地將旗子在地圖上移來移去。他抬起頭來親切地說：

「他們說妳有事忘了說。」

「是的。霍爾說，要您承諾將女兒嫁給他，他才願意去找賈斯汀王子。」蘇菲回答。

她心想，我怎麼會想到要說這種話？他會處死我們的！

國王擔憂的神情全寫在臉上：

「潘卓根太太，妳明白這並不可能。我清楚妳對兒子的擔憂，但妳也知道，妳不能永遠把他綁在身邊，而且我心意已決。過來坐在這張椅子上吧，妳看起來累壞了。」

蘇菲跌跌撞撞地走到國王手指著的那張矮椅，然後放鬆地坐下，心裡想著不知道守衛什麼時候會來逮捕她。

「我女兒剛剛還在這裡。」接著，他彎下身子在書桌下找，讓蘇菲非常驚訝。他喊道：「薇拉莉雅！小薇，出來吧。到這裡來，乖。」國王稍微掃視四周說著。

書桌下傳來一陣腳步聲。接著，薇拉莉雅公主便從書桌下爬出來，並坐在地上友善地展牙燦笑。她嘴內露出四顆牙，但還沒長到頭髮長全的年紀，只在耳朵上面有一圈稀疏的頭髮。薇拉莉雅看到蘇菲時笑得更開了，她伸出原本正在吸吮著的手，抓住蘇菲的裙擺，並抓著蘇菲的裙子站起來，在裙子上留下一道濕濕的痕跡。薇拉莉雅抬頭看著蘇菲的臉，對蘇菲發出了一些友善的聲音，聽起來就像是某種專屬於她的外語。

「喔！」蘇菲感覺自己真是個大傻瓜。

「潘卓根太太，我也了解為人父母的感覺。」國王對她說。

第十四章　染上感冒的宮廷巫師

蘇菲搭著由四匹馬拉動的國王座車，回到城堡在金貝利的入口。車上有馬夫、馬夫助手和僕人，還有一位軍官和六位皇家衛隊隨行保護。這都是因為薇拉莉雅公主的緣故，她爬上了蘇菲的大腿。馬車在短短的下坡路上哐啷作響時，蘇菲的裙子上還留著薇拉莉雅用口水留下的「皇家印記」。蘇菲輕輕微笑，她心想，雖然十個薇拉莉雅感覺有點太多了，不過也許瑪莎想要小孩是對的。薇拉莉雅在她身上「上下其手」時，她想起自己曾聽過荒野女巫威脅薇拉莉雅的事，於是她對薇拉莉雅說：

「絕對不能讓荒野女巫傷害妳。我不會讓這件事發生的！」

對於這件事，國王什麼也沒說，但他還是安排了皇家馬車送蘇菲回去。馬車在偽裝成馬廄的城堡入口停下，發出刺耳的煞車聲。麥可從門口衝出來，擋在攙扶蘇菲下來的那些僕人面前，並說：

「妳去哪了？我好擔心妳！而且現在霍爾非常不開心……」

「我想也是。」蘇菲憂心地說。

「因為潘斯特蒙夫人死了。」麥可說。

霍爾也來到了門口，他看起來臉色蒼白、意志消沉，手裡握著一個卷軸，上面蓋著紅色和藍色的王室印信，蘇菲很內疚地看著那個卷軸。霍爾給了隨行的軍官一枚金幣，然後一直等到馬夫和士兵駕車軋軋地離開，才開口說話。

「為了擺脫一個老太婆，竟然要動用四匹馬和十個人。妳到底對國王做了什麼？」霍爾說。

蘇菲跟著霍爾和麥可進屋，她以為會看到滿屋子的綠色黏液，結果並沒有。卡西法竄上煙囪，露出紫焰微笑。蘇菲放鬆地在椅子上坐下：

「我想我去找國王說你壞話，大概讓他覺得很厭煩。我去了兩次。今天的每件事都失敗，我還遇到了剛殺完潘斯特蒙夫人的荒野女巫，真是太倒楣了！」

蘇菲描述當天發生的事時，霍爾靠著壁爐架，任由卷軸垂下來，好像在考慮拿卷軸來餵卡西法。

「看啊！新任宮廷巫師！我還真是聲名狼藉。」霍爾接著開始大笑，嚇了蘇菲和麥可一跳。他一邊笑，一邊說。「她還對卡特拉克伯爵做了什麼？我根本就不該讓她靠近國王！」

「事實上我有破壞你的名聲啊！」蘇菲反駁他。

「我知道，都是我預想錯了。這下我要怎麼去參加潘斯特蒙夫人的喪禮，才不會被荒野女巫發現呢？卡西法，你有什麼想法嗎？」霍爾說。

比起其他事，霍爾顯然更為潘斯特蒙夫人的逝世感到難過。只有麥可在擔心荒野女巫的事。隔天早上，他說自己其實做了一整晚的惡夢，在夢裡，荒野女巫同時從城堡的所有入口衝進來。

「霍爾在哪裡？」他不安地問。

霍爾很早就出去了，浴室就像平常一樣，充滿帶著香味的水蒸汽。他沒有帶著吉他，而門把則是轉成了綠色朝下，就連卡西法也只知道這些。

「絕對不能幫任何人開門。除了庇護港的門之外，荒野女巫知道城堡所有的入口。」卡西法說。

這讓麥可非常擔憂，於是他從院子拿來幾塊木板，將木板交叉卡在門上，然後才去處理他們從安歌莉雅小姐那裡拿回來的魔咒。

半小時之後，門把突然轉成黑色向下，門板顫動。麥可緊緊抓住蘇菲，顫抖著說：

「別害怕，我會保護妳。」

門板激烈震動了好一陣子，接著就停下來了。麥可鬆一口氣，放開蘇菲後不久，門口就出現了一陣大爆炸，卡在門上的木板全都掉到地上。卡西法藏進爐架最下方，麥可則是躲進掃具間，只有蘇菲還站在那裡。門被撞開，霍爾衝了進來：

「蘇菲，這太誇張了！我可是住在這裡的。」

霍爾全身都濕透了，原本灰色和鮮紅色的套裝，也變成了黑色和褐色，他的袖子和髮梢都正在滴著水。

蘇菲看了一眼門上的把手，把手還是黑色向下。她心想，他去找安歌莉雅小姐了啊，還穿著那套施了魔法的衣服。

「你去了哪裡？」蘇菲說。

「只是站在雨中而已，不用妳管。這些木板是拿來幹嘛的？」霍爾打了個噴嚏，並用沙啞的聲音說。

「是我放的，荒野女巫……」麥可慢慢從掃具間裡走出來。

「你覺得我做不好我的工作嗎？我已經用了很多混淆視聽的魔咒，大部分人根本找不到我們。就算是荒野女巫，必須也得用上三天的時間才能找到。卡西法，我要喝杯熱飲。」霍爾暴躁地說。

卡西法原本正在往木柴上爬，但霍爾一靠近壁爐，他就又躲了起來。他發出嘶嘶聲說：

「你這個樣子不要靠近我！你全身都濕透了！」

「蘇菲？」霍爾用懇求的語氣說。

蘇菲並不同情他，她將雙手交叉在胸前後說：

「那蕾蒂怎麼辦？」

「我都已經濕透了，我要喝杯熱飲才行。」霍爾回。

「我剛剛在問你，蕾蒂．海特要怎麼辦？」蘇菲強調。

「妳自己去煩惱吧！」霍爾回答。

他抖動身體，水從他身上被甩下來，在地板上形成一圈整齊的圓。霍爾踏出圓圈，他的頭髮已經變得乾燥又亮麗，衣服也恢復乾燥，變回了灰色和鮮紅色。他走到燉鍋前並拿起它：

「麥可，這世界上到處都是冷酷無情的女人，我想都不用想就能說出三個。」

「安歌莉雅小姐就是其中一個？」蘇菲問他。

霍爾並沒有回應。接下來的整個早上，他跟麥可和卡西法討論遷移城堡的事時，都對蘇菲不理不睬。蘇菲心想，就像她警告過國王的那樣，霍爾真的要逃跑了。她坐在那裡，將更多的藍色和銀色三角形布塊縫在一起，她一定要盡快讓霍爾脫下那套灰色和鮮紅色的衣服。

「我想我們不必移動庇護港的入口。」霍爾說。

他憑空變出一條手帕，大聲地擤了一下鼻子，讓卡西法不安地搖曳起來。霍爾繼續說：

「不過我希望移動城堡可以遠離之前去過的地方，而金貝利的入口必須關閉。」

這時候，有人敲了門。蘇菲看到霍爾跟麥可一樣緊張地跳起來張望，他們兩人都沒去應門。蘇菲在心裡鄙視霍爾，她心想，**真是個懦夫！真不知道我前一天為什麼要為霍爾經歷那麼多的辛苦。**

「我一定是瘋了！」她對那套藍色和銀色的衣服低聲說。

過了一會，敲門的人好像就離開了。這時麥可問：

「那黑色朝下的那個入口呢？」

「那要留著。」霍爾說。說完，他彈了一下手指，又憑空變出另一條手帕。

蘇菲想，**他當然會想留著！因為那扇門可以讓他去找安歌莉雅小姐啊。蕾蒂真可憐！**

早晨過了一半後，霍爾就一次要變出兩、三條手帕了。蘇菲發現，那些手帕其實是軟軟的方形紙。霍爾不停打噴嚏，聲音也變得越來越沙啞。沒過多久，他又變成每次都要變出半打的手帕。卡西法周圍堆滿了用過的手帕所燒成的餘燼。

「唉，為什麼我每次去威爾斯就會感冒？」霍爾沙啞地說完，又變出一整疊紙巾。

蘇菲聽到後嗤之以鼻。

「妳剛剛有說話嗎？」霍爾又沙啞地說。

「沒有，我只是在想，老是逃避的人感冒也是活該。如果有人被國王任命要去做某件事，卻跑去雨中追女孩子，那感冒也只能怪自己。」蘇菲說。

「說教狂太太，妳又不知道我做的每件事。下次我出門之前，要不要寫張清單給妳啊？我已經找過賈斯汀王子了，我出門可不是只為了追女生。」霍爾說。

「你什麼時候找過？」蘇菲說。

「喔，看看妳豎起耳朵、愛管閒事的鼻子抽動的樣子！他剛失蹤時，我當然就找過了。我很想知道賈斯汀王子來這裡要做什麼，因為大家都知道，沙利曼已經去了荒野。我猜有人賣了個假的追尋咒給他，所以他才會跑去弗定山谷，然後跟費爾法克斯夫人又買了一個。那個追尋咒自然讓他來到城堡這裡，而麥可又賣給了他一個追尋咒和偽裝咒……」霍爾沙啞地說。

「那個穿著綠色制服的人就是賈斯汀王子嗎？」麥可驚訝得摀住嘴巴說。

「對，只是我之前沒有說。因為要是我說了，國王可能會認為你應該要機靈一點，賣假的魔咒給他才對。我對這種事可是很講良心的。良心！愛管閒事的長鼻子太太，妳聽到沒？我是很講良心的。」霍爾說。

霍爾又變出一疊手帕，他的眼眶發紅，眼眶裡還含著淚，眼神越過手帕怒瞪著蘇菲。接著他站起來：

「我不舒服，要去床上躺著，也許會就這樣死掉也不一定。」

他跌跌撞撞、可憐兮兮地走到樓梯口，接著，他一邊上樓打算去睡覺，一邊沙啞地說：

「把我葬在潘斯特蒙夫人旁邊吧。」

蘇菲比之前更加努力地縫著衣服。如果要讓霍爾脫下那套灰色和鮮紅色的衣服，以避免安歌莉雅小姐的心受到更多傷害，現在就是大好時機——當然，要是霍爾穿著那套衣服睡覺，那就另當別論了，而霍爾的確有可能會那麼做。所以說，霍爾跑去上弗定山谷，在那裡遇見蕾蒂時，一定就是在找賈斯汀王子。可憐的蕾蒂！蘇菲一邊這麼想，一邊快速地以小針距的方式縫著第五十七個藍色三角形。只要再縫四十個就完成了。

不久後，霍爾虛弱的喊叫聲從樓上傳來。他叫道：

「快救救我！我快被你們的疏於照顧給弄死了！」

蘇菲完全不想理他，麥可則是放下他正在處理的新魔咒，在兩層樓間來回奔跑。一切都變得很不平靜。就在蘇菲縫十個藍色三角形的這段時間裡，麥可拿著蜂蜜和檸檬跑上樓，接著又拿了一本書，還有止咳藥、吃藥的湯匙、鼻滴劑、潤喉糖、漱口水、紙筆及三本書，最後則是柳樹皮泡的草藥。與此同時，門口也不斷地有人敲門，將蘇菲嚇得跳起來，也讓卡西法不安地搖曳。當沒人開門時，有些人會認為自己是被忽視了，於是便用力地敲上五分鐘。

到了這時，蘇菲開始擔心起手上的藍色和銀色套裝。衣服愈縫愈小，因為要縫上那麼多個三角形，一定要用掉很多布邊。當麥可又因為霍爾想吃培根三明治當午餐而衝下樓時，蘇菲叫住他：

「麥可，有什麼能讓小衣服變大的方法嗎？」

「喔，有啊，我的新魔咒就是這種魔咒——不過我現在沒有空做。霍爾的三明治要夾六片培根，妳可以請卡西法幫忙嗎？」麥可說。

「我不覺得他是真的要死了。」蘇菲和卡西法看了彼此一眼，卡西法於是說。

「只要你低頭，我就把培根的外皮給你吃。」蘇菲放下手上的工作，對卡西法說。她認為比起威脅卡西法，給他好處比較有效。

他們午餐就吃了培根三明治，不過麥可吃到一半就又得跑上樓。他下樓後說，霍爾要他現在去馬克契平買遷移城堡需要的東西。

「可是荒野女巫……這樣安全嗎？」蘇菲問道。

麥可舔了舔手指上培根留下的油，然後跑進掃具間。他出來時，肩膀上披了一件滿是灰塵的絲絨斗篷。事實上，披著斗篷的是一個身材魁梧、留著紅色鬍子的男人。那人舔舔指頭，並用「麥可」的聲音說：

「霍爾認為我這個樣子就夠安全了。這件斗篷不只能混淆視聽，還有偽裝的效果。不知道這樣蕾蒂還認不認得出我。」

那個壯漢將門把轉成綠色向下後開門，往外跳到緩緩移動的山坡上。

城堡裡又回歸了平靜。卡西法靜了下來，不時發出細微的聲音。霍爾顯然知道蘇菲不會為他上下奔走，所以樓上也很安靜。蘇菲起身，小心翼翼地走向掃具間。這是她拜訪蕾蒂的絕佳時刻。蕾蒂現在一定非常難過，蘇菲很確定那天在果園遇見他們之後，霍爾就再也沒有去找她了。要是蘇菲向她透露，她會被霍爾吸引，都是因為那套被施了魔法的衣服，也許會讓這狀況好轉。無論如何，她都有責任告訴蕾蒂。

然而，七里格靴卻不在掃具間裡。蘇菲一開始還不相信，她將掃具間裡的所有東西都拿出來，但裡面除了普通的水桶、掃帚及另一件絲絨斗篷外，什麼也沒有。蘇菲大罵一聲：那該死的傢伙！

霍爾顯然是要確保她沒辦法再跟蹤他。

正當她忙著將東西放回掃具間裡時，又有人敲門了。蘇菲就像先前一樣嚇了一跳，並希望敲門的人趕快離開，但這個人似乎比一般人還固執。那人一直敲著門——

或者是用全身的力量用力撞門，因為跟普通的敲門聲相比，那聲音聽起來更像是「砰！砰！砰！」的規律撞擊聲。過了五分鐘後，撞擊聲也沒有停止。

卡西法已經縮成了一小團綠色火焰，不安地搖曳著，蘇菲看著他問道：

「是荒野女巫嗎？」

「不，聲音是從移動城堡的門傳來的。一定是有人在跟著我們跑，我們已經移動得很快了。」卡西法在木柴間用被悶住的聲音說。

「是那個稻草人嗎？」蘇菲問。她光是想到這個可能性，胸口就不禁顫抖。

「是有血肉的生物。」卡西法藍色的臉爬上煙囪，看起來有些困惑。「我無法確認他是什麼，只知道他非常想進來。我不認為他想傷害我們。」

門口的撞擊聲絲毫沒有停歇，讓蘇菲有種令人煩躁的急迫感，於是她決定開門好停止這一切。再說，她非常想知道那是什麼。她手上還拿著從掃具間拿出來的第二件絲絨斗篷，於是她披上那件斗篷，走向門口。卡西法睜大雙眼看著她，接著低下了頭，蘇菲還是第一次看到他主動低頭。捲曲的綠色火焰下傳出一陣尖銳的笑聲。

蘇菲一邊好奇著斗篷將她變成了什麼模樣，一邊打開門。

一隻身材瘦長的大格雷伊獵犬從山坡上一躍而起，穿過城堡轟轟作響的黑色磚石，降落在房間的中央。蘇菲丟下斗篷，匆匆向後退。她一向怕狗，而格雷伊獵犬看起來一點都不讓人覺得安心。那隻狗站在她和門口之間，直直盯著她。蘇菲望著外面轉動的岩石和石南，想著不知道這時候呼叫霍爾會不會有所幫助。

那隻狗的背原本就彎彎的，現在則是彎得更厲害，牠用瘦長的後腿站起來，變得跟蘇菲差不多高。牠僵硬地伸出前腳，然後再次往上舉起腳。正當蘇菲張開嘴巴，準備呼叫霍爾時，牠使盡全身的力氣，向上變形成一個男人，身上穿著皺巴巴的褐色套裝。他頂著一頭紅髮，臉色蒼白，看起來鬱鬱寡歡。

「從上弗定山谷來的！蕾蒂……蕾蒂派我來……蕾蒂在哭，她很難過……要我來找妳……叫我留下來。」那隻狗變成的人氣喘吁吁地說。他話還沒說完，就開始彎起腰來並縮小，還發出絕望又惱怒的嚎叫聲哀號道。「別告訴巫師！」

他縮成一團紅色的捲毛，然後又變成了一隻狗，而且是一隻不同的狗，這次似乎是一隻紅色雪達犬。他搖著流蘇狀的尾巴，用令人同情、憂傷無比的眼神誠懇地望著蘇菲。

「喔，天啊！看來你是真的遇到問題了。你是那隻柯利犬，對吧？現在我知道費爾法克斯夫人在說什麼了。荒野女巫真是該死，我說真的！可是蕾蒂怎麼會要你來這裡？如果你不希望我告訴巫師霍爾……」蘇菲一邊關門，一邊說。

當蘇菲一唸出這個名字，那隻狗發出微弱的嚎叫聲，尾巴還同步地搖擺，可憐巴巴地望著蘇菲。

「好啦，我不會告訴他。」蘇菲向牠保證。

那隻狗看起來安心許多，牠快步走到壁爐邊，小心地看了卡西法一眼，然後在壁爐的圍欄旁躺下，縮成紅色瘦瘦的一團。

「卡西法，你覺得怎麼樣？」蘇菲說。

「這隻狗是一個被下了魔咒的人。」卡西法這句話說了跟沒說一樣。

「我知道，但你可以幫他解除魔咒嗎？」蘇菲問。

蘇菲認為蕾蒂一定是跟很多人一樣，聽說霍爾雇用了一個女巫。而現在他們的首要任務，似乎是在霍爾起床並發現這隻狗前，將牠變回人，並送他回上弗定山谷。

「不行。我要跟霍爾連結才能做到這件事。」卡西法說。

「只能讓我嘗試看看了。」蘇菲說。

蕾蒂真是可憐！她為霍爾心碎，而她另一位戀人大部分的時間又都是一隻狗！

蘇菲將一隻手放在狗又軟又圓的頭上：

「變回你原本的人形吧。」

她說了好幾次，但唯一的效果似乎只是讓狗沉沉睡去罷了。那隻狗開始打呼，並靠著蘇菲的腿微微抽動。

這時候，樓上開始傳來呻吟聲。蘇菲沒去理會，只是繼續低聲地對狗說話。接下來，一陣劇烈又低沉的咳嗽聲傳來，接著漸漸轉小，最後回復為陣陣的低吟。蘇菲還是一樣沒去理會。再接下來，樓上傳出震耳欲聾的噴嚏聲，每一聲都將窗門震得嘎嘎作響，這些聲音很難忽略，不過蘇菲還是堅持住了。在這之後是「噗——噗——」的擤鼻涕聲，聽起來就像是有人在隧道裡吹低音管。接著咳嗽聲又開始了，還混合著一些呻吟聲。聲音又轉變為混合著呻吟和咳嗽的噴嚏聲，而且愈來愈響，最後，霍爾像是同時進行著咳嗽、呻吟、擤鼻涕、打噴嚏和哀號這些狀態。城堡裡的門全都嘎嘎地震動著，連天花板上的樑木也在搖動，卡西法的一根木柴還滾到了壁爐邊。

「好、好，我知道了！」蘇菲將木柴丟回爐架上，並對卡西法說。「再這樣下去，他就要使出綠色黏液那招了。卡西法，別讓狗跑到別的地方。」

「這些巫師真是的！又不是都沒感冒過的人！好了，你到底要什麼？」她一邊走上樓，一邊大聲抱怨，然後蹣跚走進房間，踩到髒兮兮的地毯上詢問霍爾。

「我快無聊死了，也有可能我只是快死了。」霍爾可憐兮兮地說。

他用幾顆髒髒的灰色枕頭墊高身體躺著，看起來非常可憐，身上蓋著一條薄被，那條被子原本應該是拼布做的，但因為蒙上了灰塵，看起來只有一種顏色。他似乎很喜歡的蜘蛛正在床的頂蓬上忙碌地結網。

「你的確有點發燒。」蘇菲摸摸他的額頭說。

「我已經神智不清了，好像可以看到一堆圓點在我頭上動著。」霍爾說。

「那是蜘蛛。你為什麼不用魔咒把自己治好？」蘇菲說。

「因為根本沒有可以治感冒的魔咒。」霍爾哀傷地繼續說。「有東西在我的腦裡轉來轉去——也有可能是我的腦袋繞著他轉。我一直在想荒野女巫的詛咒內容，我沒想到她能把我的事說得如此明白。被這樣說出來不是件好事，即使現在成真的那些事都是我自己造成的也一樣。我一直在等詛咒剩下的內容發生。」

「是什麼內容？『告訴我過往歲月的去處』嗎？」蘇菲回想起那首令人困惑的詩說。

「喔，這我能夠理解。」霍爾接著說。「不論是我的，還是其他人的，都在那裡，過往的歲月一直都在同樣的地方。只要我想，我也可以到自己的受洗儀式上扮演因沒被邀請而生氣的壞仙子。也許我真的有這麼做，所以才會遇到這些麻煩。不，我在等的只有三個事物：美人魚、曼德拉草根，還有能吹動誠實的心而向前的風。至於我會不會變得滿頭雪白，我想我是沒辦法解除魔咒，活到那時候了。再過三個星期，這些事情就會實現，而它們一實現，荒野女巫就會抓到我。不過橄欖球俱樂部的同學會是辦在仲夏節前夕，至少我還可以參加。剩下的內容都在很久之前就發生了。」

「你是指墜落的流星，還有找不到既忠誠又貌美的女子嗎？看你平常做的事，我一點也不意外。潘斯特蒙夫人說你走上了歪路，她說得沒錯吧？」蘇菲說。

「就算會因此喪命，我也一定要去參加她的喪禮。潘斯特蒙夫人總是把我想得太好，她被我的魔咒蒙蔽了雙眼。」霍爾哀傷地說。

他的雙眼流出眼淚，蘇菲不確定他是真的在哭，還是因為感冒，不過她發現霍爾又在逃避了。

「我剛剛是在說，你每次只要成功讓女生愛上你，就會馬上拋棄她們。你為什麼要這樣？」蘇菲說。

「這就是為什麼我喜歡蜘蛛。很多人說：『一次不成，就再試一次。』我一直都在嘗試。但這是我應得的，這都是因為我幾年前所做的一個交易，而我知道，我這一生都無法再好好愛人了。」霍爾用顫抖的手指向床的頂蓬，然後悲痛地說。

現在從霍爾雙眼流出的，肯定就是傷心的淚水了。

「好啦，你不要哭……」蘇菲很擔心地說。

房外傳來一陣啪嗒啪嗒的聲音，蘇菲轉過身，看到那個犬人正彎著身體溜進房間。蘇菲以為他一定是要來咬霍爾的，於是伸出手抓住他紅色的皮毛，但他只是靠著她的腿，蘇菲因此重心不穩，往油漆剝落的牆壁退了幾步。

「這是？」霍爾問。

「我新養的狗。」蘇菲說。

她的手還抓著那隻狗的捲毛。她靠著牆站，可以看到房間窗戶外的景色。照理來說，外面應該要是院子才對，但外面卻是一塊整齊的方形花園，中間有給小孩玩的金屬鞦韆，夕陽將鞦韆上掛著的雨滴染成藍色和紅色。正當蘇菲站在那裡盯著看時，霍爾的外甥女瑪莉踩過濕濕的草地跑過來。霍爾的姊姊梅根則跟在後面，看得出來她正在大喊，要瑪莉別坐在沾濕的鞦韆上，但卻沒有任何聲音傳進房間裡。蘇菲問道：

「那裡就是威爾斯嗎？」

霍爾哈哈大笑，用力拍打被子，灰塵如煙霧般瀰漫在空中。

「這隻狗真煩！我跟自己打了賭，妳待在這裡的這段時間內，要防止妳從那扇窗戶偷看的！」他沙啞著說。

「是嗎？」蘇菲放開那隻狗，希望他能用力地咬霍爾一口，不過那隻狗卻繼續靠著她，還將她往門口推。「所以你說的那些長篇大論，都不過是一場遊戲罷了，對嗎？我早該知道的！」

霍爾躺回灰色枕頭上，一副被冤枉而傷心的樣子。他用指責的語氣說：

「有時候，妳說話的方式還真像梅根。」

蘇菲一邊把狗趕出房間，一邊回他說：

「有時候，我能理解梅根為什麼會變成這樣。」

接著她走出房間，砰地一聲關上門，將房裡的蜘蛛、灰塵及花園都甩在門的後面。

第十五章　霍爾變裝前往喪禮

蘇菲回去繼續縫衣服後，那犬人縮成一團，壓在她的腳趾上。也許他覺得只要一直待在蘇菲身邊，蘇菲就能幫他解除魔咒。突然，一個留著紅色鬍鬚的魁梧男人衝了進來，手上拿著一箱物品。那男人脫下絲絨斗篷，變成了麥可，手上還是拿著那箱物品。犬人站起來搖著尾巴，任由麥可輕輕拍著他、揉著他的耳朵。

「我希望他能留下來，我一直都很想養狗。」麥可說。

霍爾聽到了麥可的聲音，他用那條褐色的拼布被子裹著身體走下樓來。蘇菲停下手上的工作，小心地抓住犬人化作的狗，但那隻狗對霍爾很客氣，霍爾從被子裡伸出手拍他時，他也沒有反抗。

「怎麼樣？」霍爾沙啞地問。他又變出更多紙巾，動作使被子上的灰塵飄散在空中。

「都買到了。我還遇到了一件很幸運的事，霍爾。馬克契平有間空店面要出售，那裡原本是間帽店。你覺得我們可以把城堡搬去那裡嗎？」麥可問。

霍爾坐在一張高凳子上，看起來像穿著袍服的羅馬元老院成員，他想了一下後說：

「要看價錢才能決定。我有點想把庇護港的入口移到那裡，不過這件事並不容易，因為連卡西法也要一起搬過去。庇護港是卡西法真正存在的地方。卡西法，你覺得呢？」

「要移動我的話，得非常小心才行。」卡西法一想到這件事，臉色便蒼白了好幾個色階。「我認為你把我留在原本的地方比較好。」

所以芬妮要將店賣掉——正當其他三人討論著搬家的事時，蘇菲這麼想著。霍爾還說他有良心呢！不過最讓她搞不懂的是那隻狗的行為。雖然蘇菲已經跟他說過很多次，自己沒辦法幫他解除魔咒，但他似乎還是不想離開。他也不想咬霍爾。那天晚上和隔天早上，他都讓麥可帶他到庇護港的沼澤地跑步，他的目標似乎是要成為這個家的一份子。

「不過，我要是你，應該會待在上弗定山谷，趁著她失戀的時候，贏得她的芳心。」蘇菲對那隻狗說。

隔天，霍爾有時躺在床上，有時又下床走動。他躺在床上時，麥可就得在兩層樓間來回奔走；他下床時，則變成得在城堡裡到處跑，跟他一起量城堡的尺寸，並在每個角落都裝上金屬支架。

霍爾身上裹著被子，周圍飄著如雲霧般的灰塵，在空檔時一直來找蘇菲詢問問題或是宣布事情，大部分時候都是為了蘇菲著想。

「蘇菲，既然妳把我們發明城堡時做的記號都用白色油漆蓋掉了，妳可以告訴我，麥可房間裡的記號原本在哪嗎？」霍爾說。

「不，我沒辦法。」蘇菲正縫著第七十個藍色三角形。

霍爾哀傷地打著噴嚏離開。不久後，他又出現並問道：

「蘇菲，如果我們買下那間帽店，妳覺得我們要賣什麼？」

蘇菲發覺，她已經受夠帽子，這一生都不想再碰了，於是她說：

「別賣帽子就是了。你懂的，你可以買下店面，但不做那門生意。」

「用妳那陰險的腦袋專注在這件事上吧。妳也可以思考一下，如果妳會思考的話。」霍爾說完，他又快步上樓去了。五分鐘後，他又走下樓來說：

「蘇菲，妳對其他的出口有什麼偏好嗎？妳希望我們住哪？」

蘇菲的腦海中立刻就浮現了費爾法克斯夫人的房子。

「我想要一棟漂亮的房子，周圍種滿了花。」蘇菲回答。

「我知道了。」霍爾沙啞地說，接著又快步離開。

霍爾再次出現時，已經穿上了整齊的衣服。這已經是那天的第三次了，因此蘇菲一開始並不以為意。直到霍爾穿上先前麥可用的那件絲絨斗篷，變身成一名臉色蒼白的紅鬍子男人，一邊咳嗽，一邊拿著紅色的大手帕去擦鼻子，蘇菲才發覺他正要出門。

「你這樣感冒會變嚴重的。」蘇菲說。

「我會死掉，讓你們每個人都覺得愧疚。」那個留著紅色鬍子的男人說完，他就將門把轉成綠色向下，出門去了。

霍爾出門後的一個小時內，麥可終於有時間做他的魔咒。蘇菲這時已經縫到了第八十四個藍色三角形。接著那個紅鬍子男人又回來了。他脫下絲絨斗篷，變回霍爾，他的咳嗽變得更嚴重了，感覺他也變得更加自憐，即使他原本就夠自憐了。

「我把店面買下來了。店的後面有個很有用的小房間，隔壁還有一棟住家，而我全買下來了。不過我還不確定要用什麼錢來付給屋主。」他告訴麥可。

「用你找到賈斯汀王子而得到的報酬呢？」麥可問。

「你別忘了，我們之所以這麼做的目的，就是為了不要去找賈斯汀王子。我們要人間蒸發。」霍爾用沙啞的聲音說完，他一邊咳嗽，一邊上樓到床上休息。不久後，他又開始打噴嚏引人注意，讓屋樑都跟著震動起來。

麥可只好放下魔咒，趕緊跑上樓。蘇菲原本也要上樓，但那個犬人卻擋住了她的去路。這又是他的行為中另一個奇怪之處——他不喜歡蘇菲為霍爾做任何事，而蘇菲認為這很合理。她開始縫第八十五個三角形。

麥可興高采烈地下樓，回去製作魔咒。他開心到一邊工作，一邊跟卡西法一起唱那首燉鍋歌，還像蘇菲那樣跟骷髏頭說話。他對骷髏頭說：

「我們之後會搬去馬克契平，這樣我就可以每天都去找我的蕾蒂了。」

「這就是為什麼你要跟霍爾提那間店嗎？」蘇菲一邊穿針，一邊問。她現在正在縫第八十九個三角形了。

「沒錯。是蕾蒂告訴我的，我們那時正在討論以後要怎麼樣才能見面。我跟她說……」麥可開心地說。

霍爾又裹著被子，無精打采地走下樓來，打斷了麥可。霍爾沙啞地說：

「這一定是我最後一次出現了。我忘了說，潘斯特蒙夫人明天要下葬，地點是她在庇護港附近的私有土地，所以我需要洗一洗這套衣服。」

他從被子裡拿出灰色和鮮紅色的那套衣服，並將衣服丟到蘇菲大腿上。

「妳處理錯衣服了。這一套才是，我喜歡它，但是我沒力氣自己洗衣服。」霍爾對蘇菲說。

「你並非一定要出席喪禮吧？」麥可不安地問。

「我一定要去。我能夠成為現在的『巫師霍爾』，都是潘斯特蒙夫人的功勞，所以我一定要去向她致敬。」霍爾說。

「可是你的感冒都變嚴重了。」麥可說。

「那是他自作自受。誰叫他要一直下床跑來跑去。」蘇菲說。

「我不會有事的，只要我不要吹到海風就好。潘斯特蒙夫人的那塊地天氣嚴寒，那裡的樹全都被風吹彎了，而且好幾英里都沒有可以躲避寒風的地方。」霍爾立刻擺出他最高尚的表情並沙啞地說。

蘇菲知道他不過是想引人同情，她從鼻孔不屑地哼了一聲。

「那荒野女巫怎麼辦？」麥可問。

「我會偽裝成其他樣子去，也許我可以變成另一具屍體。」霍爾可憐兮兮地咳嗽，無精打采地走回樓梯。

「那你需要的是裹屍布，而不是這套衣服！」蘇菲在他背後大喊。

霍爾沒有回應，只是繼續拖著身體走上樓，而蘇菲也沒有再說他什麼。她手裡正拿著那套施了魔法的衣服，這是個不容錯過的大好機會。她拿起剪刀，將那套灰色和鮮紅色的衣服剪成七塊，每塊布的邊緣都被剪得參差不齊。這麼一來，霍爾就不會想穿這套衣服了。接下來，她開始縫那套藍色和銀色衣服的最後幾個三角形，大多是領口附近的小碎布。那套衣服已經變得非常小，感覺就連潘斯特蒙夫人的侍童也穿不下。

「麥可，快把那個魔咒做好，現在情況緊急。」蘇菲說。

「我快完成了。」麥可說。

半小時後，麥可在檢查清單上打勾後說他應該準備好了。他拿著一個小碗走向蘇菲，碗底裝著一點點綠色粉末。

「這妳要用在哪的？」麥可說。

「這。」蘇菲剪斷最後的幾段線頭說。

她將正在睡覺的犬人推到一邊，然後小心地將那套童裝尺寸的衣服放到地上。麥可則是也小心翼翼地將碗傾斜，在衣服的每個部分都撒上粉末。

接下來，他們兩人焦躁不安地等待著。

過沒多久，麥可鬆了一口氣。衣服慢慢變大，他們看著衣服一直延伸，再延伸，直到衣服的其中一邊碰到犬人的身體而堆成一團。蘇菲必須將衣服拉遠一點，讓它能夠有更大的空間繼續變大。

大概五分鐘後，他們兩人都認為，衣服已經變成霍爾的尺寸了。麥可將衣服拿起來，小心地將多餘的粉末抖到爐架裡。卡西法一下子熊熊燃燒起來，並發出咆哮聲，將犬人嚇得從睡夢中驚醒。

「小心點！這個魔咒可是很強的。」卡西法說。

蘇菲拿著那套衣服，躡手躡腳、搖搖晃晃地上樓。霍爾正躺在灰色枕頭上睡覺，蜘蛛在他周圍忙碌地織著網，他睡著的模樣既高尚又悲傷。蘇菲蹣跚地走到窗邊，將那套藍色和銀色的衣服放到舊櫃子上，並試著說服自己，那件衣服被她拿起來後沒有繼續變大。她看向窗外，然後小聲地咕噥道：

「不過，如果這樣能阻止你去參加喪禮，那也沒什麼不好。」

窗外，太陽低低地掛在整齊的花園上空。花園裡有個身材高大、膚色黝黑的男人，正興致高昂地將紅色的球丟向霍爾的外甥，也就是尼爾，而尼爾握著球棒站在那裡，一副忍受著痛苦的模樣。蘇菲一看就心裡有數，那個男人是尼爾的父親。

「妳又在偷看了。」霍爾突然在她身後說話。蘇菲愧疚地轉身，結果發現霍爾其實是半夢半醒。

他的意識可能還在前一天，因為他說「教我避開嫉妒的尖刺」——那都過去了。我愛威爾斯，但威爾斯並不愛我。梅根這個人滿腹嫉妒，因為她過著體面的生活，而我卻不是。接著，他又變得更清醒一點，他問：

「妳在做什麼？」

「幫你把衣服拿來而已。」蘇菲說完便匆匆離開了。

霍爾一定是回去睡覺了。他那天晚上沒再出現，隔天早上蘇菲和麥可起床時，也沒聽到他起床的聲音。他們很小心不去吵醒他。他們兩人都認為，前往參加潘斯特蒙夫人的喪禮不是個好主意。麥可帶著犬人偷溜去山坡上跑步，蘇菲則是在城堡裡躡手躡腳地準備早餐，暗自希望霍爾會睡過頭。麥可回來時，霍爾還是一點動靜也沒有。犬人已經餓壞了，正當蘇菲和麥可在櫃子裡找狗可以吃的東西時，他們聽到了霍爾慢慢走下樓的聲音。

「蘇菲。」霍爾的語氣裡帶著指責。

霍爾站在樓梯口，一隻手抓著樓梯口的門，那條手臂整個都藏在一個巨大的藍銀色袖子裡。他的腳踩在樓梯最下面那階，被一件巨大藍銀色外套的上半部給蓋住了。他的另一手離另一個巨大袖子還有很長的距離，蘇菲看得見那手的輪廓，像是那條手臂正在巨大的領子下面做著手勢。在霍爾身後，藍色和銀色的衣服占滿了整座樓梯，一直延伸到霍爾的房間。

「喔，天啊！霍爾，這——都是我的錯，我……」麥可驚呼。

「你說是你做的？少瞎掰了！我看一眼就知道這是蘇菲的傑作，而這件衣服可是大到能讓我看好幾眼。親愛的蘇菲，我的另一套衣服在哪裡？」霍爾說。

蘇菲趕緊跑到掃具間裡，拿出那套灰色和鮮紅色衣服的碎片，她之前將碎片藏在那裡。

「真令人慶幸，我還以為妳會把這套變得小到看不見呢。把衣服給我，七片碎片都要。」霍爾仔細打量那些碎片後說。

蘇菲將那團灰色和鮮紅色的布料拿到他面前，而霍爾的手在那好幾褶的藍色和銀色袖子裡鑽了好一陣子，才終於從兩道針腳間的空隙伸出來。他從蘇菲手裡搶過那團布料說：

「我現在要準備出門參加喪禮了。在這段時間裡，拜託你們兩個什麼也別做。我看得出來蘇菲現在狀態正好，但我希望我回到這裡時，這個房間還是原本的大小。」

他吃力地拖著那套藍色和銀色的衣服，昂首闊步地走向浴室。那套衣服剩下的部分就跟在他後面一起被拖下樓梯，接著擦過一樓的地板。霍爾走進浴室的時候，外套大部分的布料都已經到一樓了，而褲子才剛出現在樓梯上。霍爾將浴室的門半掩，然後似乎是用兩隻手輪流拉動衣服。蘇菲、麥可和犬人就站在那裡，看著一段又一段的藍色或銀色布料在地板上行進，上面還縫有跟石磨一樣大的銀色鈕扣，以及形狀規則粗如繩索的巨大縫線。整套衣服可能有一英里那麼長。

最後一塊有著扇形裝飾的布邊在浴室的門口消失時，麥可說：

「我覺得我那個魔咒好像沒有弄好。」

「所以他剛剛不是讓你知道了嗎？再給我一根木柴。」卡西法說。

麥可拿了一根木柴給卡西法，蘇菲餵了犬人一些食物。他們兩人在霍爾走出浴室前，什麼也不敢做，只站著吃麵包和蜂蜜當早餐。

兩小時後，霍爾從帶著馬鞭草香的蒸氣中走出來。他全身上下都是黑色，除了黑色套裝和黑色靴子外，就連頭髮也是黑的，那是跟安歌莉雅小姐一樣的藍黑色，耳環則是長形的煤玉墜子。蘇菲心想，不知道他的黑色頭髮是不是在對潘斯特蒙夫人致敬。她也認同潘斯特蒙夫人說的，黑髮的確比較適合霍爾，他那綠色玻璃珠般的眼睛跟黑髮比較相配。不過她也很想知道，他身上的黑色套裝是哪一套變成的。

霍爾變出一張黑色的紙巾，並用紙巾擤了一下鼻子，又將窗戶震得嘎嘎作響。他從工作檯上拿起一片麵包和蜂蜜，對著犬人招手。犬人看起來有點懷疑，霍爾沙啞著說：

「我只是想仔細看看你。」

「過來吧，小狗。」他的感冒還是很嚴重。正當那隻犬人不情願地爬到房間中央時，霍爾又說。「偷窺狂太太，妳是不會在浴室裡找到我另一套衣服的。妳休想再碰我的衣服。」

蘇菲原本正躡手躡腳往浴室走去，聽到這段話便停下來，看著霍爾繞著犬人走，一下子吃麵包和蜂蜜，一下子又擤鼻涕。

「你覺得這種偽裝怎麼樣？」霍爾說。

他將黑色紙巾彈給卡西法，並開始往前趴，以手掌和膝蓋著地。他一有動靜，人幾乎立刻就消失了。當他碰到地板時，他已經變成了一隻捲毛的紅色雪達犬，就跟犬人一樣。

犬人看到後大吃一驚。他的動物本能控制了他，他豎起背毛，垂下耳朵，並低聲咆哮。霍爾也做出一樣的反應——也許他也被動物本能控制了。兩隻長得一模一樣的狗繞著彼此走，他們怒瞪著對方，低聲咆哮並豎著毛，氣氛一觸即發。

蘇菲抓住其中一隻狗的尾巴，她覺得那隻應該就是犬人，麥可則抓起他認為是霍爾的那隻狗。霍爾急忙將自己變回來，而蘇菲看到面前站著一個身材高挑、全身黑的人，趕緊放開霍爾外套的後面。犬人在麥可的腳上坐下，悲情地看著他們。

「很好。如果我連其他狗都能騙得過，那我一定能騙過所有人。喪禮上的人一定不會去注意一隻把腳靠在墓碑上的流浪狗。」霍爾說。

霍爾走到門口，將門上的把手轉成藍色向下。

「等一下，如果你要變成紅色雪達犬去參加喪禮，那為什麼還要大費周章，把自己打扮得全身黑？」蘇菲問。

霍爾仰起下頜，故作高貴。他邊開門邊說：

「這是對潘斯特蒙夫人的尊敬，她喜歡其他人注重細節。」

說完，他便走上了庇護港的街道。

第十六章　巫術之戰

幾小時後，犬人又感到餓了，而麥可和蘇菲也想要來頓午餐。蘇菲拿著煎鍋走向卡西法。

「妳為什麼不能吃一次麵包和乳酪就好？」卡西法抱怨道。

他雖然這麼說，但還是低下頭來。正當蘇菲將鍋子放到捲曲的綠色火焰上時，不知道從哪裡傳來霍爾嘶啞的聲音。

「卡西法，做好準備！她發現我在哪了！」

卡西法立刻跳起來，煎鍋掉到了蘇菲的膝蓋上。

「妳要等一下了！」卡西法大聲咆哮，火焰熊熊燃燒起來，直直衝上煙囪。與此同時，他就像正被外力劇烈搖晃著，糊成十幾張正在燃燒的藍臉，並發出巨大而低沉的轟轟聲。

「這一定是代表他們打起來了。」麥可小聲說。

蘇菲吸了一下有點燙傷的手指，並用另一隻手撿起掉在她裙擺上的培根，盯著卡西法看。卡西法正快速地在壁爐裡晃動，他模糊的臉從深藍色轉為天藍色，接著變成接近白色。有一瞬間，他突然有好幾顆橘色眼睛，接下來又有好幾排像星星般的銀色眼睛。蘇菲從來沒想像過這樣的畫面。

有個物體掠過城堡上空，發出爆炸聲和低沉的隆隆聲，震動著房裡的所有東西。另一個物體跟在後面，發出又長又刺耳的咆哮聲。卡西法轉變成接近藍黑色的顏色，蘇菲的皮膚因為魔法向後噴射的熱氣而滋滋作響。

「他們離這裡很近！」麥可趕緊跑到窗邊說。

蘇菲也搖搖晃晃地走到窗邊。魔法所帶來的風暴似乎影響了房裡一半的擺設。

骷髏頭的牙齒劇烈地打顫，讓整顆頭在工作檯上繞著圈打轉。小紙盒上下跳動，罐子裡的粉末也激烈地翻騰著。一本書從架子上重重掉到地上並打開，不停地前後翻頁。在房間的某一端，帶著香味的蒸氣從浴室裡滾滾湧出；在另一端，霍爾的吉他發出走音的琴聲。卡西法則是更加劇烈地晃動著。

麥可將骷髏頭放進水槽，好讓他打開窗戶，伸長脖子向外看時，骷髏頭不會因為打顫而掉到地上。無論他們怎麼探頭，都看不見外面正在發生什麼事，這實在是令人抓狂。對面房子裡的人都站在門口和窗邊，手指著大概是在空中的某個物體。蘇菲和麥可衝到掃具間，一人拿起一件絲絨斗篷並披上。蘇菲拿到了會將人變成紅鬍子男人的那件。這時候，她終於知道為什麼她之前穿上另一件時，卡西法會對她大笑了。麥可變成了一隻馬。不過他們已經沒時間笑了，蘇菲將門拉開並衝到街上，犬人跟在她後面，她看起來對整件事意外地冷靜。麥可也跟在她身後跑，用根本不存在的馬蹄發出達達聲，留下卡西法在後面快速晃動，從藍色變成白色。

街上盡是抬頭看向天空的人，沒人有空去注意馬從房子裡跑出來這種事。蘇菲和麥可也抬頭看，結果看到有一大團雲正在煙囪上頭沸騰、扭轉。那團雲黑黑的，正劇烈地自轉著，看起來不像自然光的白色閃光穿透黑雲而射出。但在蘇菲和麥可到街上後，那團魔法就化成了一群煙霧狀的蛇，正在互相纏鬥著。接下來，那團魔法發出了像是貓打架的聲音，又一分為二。其中一團一邊嚎叫，一邊飛越屋頂衝到海上，另一團則是尖叫著跟在後面。

這時，有些人退回了屋裡，蘇菲和麥可則是加入那群較為勇敢的人，走斜坡路到了碼頭邊。那裡的每個人似乎都認為，如果想得到最好的視野，就得沿著圓弧狀的海堤站，蘇菲也跟著蹣跚地往那走，但其實只要走到港務長小屋那裡的遮蔽處就好。兩團雲高掛在海的上空，就在海堤的另一邊。平靜的藍天中就只有這兩團雲，非常容易就能看到。在這兩朵雲中間，有團深色的風暴正在海上肆虐，掀起滔天的白浪，也同樣引人注目。有艘倒楣的船被困在風暴中，船桅劇烈地前後晃動，海浪從四面八方不停地拍打著船身。船員拼命地想將船帆收起來，但至少有一面船帆已經被撕成了灰色碎布在空中飄揚。

有人憤慨地說：*他們就不能放過那艘船嗎？*

接著，風暴帶來的風浪打上了海堤，白色的浪用力拍打著堤防，而海堤上勇敢的人們全都匆匆退到碼頭周圍，停在渡口的船隻也在上下搖晃著。這場混亂夾雜著許多尖叫聲，聲音都非常高亢，彷彿正在召開演唱會。蘇菲將頭探出小屋，迎著風看向尖叫聲傳來的方向，結果發現這狂暴的魔法所擾亂的，不只有海洋和那艘不幸的船而已。幾個女子正奮力爬上海堤，她們全身溼答答，看起來很滑溜，還有著飛揚的綠褐色頭髮，接著一邊尖叫，一邊伸出溼溼的長手臂，幫助其他還在浪裡載沉載浮的女子上岸。這些女子全都沒有腿，而是長著魚尾巴。

「真該死！是詛咒裡提到的美人魚！」蘇菲說。

這表示只剩下兩件不可能的事還沒成真了。

她抬頭看那兩朵雲。霍爾正跪在左手邊那朵雲上，看起來比她預期中更大且更近。霍爾身上還穿著黑色衣服，他果然轉過頭來並看著那些發狂的美人魚，但似乎並不記得她們是詛咒的一部分。

「專心對付荒野女巫！」蘇菲身旁的馬大喊。

荒野女巫突然現身，站在右手邊那朵雲上。她身穿橘紅色的袍服，一頭紅髮在空中飛揚，正高舉雙臂，準備使出更多魔法。當霍爾轉回去看她時，她放下手臂，霍爾的那朵雲便如噴泉般爆發出玫瑰色的火焰。焰熱橫掃港口，使海堤的石頭冒出蒸氣。

「沒關係！」馬喘著氣說。

霍爾站到了那艘劇烈搖晃、已經快要沉船的船上。他現在看起來像是道微小的黑色人影，靠在搖曳的主桅上。他戲謔地對荒野女巫揮手，讓她知道她沒打中。他一揮手，荒野女巫就看到了。雲朵、荒野女巫及所有的一切隨即化成一隻兇猛的紅鳥，朝著船向下俯衝。

船突然消失，美人魚們唱出哀傷的尖叫聲。而船原本所在的位置上，只剩下悶悶不樂地翻湧著的海水，但那隻鳥俯衝的速度快得停不下來，直直衝進海裡，激起了一大片水花。

站在碼頭的人全都歡呼起來。蘇菲身後有個人說：我早就知道那不是一艘真的船！

「沒錯，那一定是幻象。那艘船太小了。」馬很聰明地說。

麥可話還沒說完，那隻鳥衝進水裡所造成的浪就已經碰到海堤了，這證明那艘船其實比表面上看起來還近。高達二十英尺的海浪形狀如綠色山峰，平順地橫向掃過海堤，將正在尖叫著的美人魚沖進港口，也劇烈地左右搖動著所有停在港口的船隻，水流繞著港務長的小屋轉並發出撞擊聲。馬從側邊伸出一隻手臂，將蘇菲往碼頭方向拉起。蘇菲氣喘吁吁，在及膝的灰色積水中踉蹌而行。犬人在他們身旁跳著前進，水已經淹到他的耳朵等高了。

他們才剛走到碼頭，港口的船也才剛曳回直立的位置，第二波如山的巨浪便湧過海堤。波浪比較平滑的那邊湧出一隻怪物，那怪物又長又黑，長著爪子，看起來一半像貓，一半像海獅，沿著海堤衝向碼頭。當海浪打到港口時，浪裡湧出另一隻怪物，長相也是又長又黑，不過身上長著比較多鱗片，追著第一隻怪物跑。

圍觀的人都發覺這場戰鬥還沒結束，趕緊踏著水退到碼頭邊的房屋。蘇菲先是被繩子絆倒，又踢到門前的臺階，馬伸出一隻手將她拉起來。這時候，那兩隻怪物奔馳而過，海水四處飛濺。接著，另一道波浪湧過海堤，浪裡又湧出另外兩隻怪物，長得跟前兩隻一模一樣，只不過有鱗的那隻離像貓的那隻較近。在這之後，下一道波浪又帶來另外兩隻怪物，兩隻怪物又靠得更近了。

正當第三對怪物飛奔而過，讓防波堤的石頭都震動起來時，蘇菲大喊：

「這是怎麼回事？」

「這些是幻象。」麥可的聲音從馬的身體傳出，他繼續說。「至少有些是。他們都在試圖騙過對方，使對方搞錯追逐目標。」

「哪個是霍爾？哪個是荒野女巫啊？」蘇菲問。

「不知道。」馬回答她。

怪物嚇壞了某些圍觀的人。很多人都回家了，有些人則是跳到搖晃的船上，好避開碼頭。不過還是有些人堅持要繼續看熱鬧，蘇菲和麥可加入那些人，跟隨著怪物走過庇護港的街道。他們一開始是追著一長條的海水走，接著跟著濕濕的爪印，最後是循著怪物的爪子在路磚上留下的白色孔洞和抓痕。他們跟著怪物的痕跡走到城鎮後面的沼澤地——先前蘇菲與麥可之前追逐流星的地方。

這時候，那六隻怪物已經變成了正在跳躍的小黑點，逐漸消失在地平線。群眾沿著河岸分散站成一條不規則的線，他們望著遠方，希望能看到更多事情的全貌，同時又害怕著可能會見到的景象。過沒多久，除了空盪盪的沼澤地外，他們什麼也看不到，宛如什麼事也沒有發生。正當一些人轉身要離開時，其他人突然大喊：快看！

一顆蒼白的火球在遠處緩緩升起，它的體積肯定非常龐大，發出的巨響傳到圍觀的人耳裡時，火球已經化為了一團狀如高塔的濃煙，並向四處飄散。震天的巨響讓圍觀的人都皺起臉來，他們看著煙霧擴散，最終變成沼澤地霧氣的一部分。在那之後，他們還是繼續觀望了一陣子，但周遭一片平靜，風將沼澤地的野草吹得沙沙作響，鳥又開始鳴叫起來。

人們說：我想他們已經同歸於盡了。

群眾漸漸散開，人們趕回去做他們做到一半的工作。

蘇菲和麥可在那裡留到最後，等到一切看起來真的都結束了，才慢慢轉身走回庇護港。他們兩個都不想說話，只有犬人看起來很開心。犬人在他們旁邊悠閒漫步，腳步輕快得讓蘇菲確信，他認為霍爾已經死了。犬人對事情的發展很滿意，所以當他們走到霍爾的房子所在的街上，剛好遇到一隻正在過街的流浪貓時，他還開心地吠了一聲，並追著貓跑。他在貓後面全速飛奔，一直追到城堡門口。就在這時，那隻貓轉過來怒瞪著他。

「滾開！我只要這樣就好！」牠喵喵叫道。

狗往後退，看起來很慚愧的樣子。

「霍爾！」麥可達達地跑到門口並大喊。

「你們兩個看起來真可笑！快開門，我累壞了。」那隻貓縮成幼貓的尺寸，看起來十分自憐。

蘇菲打開門，那隻貓爬了進去。卡西法已經縮成了小小的藍色火花，那隻貓爬到壁爐邊，吃力地將前腳抬到椅子上，然後慢慢變成彎著身體的霍爾。

「你殺死荒野女巫了嗎？」麥可急切地問。他脫掉斗篷，變回自己的樣子。

「不。」霍爾轉過身，重重地坐到椅子上，看起來非常疲憊地躺在那裡。他沙啞著說。「我都感冒了，還遇到這一堆事！蘇菲，拜託妳把那可怕的紅鬍子弄掉，然後幫我從櫃子裡拿一瓶白蘭地出來——除非妳已經把它喝掉，或是做成松節油了。」

蘇菲脫掉斗篷，找出了白蘭地和一個玻璃杯。霍爾像是在喝水一樣，一下子就喝掉了一杯。接著，他又倒了第二杯，但他沒有把這杯喝掉，而是緩慢又細心地滴在卡西法那。卡西法旺盛地燃燒著，發出滋滋聲，好像恢復了一點精神。霍爾倒了第三杯，靠著椅背慢慢啜飲。

「別站在那裡看我！我無法判斷誰贏，荒野女巫很難對付，她通常都是靠她的火魔，自己則躲在後面，不受影響。不過我想我們還是給了她一點值得煩惱的攻擊，對吧，卡西法？」霍爾說。

卡西法在木柴下方發出微弱的嘶嘶聲：

「它很老了。我比它強，但它知曉不少我從沒思考的事。荒野女巫已經擁有它一百年了，而且它奪走了我半條命！」

他又發出嘶嘶聲，然後往木柴上爬出來。

「你應該要先警告我！」卡西法抱怨道。

「我有啊，你這個老騙子！我知道的事情，你明明也都知道。」霍爾說。

霍爾躺在那裡喝白蘭地時，麥可找出麵包和香腸給大家吃。用過餐後，每個人都恢復精神，大概只有犬人是例外，他似乎因為霍爾回來了而顯得悶悶不樂。卡西法開始熊熊燃燒，變回平常的藍色模樣。

「不能再這樣下去了！」霍爾吃力地站起來，繼續說道。「麥可，我們動作要快。荒野女巫已經知道我們在庇護港了，現在我們不只要遷移城堡和金貝利的入口，也要把卡西法移到帽店旁邊的那間房子。」

「要移動我？」卡西法劈啪作響，臉色因恐懼而變成天藍色。

「沒錯。你只能在馬克契平和荒野女巫間抉擇，別當個難搞的傢伙。」霍爾說。

「真該死！」卡西法大叫後，便鑽進爐架底部。

第十七章　移動城堡搬家了

霍爾非常奮力地工作，好像已經休息過一個星期那樣。要不是蘇菲有親眼看到，她絕不會相信他一小時前才剛打完一場激烈的魔法大戰。他跟麥可跑來跑去，對彼此喊著量好的尺寸，並在之前裝上金屬支架的地方用粉筆畫上奇怪的符號。他們似乎必須在每個角落都用粉筆做記號，就連後院也是。蘇菲在樓梯下的小空間，還有浴室天花板那個奇形怪狀的空間，讓他們煩惱了好一陣子。蘇菲和犬人被趕來趕去，最後被完全趕到一邊，好讓麥可可以趴在地上，用粉筆畫出一個在圓圈裡的五角星。

麥可畫完星形，正在拍掉膝蓋上的灰塵和粉筆灰時，霍爾便衝過來，黑衣上沾滿了斑駁的白色油漆。蘇菲和犬人又被趕到一邊去，讓霍爾可以在地上爬來爬去，並在星星和圓圈的內部和周圍寫上符號。蘇菲和犬人去樓梯上坐著，犬人瑟瑟發抖，這一切似乎不是他喜歡的魔法。

霍爾和麥可衝到院子裡，然後霍爾迅速返回，他大喊道：

「蘇菲！快！我們要在店裡賣什麼？」

「花。」蘇菲說。她又想到了費爾法克斯夫人。

「很好。」霍爾說。

他拿著一桶油漆和一把小刷子，匆匆跑到門口。他將刷子伸進油漆桶裡沾了一下，然後小心地將藍色圓點漆成黃色。他又沾了一下，這次刷子上的油漆變成了紫色。他用紫色油漆蓋掉了綠色圓點。第三次之時，刷子上沾到的是橘色油漆，而他用那顏色來蓋掉原本的紅色圓點。霍爾並沒有改變黑色的那個點。他轉過身來，一邊袖子的尾巴跟著刷子浸到了油漆桶裡。

「真煩！」霍爾邊將袖子拉出來邊說。袖子長長的尾巴沾上了彩虹的各個顏色，霍爾甩甩袖子後，袖子又變回了黑色。

「這到底是哪一套衣服？」蘇菲問。

「我忘了。別打斷我，現在要進行困難的部分了。」霍爾將油漆桶放回工作檯上，然後拿起一小罐粉末。「麥可！銀鏟子在哪裡？」

麥可從院子跑進來，手上拿著一隻亮晶晶的大鏟子。鏟子的把手是木製的，但鏟面的部分似乎真的是銀製的。

「外面都準備好了！」麥可說。

霍爾將鏟子放在膝上，好用粉筆在把手和鏟面上做記號。他從罐子裡拿出一些紅色粉末撒在上面，又小心地在星星的每個尖角上都灑上一點同樣的粉末，然後將剩下的粉末都倒到星星中央。

「麥可，讓開。你們都不要靠近。卡西法，你準備好了嗎？」霍爾說。

「我已經做好萬全準備了。你知道我可能會因此喪命吧？」卡西法從木柴間爬出來，燒成長長一道藍色火焰。

「往好處想，因此喪命的也可能是我。抓緊了，一、二、三。」霍爾將鏟子插進爐架裡，動作非常穩定且緩慢。

霍爾保持鏟子的平穩並和柵欄同高，然後輕輕將鏟子插到卡西法底下，接著用更穩定小心的動作將鏟子舉起來。麥可顯然一直在屏氣凝神地等著。接著霍爾說：「好了！」時，木柴倒向一邊，看起來似乎已經沒有在燃燒了。霍爾站起來並轉身，卡西法就在他手中的鏟子上。

屋裡瀰漫著煙霧，犬人顫抖著發出哀鳴。霍爾一邊咳嗽，一邊有點難以保持鏟子的穩定。蘇菲的眼睛被煙薰出淚水，看不太清楚，但她可以看見，卡西法就像他之前告訴她的那樣，並沒有腳或是腿。他只是一張長長尖尖的藍臉，根部扎在一個微微發光的黑色塊狀物上。黑色塊狀物的前面有一個凹陷，乍看卡西法就像是正用小小的腿跪著，但蘇菲很快看出事實並非如此，那塊狀物稍微搖晃時，可以看出它的底部是圓的。卡西法顯然非常不安，他因恐懼而圓睜著橘色眼睛，不停往兩側射出手臂狀的微弱火焰，試圖抓住鏟子的邊緣，卻徒勞無功。

「就快好了！」霍爾試著安慰他，卻因為濃煙而嗆到。他只好用力緊閉嘴巴，站在原地，忍著不去咳嗽。鏟子微微搖晃，而卡西法看起來十分恐懼。不久後，霍爾恢復正常，他小心地踏了一大步到粉筆畫的圓圈裡，接著又踏了一步，踩進五角星的中央。他在那裡平舉著鏟子，然後慢慢地轉了一整圈。卡西法也跟著他一起轉圈，他的臉已經變成了天藍色，還驚恐地瞪大著眼睛。

整個房間似乎都在跟著他們旋轉。犬人縮在蘇菲身旁，麥可也站不穩。蘇菲感覺他們周遭的世界似乎與外界脫節了，正高速搖晃並旋轉著，令人頭暈目眩。她並不怪卡西法露出如此驚慌的模樣。霍爾小心地跨著大步走出星星和圓圈時，所有事物都還在搖晃著。他在壁爐邊跪下，然後小心翼翼地將卡西法滑回爐架裡，並將木柴疊回卡西法周圍。卡西法的綠色火焰衝到最高點，霍爾靠在鏟子上咳嗽。

房間搖晃一陣子後停了下來。煙霧瀰漫在房裡好一陣子，蘇菲很驚訝地從熟悉的輪廓看出來，這裡就是她出生的那棟房子的客廳。雖然地板變得光溜溜的，牆上的圖畫也不見了，但她還是認得出來。城堡的房間似乎擠進了客廳的空間，然後這裡推出去一些，那裡拉進來一點，天花板也被拉下來，配合城堡有著樑木的天花板，最後兩個空間融合在一起，又變回城堡的房間，只不過變得比原本的高一點，也比較方正。

「卡西法，你弄好了嗎？」霍爾咳著嗽問。

「我想應該弄好了。」卡西法一邊竄上煙囪，一邊說。他看起來並沒有因為搭乘鏟子而受到傷害。「但你最好檢查一下。」

霍爾用鏟子將自己撐起來，將門把轉成黃色向下後開門。門外是蘇菲從小熟悉的馬克契平街道。已經是傍晚了，她看到認識的人走過，那些人在晚餐前到街上散步，這是許多馬克契平人夏日之時的習慣。霍爾對卡西法點點頭，關上門，然後將門把轉成橘色向下，再次打開門。

一條長滿雜草的寬路從門口延伸出去，蜿蜒進入被夕陽映照著的樹林中，景色如畫。遠處有一座宏偉的石造大門，上面有著雕像。

「這裡是哪裡？」霍爾說。

「是山谷末端的一棟空豪宅。」卡西法的語氣像是在為自己辯駁。「是你叫我找棟漂亮房子的。這很不錯啊。」

「這裡的確不錯，我只希望房子真正的主人不會介意。」霍爾將門關上，並將門把轉成紫色向下。「現在輪到移動城堡了。」

天色已經接近黃昏，一陣充滿各種香氣的暖風吹進屋裡。蘇菲看到一大堆深色葉子緩緩經過門前，葉間滿是碩大的紫色花朵。紫花慢慢遠去，取而代之的是整片的白百合，夕陽映照在遠處的水面上。花實在太香了，蘇菲被吸引著往前走，不知不覺走過了半間房間。

「不行，明天早上前，妳那愛管閒事的長鼻子都要離那裡遠一點。」霍爾說完，他啪地一聲把門關上。「那個地方正位在荒野的邊緣。卡西法，做得好，太完美了。位置正如我要求的一樣，有棟漂亮的房子，還有一大堆花。」

霍爾丟下鏟子，上床休息。他一定很累了，樓上既沒有傳出呻吟或吼叫聲，也沒有咳嗽聲。

蘇菲和麥可也累壞了。麥可癱坐在椅子上，輕輕撫摸著犬人，眼神空洞地看著前方。蘇菲則是坐在凳子上，有種奇怪的感覺。他們搬家了不是嗎？一切如常，好像又有點不同，令人費解。而且城堡為什麼會來到荒野的邊緣呢？是因為詛咒正在將霍爾拉近荒野女巫嗎？還是因為霍爾實在太愛逃避，結果誤打誤撞回到原地，就讓別人認為他變「誠實」了？

蘇菲看了麥可一眼，想知道他的想法，但麥可已經睡著了，犬人也是，於是她轉而看向卡西法。卡西法昏昏欲睡地在玫瑰色的木柴間閃爍著，橘眼睛幾乎快閉起來了。蘇菲想到卡西法臉色發白，眼睛也變白，還有他在鏟子上搖晃時不安的眼神。這些模樣讓她想起了某樣東西，卡西法的整個外形讓她想到了某個東西。

「卡西法，你以前是顆流星嗎？」她說。

「當然囉。如果妳得知了，我就可以談這件事了，契約允許我這麼做。」卡西法睜開一隻橘色眼睛看她說。

「霍爾抓住了你嗎？」蘇菲問。

「那是五年前的事了，發生在庇護港的沼澤地，那時他才剛以巫師詹金斯的名義開業。他穿著七里格靴追我，而我非常害怕他。當時的我無論如何都很害怕，因為流星一旦墜落，就必須面臨死亡，而我願意做任何事來避免死亡。當霍爾向我提議，要讓我用人類活著的方式活下去時，我馬上就提出了契約。我們當時都還不知道這件事的後果，我滿心感激，而霍爾只是因為同情我才提議的。」卡西法說。

「跟麥可的情形一樣。」蘇菲說。

「你們在說什麼？蘇菲，我真希望我們不是在荒野的邊緣。我之前不知道會這樣，感覺真不安全。」麥可醒了過來應答。

「巫師家裡的所有人都不安全。」卡西法感觸良深地說。

隔天早上，門已經被設定成黑色朝下，而且怎麼樣都打不開，讓蘇菲十分惱怒。她很想看看那些花，不管外面有沒有荒野女巫。於是她拿來一桶水，用力擦洗地板上的粉筆痕，好發洩心中的不滿。

正當她清潔地板的時候，霍爾走了進來。他一邊跨過正在擦地的蘇菲，一邊說「工作、工作、工作」。他看起來有點怪異，身上的衣服還是濃濃的黑色，頭髮卻已經變回金色，跟黑衣搭在一起看起來就像是白色。蘇菲看了他一眼，想到了那道詛咒，霍爾可能也想到了。他從水槽裡拿起骷髏頭，用一隻手拿著它，憂傷地說：

「唉，可憐的約里克[1]！她聽到了美人魚的歌聲，這表示丹麥一定有糟糕的事正在發生。我得了個永遠好不了的感冒，但幸好我非常不誠實，這點我要堅持到底。」

霍爾可憐兮兮地咳嗽，但其實他的感冒已經好轉了，所以聽起來沒什麼說服力。

蘇菲和犬人看了彼此一眼。犬人正坐著看她，看起來跟霍爾一樣哀傷。

「你應該回到蕾蒂身邊才對。」蘇菲喃喃地說。接著她對霍爾說。「你怎麼了？你跟安歌莉雅小姐進展得不順利嗎？」

「簡直糟透了。莉莉．安歌莉雅的心就像顆煮過的石頭。」霍爾將骷髏頭放回水槽，大聲呼叫麥可。「吃飯吧！工作吧！」

吃完早餐，他們將掃具間裡的東西全都拿出來，接著麥可和霍爾在掃具間側邊的牆上鑿出一個洞。灰塵從掃具間的門飛出來，裡面接著傳出奇怪的敲打聲。最後，他們兩人呼叫蘇菲。蘇菲走過來，還刻意拿著一支掃帚。原本有著牆壁的地方出現了一道拱門，通往一直以來連結著店面和住家的階梯。霍爾向她招手，要她過去看看店面。店面空盪盪的，回音劇烈，地面現在鋪著黑白色的方形地磚，就像潘斯特蒙夫人家的大廳那樣。原本放帽子的架子上擺了一瓶上了蠟的絲綢玫瑰花，配上一小束絲絨做的野櫻草。蘇菲發覺霍爾在等著她稱讚，於是故意一句話也不說。

「我在後面的工作間找到了這些花。出來看看吧。」霍爾說。

他打開通往街道的門，蘇菲聽了一輩子的門鈴聲隨之響起。蘇菲搖搖晃晃地走上空灧灧的清晨街道。店的正面才剛被漆成綠色和黃色，窗戶上的書法字體寫著：

詹金斯花店

鮮花每日供應

「你改變了對常見名字的看法，對吧？」蘇菲說。

「只是為了偽裝，我還是比較喜歡潘卓根這個名字。」霍爾說。

「那鮮花要從哪裡來？我們可不能在招牌上這麼寫，賣的卻是帽子上的蠟製玫瑰。」蘇菲說。

「妳等著看吧。」霍爾說完，帶著蘇菲回到店裡。

他們穿過店面，走到蘇菲從小熟悉的院子裡。院子的大小只剩一半，因為移動城堡的院子占走了一半的空間。蘇菲往上看，目光越過院子的磚牆，看向她的老家。現在看上去有股怪異感，因為上面多了一扇霍爾臥室的窗戶，而當蘇菲意識到，從霍爾的臥室看出去，並不會看到她現在所見的景象時，便感覺更奇怪了。她看得到自己舊臥室的窗戶，就位於店面的上面。這也讓她感到怪異，因為現在看起來似乎沒有辦法正常地到達那間臥室。

蘇菲跟著霍爾蹣跚地走回室內，上樓走到掃具間時，她突然發覺自己的態度很差。看到以前住的房子變成這樣，讓她心中五味雜陳。

「我覺得這一切都很不錯。」蘇菲說。

「真的嗎？」霍爾冷淡地說。他的心裡受傷了。

霍爾走向城堡的門，並將把手轉成紫色向下時，蘇菲嘆著氣想，他是如此地希望別人能感激他啊。不過另一方面，她不認為自己過去有稱讚過霍爾或卡西法，不知道為什麼現在突然要開始稱讚。

門打開，開滿花朵的大灌木叢緩緩經過，然後又停下來，讓蘇菲可以爬出去到花叢間。灌木叢間有好幾條小路，上面有著長長的鮮綠色野草，通往四面八方。霍爾和蘇菲走上離他們最近的那條，城堡跟在他們後面，一邊移動，一邊將花瓣掃落。城堡雖然又高又黑，長得歪七扭八，高塔還輪流噴出奇怪的煙，在這裡看起來卻不突兀。蘇菲知道魔法在這裡也起了作用，而城堡不知為何就融入了這裡。

周圍悶熱又潮濕，瀰漫著數千朵花的香氣。蘇菲差點就脫口而出——這讓她想到霍爾待過的浴室，但她忍住沒說。這個地方簡直是太棒了。盛開著紫色、紅色、白色花的灌木叢間，潮濕的草地上也開滿了小花：只有三片花瓣的粉紅色花朵、大朵的三色堇、野生的草夾竹桃、各色的羽扇豆、橘色百合、高高的白色百合、鳶尾花，以及其他無數種花。還有許多蔓生植物，上面的花大得可以拿來裝飾帽子，有矢車菊、罌粟花，與其他奇形怪狀、長著奇怪顏色的葉子的植物。這雖然不太像蘇菲夢想中費爾法克斯夫人家那樣的花園，但還是讓她忘記了不快樂的情緒，變得開心起來。

「妳看。」霍爾向外揮手，袖子驚擾了數百隻正在黃玫瑰上大快朵頤的藍蝴蝶。「每天清晨，我們可以來這裡剪一大堆花，然後在花上都還留著露水時，就拿到馬克契平賣。」

綠色小路盡頭的草地比較柔軟，灌木叢下長著大朵的蘭花。霍爾和蘇菲突然走到了一個開滿睡蓮、冒著蒸氣的水塘。城堡往旁邊移動，繞過水塘，然後沿著另一條開著不同花朵的道路緩緩移動。

「妳如果獨自來這，要記得帶著拐杖，測試一下前面的路硬不硬，這裡到處都是湧泉和沼澤。還有，不要往那個方向走。」霍爾說。

霍爾指向東南方，那裡霧氣中的太陽看起來像是刺眼的白色圓盤。

「那裡就是荒野，不僅又熱又荒涼，還住著荒野女巫。」霍爾說。

「這些在荒野邊緣的花是誰種的？」蘇菲問道。

「巫師沙利曼一年前開始種的。我想他是想要讓荒野也開出花來，藉此廢了荒野女巫。他將地底的溫泉帶到地表，讓地面上長出花來，原本進行得很順利，結果被荒野女巫抓到了。」霍爾轉身面向城堡說。

「潘斯特蒙夫人提過他的另一個名字。他跟你是同一個地方來的，對吧？」蘇菲說。

「大致上是，但我從沒見過他。我在幾個月後來到這裡，想再試一次。我覺得他的計畫很不錯。我就是這樣遇見荒野女巫的，她反對我在這裡種花。」霍爾說。

「為什麼？」蘇菲說。

「她喜歡把自己想成一朵花——一朵在荒野盛開的孤獨蘭花。真是可悲。」霍爾一邊開門，一邊說，而城堡正在等著他們。

蘇菲跟著霍爾走進城堡時，又回頭看了一眼錦簇的繁花，草地上開了數千朵的玫瑰。

「荒野女巫不會發現你在這裡嗎？」蘇菲問。

「我試著做出她最料想不到的事。」霍爾回。

「那你會試著去找賈斯汀王子嗎？」蘇菲再問。

但霍爾跑著穿過掃具間，大聲呼叫麥可，逃掉了這個問題。

註1　出自《哈姆雷特》第五幕第一景中，主角哈姆雷特拿著弄臣約里克的頭顱所說的臺詞。

第十八章　再次出現的稻草人和安歌莉雅

隔天，他們的花店就開張了。就像霍爾說的，一切都非常簡單。每天清晨，他們只要將門把轉成紫色向下後開門，然後到瀰漫著霧氣的草地上採花就可以了。這很快就變成了每天的例行事項。蘇菲會帶著她的拐杖和剪刀，拖著沉重的腳步一邊走著，一邊和拐杖聊天，然後用拐杖測試柔軟的地面，或是將位在高處想摘取下來的玫瑰勾下。麥可則是帶著他引以為傲的發明——那是一缸裝著水的錫製大水缸，它會在空中飄浮，並跟著麥可在灌木叢間四處走。犬人也會一起去，他會在潮濕的綠色小徑間奔跑、追逐蝴蝶，或是試著抓住以花朵為食的鮮豔小鳥，然後度過愉快的時光。犬人四處奔跑的同時，蘇菲會剪下一大堆長長的鳶尾花、百合、有細長葉子的橘花、連枝的藍槿，麥可則會在水缸裡裝滿蘭花、玫瑰、星形的白花、閃亮的鮮紅色花朵，或是任何吸引他目光的花。在這段時間中，他們都過得十分開心。

接下來，在灌木叢間的熱氣變得難以忍受之前，他們會將當天採的花拿回店裡，並將花混雜著插在水壺和桶子裡。那些容器是霍爾從後院拿來的，而其中兩個桶子是七里格靴。蘇菲將一把把的劍蘭插進靴子裡時想到，這就是霍爾完全對蕾蒂失去興趣的最佳證據。他早已不在意蘇菲穿不穿那雙七里格靴。

他們採花時，霍爾幾乎總是不見人影。門把總是被轉成黑色向下，而他通常會回來吃個稍晚的早餐，神情恍惚，而且身上還穿著黑色衣服。他從來不告訴蘇菲那究竟是哪一套衣服，只說：我在為潘斯特蒙夫人服喪。如果蘇菲或麥可問他為什麼總是在那時候出門，他會擺出委屈的表情說：想跟學校老師說話，就得趕在學校開始上課之前啊。接著他就會跑進浴室，在那裡待上兩小時。

與此同時，蘇菲和麥可會穿上他們體面的衣服，開店做生意。霍爾堅持要他們得這樣穿，他說這樣可以吸引顧客，蘇菲則堅持他們都要穿上圍裙。花店剛開張的前幾天，馬克契平的人們都只是在窗外看著，不進到店裡，但幾天後店裡的生意就變得非常好。許多人說，詹金斯花店裡有著以前從沒看過的花。蘇菲從小認識的人來到店裡，買走一束束的花。這之中無人認出她，這讓她有種奇怪的感覺。他們都以為她是霍爾的老母親，但蘇菲已經受夠當霍爾的老母親了，於是她告訴賽莎利太太：我是他阿姨。從此大家就都叫她「詹金斯阿姨」。

霍爾穿著跟套裝相配的黑色圍裙來到店裡時，店裡通常都忙得不可開交，而霍爾讓他們更忙了。蘇菲就是在這時候，開始確信那黑色套裝就是施了魔法的那套灰色和鮮紅色衣服。霍爾服務過的每個女生，最後都會帶走原本要的兩倍數量的花。而且霍爾常常迷得她們買走十倍數量的花。沒過多久，蘇菲就發現有些女生會在店外張望，如果發現霍爾在店裡，她們就不打算進來了。她並不怪她們。畢竟如果只是想要一朵可以戴在扣眼上的玫瑰，當然不想被迫買走三打的蘭花。因此，當霍爾在院子另一頭的工作間久待時，她也不會去勸阻他。

「在妳開口問之前，我先說，我在為這裡建立防護機制，防止荒野女巫入侵。

等我完成之後，她不可能再進到這個空間的任何角落了。」霍爾說。

有時候，賣不完的花也是個問題。蘇菲實在不忍心看著那些花在夜裡凋謝。她發現，只要她跟那些花說話，就能讓花保持新鮮。從此之後，她變得很常跟花說話。她請麥可幫她做一個植物營養咒，然後用水槽裡的桶子，或是凹室那裡的水缸來做實驗。那凹室就是她以前裝飾帽子的地方。她發現自己有辦法讓某些植物保持新鮮好幾天。她從院子拿來一些煤灰，將植物種在煤灰裡，不停地喃喃自語。於是種出了一株藏青色的玫瑰，這讓她很開心。那株玫瑰的花苞跟木炭一樣黑，但開花後就越變越藍，最後變成跟卡西法差不多的藍色。蘇菲非常開心，於是她將樑木上袋子裡的植物根都拿下來，並用它們做實驗。她告訴自己，這是她人生中最快樂的一段時光。

但這並不是事實。感覺有什麼地方出錯了，而蘇菲並不清楚是什麼。有時候，她覺得是因為馬克契平的居民都認不得她。她也不敢去找瑪莎，因為她怕瑪莎會認不出她。出於同樣的原因，她也不敢倒出七里格靴裡的花，然後去找蕾蒂。她無法忍受妹妹們看到她變成老太太的樣子。

麥可一天到晚都帶著多餘的花去找瑪莎。有時候，蘇菲覺得這就是為什麼她會心情不好。麥可整天興高采烈，而蘇菲則越來越常被獨自留在店裡。不過這似乎也不是原因，蘇菲其實很享受自己賣花的時刻。

有時候，出問題的反而是卡西法。卡西法的生活無聊透頂，他只能讓城堡緩緩地在草地小徑上移動，繞著各個水塘和湖泊走，確保他們每天早上都能來到新的地方，有新的花可以採。蘇菲和麥可採完花回來時，卡西法總是會急切地將他的藍臉伸出爐架說：我想看看外面長什麼樣子。蘇菲會帶一些很好聞的葉子回來給他燒，讓城堡整個房間充滿著跟浴室一樣強烈的香氣，但卡西法說他真正想要的是陪伴。因為他們整天都待在店裡，沒人來陪他。

於是，每天早上，蘇菲都會叫麥可在店裡服務至少一小時，讓她可以去跟卡西法說話。她發明了一些猜謎遊戲，讓卡西法在她忙碌時有事情可以做。但卡西法還是不滿意。他越來越常問蘇菲：妳到底何時才要幫我解除我跟霍爾的契約？

蘇菲總是會找藉口來推托。她會說「我在想辦法了」或是「再等一下下就好」，但這些都不是事實。除非逼不得已，不然蘇菲根本不會去想這件事。她將潘斯特蒙夫人說的話，跟霍爾及卡西法告訴她的事兜在一起後，開始對契約有了一些糟糕且強烈的看法。她確信著如果解除契約，霍爾跟卡西法都會死。霍爾可能是罪有應得，但卡西法不是。而且霍爾似乎很努力地想逃離荒野女巫剩下的詛咒，所以她寧可什麼也不做，也不想做了卻幫不上忙。

有時候，蘇菲覺得是犬人讓她心情低落。他整天鬱鬱寡歡，每天早上在灌木叢間的草地奔跑，似乎就是他唯一開心的時候了。剩下的時間他都垂頭喪氣地跟在蘇菲後面，深深地嘆息。因為蘇菲也無法為他做任何事，所以她很高興天氣隨著仲夏節接近而愈來愈熱，而犬人會去院子的樹蔭下躺著，在那裡喘著氣。

與此同時，蘇菲種下的根也開始長出一些有趣的東西。洋蔥長成了一棵小棕櫚樹，結出有著洋蔥味的小果實；另一條根則長成了某種粉紅色的向日葵。只有一條根長得很慢，過了很久才長出兩片圓圓的綠葉，讓蘇菲等不及想看它會長成什麼。第二天，它看起來似乎會長成蘭花。結果，它長出了有著淡紫色斑點的尖葉，中間還生長著一根長莖，莖上有一個大花苞。隔天，蘇菲將新鮮的花放在錫製水缸裡後，匆匆跑到凹室，想看看它長成了什麼樣子。

花苞開成了一朵粉紅色的花，像是被軋布機壓過的蘭花。花朵長得很扁平，在圓圓的末端下方與莖相連。粉紅色的中央部分鼓起，向外延伸出四片花瓣，兩片向下生長，另外兩片向上長到一半，便向左右兩邊延伸。正當蘇菲盯著花看時，她聞到一股濃郁的春天花香，讓她發覺霍爾已經走進來站在她身後了。

「這是什麼？如果妳是想種出紫外線紫羅蘭，或是紅外線天竺葵之類的，那妳恐怕弄錯了，瘋狂科學家太太。」他說。

「我覺得看起來像被壓扁的花寶寶。」麥可也過來看。

的確很像。霍爾擔憂地看了麥可一眼，並將花連著花盆拿起來。他將整株植物從盆裡倒到手上，小心地撥開白色的細根、煤灰及剩餘的肥料咒，最後看到一塊有分岔的褐色根部，那是蘇菲一開始拿來種的那塊根。

「我早該猜到了，這是曼德拉草的根。蘇菲果然又幹了件好事。妳還真是有才能，對吧？」霍爾說。

他小心地將植物放回去，拿給蘇菲，然後臉色蒼白地走開了。

蘇菲將新鮮的花拿去擺在花店櫥窗。她心想，現在詛咒的內容幾乎都實現了。

曼德拉草根長出了孩子，那麼現在只剩最後一件事了——能吹動誠實之心而向前的風。如果那表示霍爾的心必須要誠實，說不定這個詛咒永遠都不會成真。蘇菲告訴自己，霍爾無論如何都是罪有應得，誰叫他每天早上要穿著被施了法的衣服去追求安歌莉雅小姐，但她還是覺得有點擔心和愧疚。她將一束白色百合放進七里格靴，並爬到窗臺將花擺好。這時候，外面街道上傳來一陣「噠、噠、噠」的聲音，聽起來很規律，不像是馬蹄聲，而是棍棒敲打石頭的聲音。

蘇菲鼓起勇氣往窗外看之前，心臟已經開始失控亂跳。聲音的來源無疑就是那個稻草人，它在街道中央慢慢跳著前進，顯然正在朝目的地前進。稻草人那兩隻手臂上垂著的破布變得更少、更髒，蕪菁頭也變得乾枯，讓它看起來意志十分堅定，彷彿它被霍爾趕走之後，就一直在不停地跳著，直到跳回這裡。

被稻草人嚇到的人不只蘇菲。清晨街上的幾個行人看到稻草人後都盡快跑開，但稻草人不為所動，還是繼續往前跳。蘇菲趕緊將自己的臉藏起來並激動地低聲說：

「我們不在這裡！你沒發現我們在這裡！你找不到我們。快跳走！」

稻草人來到花店附近時，木棍發出的噠噠聲慢了下來。蘇菲想大聲呼叫霍爾，但她似乎只能繼續重複說著：

「我們不在這裡，快走開！」

而那陣跳躍聲開始加速，就像是在照著蘇菲的命令行動。稻草人經過花店，穿越馬克契平。蘇菲一度覺得自己快昏倒了，但她似乎只是因為緊張而忘了呼吸。她深呼吸後，感覺有點心煩，但也鬆了一口氣。要是稻草人回來，她也有辦法再將它送走。

蘇菲進到城堡的房間時，霍爾已經出門了。

「他看起來非常沮喪。」麥可說。

蘇菲看了門一眼，把手是黑色朝下。她心想，也沒多沮喪嘛！

那天早上，麥可也出門去賽莎利西點店，而蘇菲一個人待在店裡。天氣十分炎熱，雖然施了魔咒，但花朵還是漸漸枯萎，而且似乎沒什麼人想來買花。店裡的情況不好，再加上曼德拉草根和稻草人的事，讓蘇菲的心情糟糕到了極點，她整個人難過不堪。

「這也許是因為那個等著追上霍爾的詛咒。但我覺得，因為我是家裡的老大。

看看我！我離家想闖出一番成就，結果最後卻回到原點，而且人也還是一樣老態龍鍾。」她對著花嘆氣。

這時候，犬人將他亮亮的紅色鼻子放到通往後院的門附近，並發出哀叫聲。蘇菲嘆了口氣。犬人每過不到一小時，就要跑來看看蘇菲。

「對，我還在。不然你覺得我會去哪裡？」蘇菲說。

那隻狗進到花店裡，直挺挺地坐著，將兩隻腳僵硬地向前伸展。蘇菲發覺他正在試著變成人形。真可憐！蘇菲總是試著對他好一點，畢竟他的處境比她還悽慘。

「再努力一點！再加把勁！只要你意志夠堅定，就可以變成人。」她說。

狗伸展並挺直背部，然後伸展再伸展。正當蘇菲覺得他再不放棄，就會往後跌倒時，他終於成功用後腳站起來，變成一個滿面愁容、有著紅色頭髮的男人。

「我好羨慕……霍爾，他變身……好容易。我是……灌木叢裡那隻狗……妳救了我。我告訴蕾蒂……我認識妳……我會守著妳。我之前……有來……」他氣喘吁吁地說，又開始彎腰變成狗，然後惱怒地嚎叫、哀號道。「有跟荒野女巫來店裡！」

接著他向前傾，雙手著地，同時長出一大堆灰色和白色的毛髮。蘇菲盯著眼前的大長毛狗：

「你跟荒野女巫來過！」

她想起來了，那個看起來很不安、驚恐地看著她的紅髮男人。

「那你一定知道我是誰，也知道我中了魔咒。蕾蒂也知道嗎？」蘇菲問。

那隻大長毛狗點點頭。

「她還叫你葛斯頓。喔，我的朋友，她真是讓你受苦了！天氣這麼熱，還要頂著這一堆毛髮！你最好找個陰涼的地方待著。」蘇菲又想起來了。

那隻狗又點點頭，然後垂頭喪氣地走到後院去。

「可是蕾蒂為什麼要派你來呢？」蘇菲感到不解，犬人的話讓她心煩意亂。她踏上階梯，穿過掃具間，去找卡西法聊聊。

「不管有多少人知道妳中了魔咒，那都沒有差別。我們知道那隻狗被下咒之後，他也沒得到什麼幫助，不是嗎？」卡西法也幫不上什麼忙。

「是這樣沒錯，但是……」蘇菲正要開始說話，城堡的門發出喀噠一聲而被打開了。

蘇菲和卡西法看向門口，門把還是黑色朝下，所以他們都以為走進來的人會是霍爾。接下來發生的事，讓他們兩個都大吃一驚，因為小心翼翼地溜進門的人，竟然是安歌莉雅。

「喔，對不起！我以為詹金斯先生可能會在這裡。」安歌莉雅也跟他們一樣吃驚。

「他出去了。」蘇菲拘謹地說。她在心裡想著，霍爾如果不是去找安歌莉雅小姐，那是去了哪裡？

安歌莉雅因為感到驚訝，有一陣子都抓著門不放。她將門鬆開，任由門開著通向外面的一片虛無並走向蘇菲，看起來有所請求。蘇菲不知不覺已經站了起來，走過房間，像是想要擋住安歌莉雅。

「拜託妳，不要告訴詹金斯先生我有來過。說實話，我之所以會給他機會，是為了得到我未婚夫的消息——我未婚夫叫班．沙利文，妳應該也知道。我很確定班消失的地方，就是詹金斯先生一直以來消失的地方，差別只在於班沒有回來。」安歌莉雅說。

「這裡沒有人姓沙利文。」蘇菲心想，那是巫師沙利曼的名字啊！我一點也不相信她說的話！

「喔，我知道，可是我總覺得他就在這裡。我可以稍微看看這裡，了解一下班現在的生活嗎？」安歌莉雅將黑色頭髮塞到耳後，試著往房間裡面走。

蘇菲擋住了她的路，於是她只好踮著腳走向旁邊的工作檯，利用表情懇求著蘇菲。

「真古雅！」她看著工作檯上的瓶瓶罐罐說，接著她又看著窗外說。「真是個古樸的小鎮！」

「那裡叫做馬克契平。」蘇菲移動站位，逼安歌莉雅往門口後退。

「那樓上是什麼？」安歌莉雅的手指著通向樓梯的門，那扇門沒關。

「是霍爾私人的房間。」蘇菲堅定地走向安歌莉雅，讓她向後退。

「那另一扇開著的門是通往哪裡？」安歌莉雅又問。

「一間花店。」蘇菲心想，真是愛管閒事！

到這時，安歌莉雅如果不在椅子上坐下，就得走出大門了。她面露疑惑，皺眉看著卡西法，好像不確定自己看到了什麼，而卡西法也只是看回去，一句話也沒說。這讓蘇菲對自己不友善的態度感到較為理直氣壯。只有理解卡西法的人，才能在霍爾的家裡被接受。

但安歌莉雅突然繞過椅子，看到了霍爾靠在角落的吉他。她倒抽一口氣，抓起吉他並轉過身來，將吉他緊緊抱在胸口。

「這是從哪來的？」她用低沉而充滿感情的聲音問道。接著又說。「班有一把這樣的吉他！這很有可能就是班的！」

「聽說是霍爾去年冬天買的。」蘇菲再次往前走，想將安歌莉雅逼離角落，趕向大門。

「班一定出事了！他從來不會讓吉他離開身邊的！他在哪裡？我知道他不可能死了。要是他死了，我心裡一定會感覺得到！」安歌莉雅顫抖著說。

蘇菲不知道該不該告訴安歌莉雅，巫師沙利曼被荒野女巫抓住了。她看向原本擺著骷髏頭的地方，有股衝動想將骷髏頭拿到安歌莉雅面前，跟她說這就是巫師沙利曼。但骷髏頭在水槽裡，被一桶多出來的蕨類和百合擋住了，而她知道如果安歌莉雅走過去的話，就會往房間的更深處走。再說，這麼做也太壞心了。

「我可以帶走這把吉他嗎？」安歌莉雅緊緊抱著吉他並沙啞著說。「讓我能夠記得班。」

安歌莉雅顫抖的聲音惹惱了蘇菲。蘇菲應答：

「不行。妳沒必要這麼激動，而且妳也沒辦法這證明這是他的。」

蘇菲搖搖晃晃地走向安歌莉雅小姐，並抓住吉他的琴頸。安歌莉雅睜大眼睛，一臉悲傷地看著她。蘇菲用力拉扯，安歌莉雅則緊緊抓著，使吉他發出走音的難聽聲響。蘇菲用力從安歌莉雅手中搶走吉他：

「別傻了，妳沒有權利隨便走進別人的城堡，然後拿走人家的吉他。我說過了，沙利文先生不在這裡。妳回去威爾斯吧，快走。」

蘇菲用吉他將安歌莉雅推向開著的大門。安歌莉雅小姐往後退，直到她半個人都消失在門外的虛無中。她指責蘇菲：

「妳真是冷酷無情！」

「對，我就是！」蘇菲說完，她重重將門關上。

她將把手轉成橘色向下，以免安歌莉雅又跑回來，然後將吉他丟回原本的角落，吉他弦隨之發出響亮的叮咚聲。她不講道理地對卡西法說：

「你敢告訴霍爾她有來過試試看！我敢說，她就是來找霍爾的，其他都是謊言。巫師沙利曼幾年前曾經住在這裡，我看他大概是為了逃離她那惱人的顫抖聲音。」

「我還沒看過有人這麼快就被趕出去的！」卡西法咯咯地笑。

這句話讓蘇菲覺得自己好像真的很壞心，也讓她很愧疚。因為進來城堡的方式差不多，而且愛管閒事的程度比起安歌莉雅，大概有兩倍之多。

「呃啊！」她生氣地叫道。

蘇菲氣沖沖地跺著腳走進浴室，盯著鏡中自己那張皺巴巴的老臉。她拿起那個上面標著「皮膚」的小紙盒，然後又將它丟回去。她覺得自己就算是年輕的時候，長相也比不過安歌莉雅小姐。她又大叫「呃啊！該死！」後快步走回房間，從水槽裡拿出蕨類和百合。那些植物還滴著水，而她就這樣拿著它們蹣跚地走到花店，將它們塞進裝了營養咒的桶子裡。

「變成黃水仙！」她咬牙切齒，用嘶啞的聲音對它們大叫。「可惡的傢伙，給我在六月內變成黃水仙！」

犬人從後院的門邊探出他長滿長毛的臉。他一看到蘇菲生氣的樣子，立刻退回後院。一分鐘後，麥可興高采烈地拿著一大塊派進來，而蘇菲惡狠狠地瞪著他。麥可立刻想起一個霍爾要他做的魔咒，穿過掃具間逃之夭夭。

「呃啊！」蘇菲在他身後咆哮。接著她又彎下腰對桶子沙啞地大叫。「變成黃水仙！變成黃水仙！」

她知道自己這種行為很愚蠢，但這完全沒讓她感覺好點。

第十九章　用除草劑抗議的蘇菲

快要傍晚時，霍爾打開花店的門，悠哉地吹著口哨走進來。他似乎已經不在意曼德拉草的事了。蘇菲發現他其實並不是去威爾斯，心情也沒有因此變好。她用最兇狠的眼神瞪著霍爾。

「我的天啊！我好像被妳的眼神變成石頭了！發生什麼事了？」霍爾說。

「你穿的是哪套衣服？」蘇菲大聲咆哮。

「這件事很重要嗎？」霍爾低頭看看身上的黑色衣服說。

「很重要！」蘇菲大吼。「還有，別再拿服喪的事來敷衍我！到底是哪一套？」霍爾聳聳肩，然後舉起其中一邊長長的袖子，一副他自己也不確定是哪套的樣子。他盯著袖子，露出困惑的神情。袖子上的黑色從肩膀開始往下退到袖子尖細的尾端。衣服的肩膀部分和袖子上半部先是變成褐色，又轉成灰色，而袖子尾端的黑色則越來越深，最後那整條袖子都變成藍色和銀色，袖子尾端則看起來像是浸過焦油一樣。

「是這一件。」霍爾說完，他又讓黑色擴散回他的肩膀。

不知道為什麼，蘇菲變得更惱怒了，她一語不發地生著悶氣。

「蘇菲啊！」霍爾帶著笑意，用他最誠懇的聲音叫她。

這時候，犬人推開後院的門，蹣跚地走進來。他從來不讓霍爾跟蘇菲講太久的話。

「妳又養了隻英國古代牧羊犬啊。」霍爾看著犬人說。他對轉移了聊天內容感到開心，又接著說。「兩隻狗要吃掉的食物可不少。」

「只有一隻狗。他被下了魔咒。」蘇菲惱怒地說。

「是嗎？」霍爾說。

他快步走向那隻狗，好像很高興能遠離蘇菲。犬人當然不想被霍爾抓住，於是便往後退。霍爾撲向他，然後在他跑到門口前，用兩隻手抓住了他長長的毛。

「是真的！」霍爾跪下來，盯著那隻牧羊犬的眼睛。「蘇菲，妳之前怎麼都不跟我說？這隻狗是一個人！而且狀態很糟！」

霍爾抓著狗，以單邊的膝蓋為中心轉過來。蘇菲看到霍爾用玻璃珠般的眼睛瞪著她，發覺霍爾已經怒火中燒。

這樣也好，蘇菲正想找人吵架。她立刻瞪回去。

「是你自己沒發現的。」就算霍爾要使出綠色黏液，蘇菲也不怕。她繼續說。

「而且那隻狗也不想……」

霍爾已經氣得聽不進去，他跳起來，將狗拉著，在地磚上拖行。

「要不是我有事情要煩惱，我早就發現了。」霍爾對著狗繼續說。「快點，我要你到卡西法前面。」

那隻狗用四隻腳死命抵抗，霍爾則用力拉他，狗用腳撐著地板滑行。

「麥可！」霍爾大喊。

霍爾的喊叫聲有種特別的語氣，讓麥可聽了趕緊跑過來。霍爾和麥可一起將正在頑強抵抗著的狗拉上階梯。

「你也知道這隻狗是個人嗎？」霍爾問麥可。

「不是吧，真的嗎？」麥可大為震驚。

「那我就放過你，只怪罪蘇菲。」霍爾一邊將狗拖過掃具間，一邊說。他們兩個將狗拖到壁爐前時，他又說。「每次出這種事情，罪魁禍首都是蘇菲！不過，卡西法，你也知道吧？」

「你又沒問。」卡西法向後退，退到背都靠到煙囪了。

「這也要我主動問？好吧，我要自己發現是吧！但是卡西法，你讓我很不滿！你看看荒野女巫都怎麼對待她的火魔，相較之下，你的生活簡直輕鬆到令人反感，而我唯一要求的回報，只是要你把我該知道的事告訴我而已。這已經是你第二次辜負我的期望了！現在馬上幫我把這傢伙變回原狀！」霍爾說。

「好啦。」卡西法的藍臉看起來格外虛弱，他悶悶不樂地說。

犬人試著掙脫，但霍爾用肩膀抵住牠的胸口並向上推，讓牠不得不用後腿站起來，接著霍爾和麥可就這樣抓著牠。霍爾氣喘吁吁地開口：

「這蠢傢伙幹嘛一直抵抗啊？這似乎又是荒野女巫幹的好事，對吧？」

「對，而且有好幾層魔咒。」卡西法說。

「總之先解除狗的部分吧。」霍爾說。

卡西法竄成一股熊熊燃燒的深藍色。蘇菲小心地站在掃具間門口看著，她看到長毛狗逐漸變成人的形狀，接著又變回狗，然後再化為人形。那個人形從一片模糊慢慢變得立體，最後變成一個穿著褐色皺套裝的紅髮男人，霍爾和麥可各抓著他的一隻手。蘇菲覺得自己沒認出他也不令人意外，因為他的臉上除了不安的表情外，幾乎看不出什麼是個怎麼樣的人。

「好——你叫什麼名字？」霍爾問他。

「我……我不確定。」那個男人用顫抖的雙手摸著自己的臉說。

「他最後一個有回應的名字是珀西瓦爾。」卡西法說。

那個男人看著卡西法，似乎很希望卡西法不知道這件事。

「是嗎？」那個男人說。

「那我們就先叫你珀西瓦爾吧。」霍爾將這個原本還是一隻狗的男人轉個方向，讓他在椅子上坐下。「坐下吧，放輕鬆，然後告訴我們你還記得什麼。你好像被荒野女巫下咒已經有一陣子了。」

「對。」珀西瓦爾又揉揉自己的臉說。「她把我的頭拿掉了，我……我還記得我在一個架子上，看著自己剩下的身體部位。」

「可是這樣的話，你應該早就死了！」麥可聽了大為震驚並反駁道。

「這不一定。你還沒學到那種巫術，但只要使用的方式正確，我也可以把你身體的任何一個部分取出來，而你剩下的部分還會是活著的。」霍爾對那個原本是狗的人皺眉說。「但我不確定荒野女巫有沒有好好把他拼回去。」

「這個人並不完整，而且還有一些部位是別人的。」卡西法顯然很想證明自己有努力為霍爾工作。

珀西瓦爾看起來更焦躁不安了。

「卡西法，不要這樣嚇他，他都那麼難過了。」霍爾繼續問珀西瓦爾。「朋友，你知道荒野女巫為什麼要拿掉你的頭嗎？」

「不知道，我什麼都不記得了。」珀西瓦爾說。

蘇菲知道這不可能是真的，她從鼻孔哼了一聲。

麥可突然有了個令人興奮的想法，他將身體湊近珀西瓦爾問：

「有沒有人叫過你賈斯汀，或是王子殿下？」

蘇菲又哼了一聲。珀西瓦爾還沒開口，她就知道這問題很荒唐了。珀西瓦爾說：

「沒有。荒野女巫叫我葛斯頓，但那不是我的名字。」

「麥可，別再逼問他了。也不要再讓蘇菲從鼻孔哼氣，我看她現在的脾氣，她接下來就要把城堡拆了。」霍爾說。

霍爾這番話似乎表示他已經不生氣了，但蘇菲卻變得更加憤怒。她氣沖沖地走到花店，將店關起來並收拾東西，又將物品弄得乒乒作響。她走過去看她的黃水仙，那桶植物似乎出了很嚴重的問題，已經變成了濕透的褐色物體，垂在桶子外面。桶子裡的液體則散發著蘇菲所聞過，擁有最強毒性的氣味。

「喔，真該死！」蘇菲大吼。

「這又是怎麼回事？」霍爾也走到店裡，他彎下腰聞聞那個桶子說。「妳好像弄出了威力很強的除草劑。要不要拿去豪宅那裡的車道除除看雜草？」

「我會的，我現在正想殺點東西！」蘇菲說。

蘇菲四處翻找，用力碰撞發出聲響，最後終於找到一個灑水壺。接著她拿著灑水壺和那桶除草劑，跺著腳走到城堡，將門把轉成橘色向下後開門，再走到豪宅的車道上。

珀西瓦爾不安地抬頭看著。他們就像是讓嬰兒拿著手搖鈴，讓他拿著吉他，而他就坐在那裡撥動吉他的弦，發出難聽的聲響。

「珀西瓦爾，你跟她去吧。依照她現在的心情，她可能會把樹也一起殺死。」霍爾說。

於是珀西瓦爾放下吉他，小心翼翼地從蘇菲手裡接過水桶。蘇菲跺著腳走出去，外頭是山谷的尾端，夏日黃昏的天空被染成金黃色。搬家之後，每個人都忙得暈頭轉向，所以沒人好好注意過這棟豪宅。豪宅比蘇菲印象中還要宏偉許多，屋外有個雜草叢生的露天平臺，平臺周圍有幾座雕像，還有通到車道的階梯。蘇菲轉頭想叫珀西瓦爾跟上時，發現房子非常寬大，有更多雕像沿著屋頂排列，還有好幾排窗戶。然而房子年久失修，窗戶周圍剝落的牆壁長出綠色黴菌，而且很多扇窗戶都破了，原本應該折疊起來，收在旁邊牆上的窗戶遮板也都變成灰色並懸掛在旁邊，上面的油漆都浮起且剝落了。

「哼！霍爾至少也該把這裡弄得像是有人住的樣子。但他卻沒有！他成天忙著去威爾斯遊蕩！珀西瓦爾，不要呆呆站在那裡！倒一點那個東西到灑水壺裡，然後跟在我旁邊。」蘇菲說。

珀西瓦爾乖乖聽話照做。欺負珀西瓦爾一點也沒意思，蘇菲懷疑這就是為什麼霍爾要讓他跟過來。她從鼻孔哼了一聲，然後將怒氣發洩在雜草上。無論這個殺死黃水仙的東西究竟是什麼，它的威力的確很強。就連長在車道上的雜草也被牽連，一碰到就死了，甚至車道兩側的草也是如此。過了一段時間，蘇菲的心情才終於稍微平復。

傍晚的空氣讓她冷靜下來。新鮮空氣從遠方山丘吹來，車道兩側的樹叢隨之沙沙作響。

蘇菲走了約四分之一的車道，她行經之處的雜草都被她除光了。珀西瓦爾幫她補除草劑到灑水壺裡時，她開始怪罪他：

「除了你說出來的事之外，你明明還記得很多。荒野女巫到底想藉由你得到什麼？她上次為什麼要帶著你來店裡？」

「她想了解有關霍爾的事。」珀西瓦爾說。

「霍爾？可是你又不認識他，不是嗎？」蘇菲說。

「沒錯，但我一定知道些什麼，而且跟荒野女巫對他下的詛咒有關。」珀西瓦爾繼續解釋道。「不過我完全不知道是什麼事。我們到店裡後，荒野女巫就把那部分的記憶取走了，這讓我覺得很糟。詛咒是種邪惡的東西，所以我當時想阻止她知道，便一直想著蕾蒂。不知道為什麼，蕾蒂一直出現在我腦海裡。我並不清楚我是怎麼認識她的，因為我去到上弗定山谷時，蕾蒂說她從沒見過我。不過，我知道所有關於蕾蒂的事——於是荒野女巫逼我告訴她關於蕾蒂的資訊時，我便告訴她蕾蒂在馬克契平經營帽店。所以荒野女巫才會跑到店裡，想好好教訓我們兩個，結果妳出現在那裡，她就以為妳是蕾蒂了。我當時嚇壞了，因為我不知道蕾蒂還有個姊姊。」

蘇菲用灑水壺往雜草噴灑一大堆除草劑，心裡默默希望那些雜草就是荒野女巫。

「後來，她就把你變成狗？」蘇菲問。

「我們才剛出城，我一讓她知道她想要的資訊後，她就打開馬車的門說：『跑吧，我需要你時再叫你。』我拔腿狂奔，因為我感覺到有某種魔咒正追著我。我跑到農場時被追上了，而那裡的人看到我變成狗，便以為我是狼人，想殺了我。我咬傷了一個人才好不容易逃開，但我卻擺脫不了那根木棍，我想穿過灌木叢時，就被木棍卡在灌木叢裡。」珀西瓦爾說。

「接下來你就去了費爾法克斯夫人那裡？」蘇菲一邊聽，一邊灑著除草劑走到車道的一個轉彎處。

「對，我想去找蕾蒂。她們從沒見過我，但她們兩人都對我非常好。巫師霍爾一直跑來追求蕾蒂。蕾蒂並不喜歡他，還叫我咬他，好趕走他，直到霍爾突然問起關於妳的事……」珀西瓦爾說。

蘇菲差點將除草劑灑到鞋子上。除草劑碰到路上的礫石，礫石便冒出煙來，幸好蘇菲沒被灑到。

「什麼？」蘇菲驚訝問道。

「他說：『我認識一個人，她叫蘇菲，長得有點像妳。』蕾蒂沒想太多，就說：『那是我姊姊。』自那之後，她擔心到不行，尤其霍爾還繼續追問著關於她姊姊的事。蕾蒂還說她恨不得咬掉自己的舌頭。妳來的那天，她為了知道他是怎麼認識妳的，還刻意對他好。霍爾說妳是個老太婆，而費爾法克斯夫人則說她有見到妳。蕾蒂哭了很久，她說：『蘇菲一定是遇到了糟糕的事！而且最糟的是，她會以為自己可以免於霍爾的毒手。她太善良了，所以看不出來霍爾有多沒良心！』我看她實在是太傷心了，所以便努力變成人形，跟她說我會去找妳，並好好注意妳的情況。」珀西瓦爾回答。

蘇菲用除草劑在周圍灑出一個冒煙的大圓弧後說：

「蕾蒂真煩！雖然她是出於好意，我很愛她的善良，而且我也一樣擔心她，但我並不需要一隻看門狗！」

「妳需要。也可能是妳原本需要，但我來得太遲了。」珀西瓦爾說。

蘇菲轉過身來，灑出一大堆除草劑。珀西瓦爾不得不跳進草叢，然後逃到最近的樹後面。他逃命的同時，身後的草接連死掉，變成一長條褐色的土地。

「該死的每個人！我再也不要跟你們有任何關係！」蘇菲大叫。

她將冒著煙的灑水壺丟在車道中央，然後穿越雜草，往石造的大門走去，一邊走一邊喃喃自語：

「什麼太遲了！真是胡說八道！霍爾不只是沒良心，他簡直差勁透頂！」她又加了一句。「而且，我就是個老太婆而已。」

蘇菲也沒辦法理清——自從移動城堡搬家後，有些事情變得不太對勁，甚至是在搬家前就出差錯了。而這似乎和蘇菲莫名無法面對她的兩個妹妹有關。

「我跟國王說的都是真的！」蘇菲說。

蘇菲想用自己的雙腳走上七里格，然後永遠不再回來。她要證明給每個人看！誰在乎可憐的潘斯特蒙夫人要靠她阻止霍爾變壞！反正她無論如何都會失敗，這都是因為她是家裡的老大。潘斯特蒙夫人還以為她是霍爾慈祥的老母親，不是嗎？還是其實不是？蘇菲的不安令她發覺，既然潘斯特蒙夫人有雙觀察力卓越的眼睛，可以看出縫在衣服裡的魔法，那麼像荒野女巫如此強烈的魔咒，她一定也能輕易拆穿。

「該死的灰色又是鮮紅色的衣服！我才不相信是我被迷倒了！」不過問題是，那套藍色和銀色的衣服似乎也有一樣的效果。她又跺著腳往前走了幾步，然後如釋重負地說。「反正霍爾又不喜歡我！」

這個令人安心的想法原本可以讓她走上一整夜，但一股熟悉的不安感突然襲來。她聽見遠處傳來「噠、噠、噠」的聲音。她在夕陽下仔細地看向聲音的來源，結果看到在石造大門後面蜿蜒的道路上，遠處有個手臂向兩側伸出的人形，正跳躍著前進。

蘇菲拉起裙襬，轉身循著來路往回跑，身後揚起塵土和礫石形成的雲霧。珀西瓦爾孤零零地站在車道上，旁邊擺著水桶和灑水壺。蘇菲抓住他，將他拉到最近的樹後面。

「怎麼了嗎？」珀西瓦爾說。

「安靜點！那個討厭的稻草人又來了。」蘇菲喘著氣，閉上雙眼說。「我們不在這裡，你找不到我們。走開，快走開——快、快！」

「可是為什麼……」珀西瓦爾說。

「閉嘴！不在這、不在這、不在這！」蘇菲拚命地說。她睜開一隻眼睛，看到稻草人已經快跳到大門的門柱中間了。它停下，不時地搖擺著。「沒錯，我們不在這。快走開，要走兩倍快、三倍快、十倍快，給我走開！」

稻草人躊躇地轉過身，然後開始往回跳。跳了幾步之後，它便開始加大步伐，越跳越快，就像蘇菲要它做的那樣。蘇菲憋著氣等待，抓住珀西瓦爾的袖子，直到稻草人從視野中消失才放開。

「它有什麼問題嗎？妳為什麼不要它？」珀西瓦爾說。

蘇菲全身發抖。既然稻草人在外面的路上跳著，她就不敢再往外走了。她拿起灑水壺，跺著腳走回豪宅。走到一半，某個正在飄動的物體吸引了她的目光。她抬頭看向豪宅，發現正在飄動著的是長長的白色窗簾。露天平臺旁的雕像後面有扇落地窗敞開著，而窗簾就掛在那扇窗戶裡。那些雕像全都變成了乾淨的白色石雕，而大部分的窗戶都裝了窗簾，也都有玻璃。窗戶遮板上了新的白色油漆，整齊地折疊在旁邊。房子正面的外牆上了新的灰泥，沒有任何綠色斑點，也沒有浮起的油漆。

前門更是經過了精心裝飾，門板上了黑色油漆，上面有金色的藤蔓紋路裝飾，中間是一隻鍍了金的獅子，嘴裡咬著用來敲門的門環。

「哼！」蘇菲說。

她忍住從落地窗走進去，看看房子內部的衝動。霍爾就是想要她這麼做。她直直走向前門，抓住金色門把，然後用力將門打開。霍爾和麥可在工作檯旁，正匆匆地拆解魔咒。一部分的魔咒顯然是用來改變豪宅的外觀，但蘇菲知道，剩下的部分一定是某種竊聽咒。蘇菲衝進去時，他們兩人都緊張兮兮地看向她，卡西法則是立刻躲到木柴下面。

「麥可，你到我後面。」霍爾說。

「你這個愛偷聽、愛探人隱私的傢伙！」蘇菲大叫。

「怎麼了？妳想要我把窗戶遮板也弄成黑色和金色嗎？」霍爾說。

「你這個無恥的……你不只有聽到這個！你……你……你是從什麼時候開始知道我……我……」蘇菲結結巴巴地說。

「被下了魔咒？這個嘛……」霍爾說。

「是我說的。」麥可緊張地從霍爾背後探頭看。「我的蕾蒂……」

「你！」蘇菲尖叫道。

「另一個蕾蒂也不小心說了，這妳也知道。費爾法克斯夫人也說了很多。這段時間，好像周遭的人都跟我說這件事，連卡西法也是——因為我問了他。但妳真的以為，我的能力不足以看出如此強力的魔咒嗎？妳沒注意時，我有幾次試著解除魔咒，但似乎都沒有效。我帶妳去找潘斯特蒙夫人，希望她能幫忙，但她顯然也束手無策。所以我下了個結論，那就是妳應該很喜歡變裝。」霍爾很快就接著說。

「變裝！」蘇菲大叫。

「一定是這樣，因為妳現在也會變裝啊。妳們這家人真奇怪！妳的真名也是蕾蒂嗎？」霍爾大笑起來。

蘇菲忍無可忍，而這時珀西瓦爾正好緊張兮兮地走進來，手裡拿著半桶除草劑。蘇菲丟下手中的灑水壺，從珀西瓦爾手中搶過水桶，並丟向霍爾。霍爾向下縮起身體，麥可也立刻躲開，除草劑從地板到天花板燒出一片綠色火焰，還滋滋作響。水桶掉進水槽，一瞬間殺死了水槽裡所有的花。

「唉唷！威力還真強大。」卡西法在木柴下說。

霍爾小心地從冒著煙的褐色花枝殘骸下撿起骷髏頭，並用一隻袖子擦乾它後說：

「威力當然強大，蘇菲做事一向全力以赴。」

骷髏頭被霍爾擦過之後，變得又白又亮，而他用來擦拭的袖子上，則出現了一塊褪色的藍色和銀色布料。霍爾將骷髏頭放到工作檯上，然後懊悔地看著他的袖子。

蘇菲很想再衝出城堡，走到車道上，但外面還有稻草人。於是她只好跺著腳走向椅子，在椅子上坐下並生起悶氣。她心想，我不要再跟他們說話了！

「蘇菲，我已經盡力了。妳沒發現嗎？最近妳身上的疼痛已經好一點了。還是妳也很享受身體痠痛的感覺？」因為蘇菲默不作聲，於是霍爾放棄跟她對話，轉身對珀西瓦爾說。「我很高興看到你還有點理智，你讓我很擔心。」

「我記得的事真的不多。」珀西瓦爾也不再裝傻了，他撿起吉他，將吉他的音調準，只花了幾秒，吉他的聲音就變得好聽多了。

「你揭發了我的傷心事——我身為威爾斯人，卻缺乏音樂天分。你告訴蘇菲的就是全部了嗎？還是你其實知道荒野女巫想了解什麼？」霍爾故作可憐地說。

「她想了解關於威爾斯的事。」珀西瓦爾說。

「我就知道。唉，好吧。」霍爾冷靜地說。

霍爾走進浴室，然後待上了兩小時。這段空檔，珀西瓦爾若有所思地慢慢用吉他演奏起幾段旋律，彷彿是在教自己如何演奏。麥可則是拿著冒煙的破布在地上爬來爬去，試著擦掉除草劑。蘇菲坐在椅子上，一個字也沒說。卡西法一直探頭偷看蘇菲，然後又躲回木柴下面。

霍爾從浴室出來時，身上穿著光滑的黑色套裝，頭髮則是有光澤的白色，周圍的蒸氣帶有龍膽花的香味。

「我也許會晚歸。午夜過後就是仲夏節了，荒野女巫可能會做些什麼，所以要啟動所有的防衛機制，還有，拜託記得我告訴過你的所有事情。」霍爾對麥可說。

「好的。」麥可把冒著煙的剩餘破布放進水槽。

霍爾轉向珀西瓦爾說：

「我猜我知道你發生什麼事了。要把你恢復原狀是個大工程，但我明天回來後會試試看。」他走向門口，手握住門把後又停下腳步，回頭難過地問。「蘇菲，妳依然不想跟我說話嗎？」

蘇菲知道，只要這麼做對他有利，霍爾就算到了天堂也能裝可憐，而且他才剛利用過她，來從珀西瓦爾那裡獲取資訊。她大吼道：

「對！」

霍爾嘆了重重的氣，然後走出門。蘇菲仰頭，看到門的把手是黑色朝下。她心想，我受夠了！我才不在乎明天是不是仲夏節！我要離開了。

第二十章　離不開移動城堡的蘇菲

仲夏節清晨的太陽升起，而就在這時候，霍爾衝進門，發出的聲響將蘇菲嚇得從她的小窩裡跳起來，她還以為荒野女巫正緊追在他身後。

「他們還真在乎我！每次我都還沒到，他們就直接開始比賽！」霍爾叫道。

蘇菲覺得他似乎是想唱卡西法那首燉鍋歌，然後躺下來休息，但他先是被椅子絆倒，又絆到凳子，將凳子踢到房間的另一端。接下來，他試著穿越掃具間走上樓，然後又走到後院。這一切似乎讓他有點困惑，但他最後還是找到了樓梯。可惜他的腳並沒有順利找到最底端的階梯，他向前跌到樓梯上，讓整個城堡都隨之震動。

「發生什麼事了？」蘇菲將頭伸向樓梯的欄杆外。

「橄欖球俱樂部的同學會。愛管閒事的長鼻子太太，妳不知道我以前在大學球隊打球，擔任翼鋒的時候跑起來像在飛一樣吧？」霍爾很自豪地回答。

「如果你剛剛是在嘗試飛起來，那你一定是忘記飛的方法。」蘇菲說。

「我天生就能看到那些別人看不見的東西。我剛剛正要去睡覺，是妳打斷了我。我知道過往歲月的去處，也知道是誰弄裂了惡魔的腳。」霍爾說。

「白癡，去睡覺啦！你喝醉了。」卡西法睡眼惺忪地說。

「誰？我？我嗎？我跟你們保證，我清醒得不得了。」霍爾站起來，氣沖沖地往樓上走。

他邊走邊摸著牆，好像覺得如果不這麼做，牆壁就會逃之夭夭。不過真正逃走的是他房間的門。然後，他撞上了牆壁：

「真是天大的謊言！我那出眾的不誠實將會是我的救贖。」

他又撞上不同地方的牆壁好幾次，才終於找到房間的門，再用力撞開門走進房間。蘇菲聽見他跌了好幾跤，還說他的床在躲他。

「他真是差勁透頂！」蘇菲決定要立刻離開。

不巧的是，霍爾弄出的聲響吵醒了麥可，還有睡在麥可房間地板的珀西瓦爾。麥可走下樓，提議既然大家都醒了，不如趁天氣還沒變熱，出去採集做仲夏節花環要用的花。蘇菲覺得再去最後一次那個長著花的地方也無妨。外面飄著溫暖的白色霧氣，空氣中充滿了花香，五顏六色的花朵若隱若現。蘇菲邊走邊用拐杖敲著地面，測試柔軟的土地，並聆聽著上千種鳥類高高低低的鳴叫聲，心裡覺得十分遺憾。她摸摸一朵潮濕的緞面百合，又用手指碰碰一朵邊緣參差不齊的紫色花朵。那朵花長著長長的雄蕊，上面載著滿滿的花粉。她回頭看向高聳在霧中的黑色城堡，忍不住嘆了一口氣。

「他把這裡變得好多了。」珀西瓦爾將一堆木槿花置於麥可的飄浮水缸時說。

「你說誰？」麥可問。

「霍爾。這裡一開始只有一些灌木叢，還又小又乾。」珀西瓦爾說。

「你還記得自己來過這裡嗎？」麥可興奮地問。他還沒放棄珀西瓦爾可能就是賈斯汀王子的猜測。

「我想我跟荒野女巫來過這裡。」珀西瓦爾語帶遲疑地說。

他們摘的花裝滿了水缸兩次。蘇菲發現，他們第二次進屋時，麥可轉了門上的把手好幾下，這一定是與將荒野女巫擋在門外的機制有關。接下來，他們當然就開始製作仲夏節花環。製作花環花了很久的時間，蘇菲原本想將這件事丟給麥可和珀西瓦爾去做，但麥可忙著問珀西瓦爾一些巧妙的問題，珀西瓦爾動作又太慢了。蘇菲知道麥可為什麼會這麼興奮。珀西瓦爾給人有種感應——讓人覺得他好像在等待某件即將發生的事。這讓蘇菲很好奇，想知道他到底受到荒野女巫的影響還殘留多少。她因此得獨自完成大部分的花環。對於留下來幫霍爾對抗荒野女巫這件事，她原有的想法全都消失了，因為霍爾明明只要輕輕揮手，就能完成所有的花環，但他現在卻睡得死死的，蘇菲在花店裡都聽得到他打雷般的打呼聲。

他們花了很多時間製作花環，結果花環還沒做完，開店時間就到了。麥可拿出麵包和蜂蜜，然後他們便一邊應付著第一波蜂擁而入的客人，一邊用餐。馬克契平今年的仲夏節就像許多節慶那樣，過節當天的天氣既灰暗又陰涼，但鎮上來了超過一半的人。他們穿著漂亮的節慶服飾，到花店買過節用的花束和花環，街上也一樣聚集了擁擠的人潮。店裡的客人絡繹不絕，蘇菲到了接近中午時，才找到機會躡手躡腳地走上階梯，穿過掃具間去收拾行李。蘇菲一邊打包食物和舊衣，一邊思考著他們已經偷存了好多錢，現在麥可藏在壁爐邊那塊石頭下的錢，可能有原本的十倍那麼多。

「妳是來跟我說話的嗎？」卡西法問她。

「等我一下。」蘇菲將行李藏在身後走過房間，因為她不想讓卡西法又開始高聲抱怨契約的事。

她伸出一隻手，去拿掛在椅子上的拐杖。就在這時，門口突然有人敲門。蘇菲一隻手還伸在半途，進退兩難，她用詢問的眼神看向卡西法。

「是豪宅的門。來者是血肉之軀，不會傷人。」卡西法說。

敲門聲再次響起，蘇菲心想，每次我想離開，就會發生這種事——她將門把轉成橘色向下開門。

敲門的是一位身材非常高大的僕人，蘇菲的目光越過他的身體，可以看見雕像後面的車道上有一輛馬車，由兩匹照顧得還不錯的馬拉著。

「薩謝弗雷爾．史密斯夫人來拜訪新屋主了。」那位僕人說。

蘇菲心想，這真是太尷尬了！這都怪霍爾弄的新油漆和窗簾。

「我們不……」蘇菲才剛開口，薩謝弗雷爾．史密斯夫人就將僕人推到一邊，走了進來。

她腳步輕盈地走過蘇菲身邊，收起手上的陽傘後對僕人說：

「迪奧波德，你去馬車那裡等。」

這個人是芬妮——只不過是穿著米白色絲綢服飾，看起來非常富有的芬妮。她頭上戴著一頂奶油色絲質帽子，上面縫著玫瑰裝飾。蘇菲對這頂帽子記憶猶新，她還記得自己在裝飾它時，對它說了：妳一定會跟有錢人結婚。而從芬妮的外表看來，這句話顯然成真了。

「喔，天啊！一定有什麼事搞錯了，這裡是僕人的宿舍！」芬妮環顧四周說。

「那個……呃……夫人，我們沒有完全搬好家，還在準備。」蘇菲在心裡想著，要是芬妮發現舊帽店其實在這棟房子的掃具間之後，不知道會怎麼想。

芬妮轉身，看到蘇菲後驚訝得瞠目結舌。她驚呼：

「蘇菲！喔，我的天啊！孩子，妳遇到了什麼事？妳看起來有九十歲！妳生了重病嗎？」

接下來，出乎蘇菲意料的是，芬妮將帽子、陽傘和有錢人的姿態全都拋到一邊，雙手抱住蘇菲哭著說：

「喔，我都不知道妳出了什麼事！我去找了瑪莎，也寫了信給蕾蒂，但她們也不知道。妳知道嗎？她們還互換了工作地點，真是兩個傻女孩。可是都沒有人有妳的消息！我還公告說會給找到妳的人酬金呢，結果妳竟然在這裡當僕人。妳明明可以跟著我和史密斯先生，在山丘上過著富裕生活的！」

蘇菲不知不覺也跟著哭了起來。她趕緊放下行李，領芬妮坐下休息。她將凳子拉過來，坐在芬妮旁邊，握著芬妮的手。她們兩人一下哭，一下笑，因為久別重逢而喜不自勝。

芬妮問了六次蘇菲到底出了什麼事，蘇菲才終於說：

「說來話長，那時候我看到鏡中自己的模樣，太過驚嚇，於是我就這樣離開了，也沒想好什麼目的地……」

「妳一定是工作太勞累了，這太讓我自責了！」芬妮悲痛地說。

「不是那樣，而且妳不用擔心，巫師霍爾收留了我……」蘇菲說。

「巫師霍爾！那個邪惡至極的傢伙！是他把妳變成這樣的？他在哪裡？看我怎麼教訓他！」芬妮聽了驚呼。

芬妮拿起陽傘，一副準備要打鬥的樣子，蘇菲只好將她壓制。蘇菲不敢想像，要是芬妮用陽傘將霍爾戳醒，霍爾會作何反應。

「不、不！霍爾對我非常好。」蘇菲大叫。

她發覺這的確是事實。霍爾表現善意的方式雖然怪異，但將蘇菲一直以來讓他生氣的行為列入考慮的話，他的確對她非常好。

「可是聽說他會吃活著的女人！」芬妮還在試著起身。

蘇菲壓下芬妮手中揮舞著的陽傘，並說：

「他其實不會。妳聽我說，他一點也不邪惡！」語畢，壁爐裡發出了一陣嘶嘶聲，卡西法也有點感興趣地看著這一切。

「他真的不邪惡！」蘇菲的這句話不只是對芬妮說，也是對卡西法說的。「我待在這裡的期間，從來沒看過他製作任何邪惡的魔咒！」

蘇菲知道，這點也是事實。

「那我只好相信妳了。」芬妮放鬆下來繼續說。「不過我認為，如果他改過自新了，那一定是因為妳的關係。蘇菲，妳一直都有種特別的能力。每次我應付不了瑪莎的脾氣時，妳都能讓她安靜下來。而且我總說是多虧了妳，蕾蒂只在一些時刻能為所欲為，而不是凡事都依她！但是親愛的，妳應該告訴我妳在哪裡才對啊！」

蘇菲明白自己有義務告知，但她聽了瑪莎對芬妮的看法後，便照單全收。她應該要試圖理解芬妮的，她對此感到很慚愧。

芬妮迫不及待地要告訴蘇菲關於薩謝弗雷爾．史密斯先生的事。她興奮不已，滔滔不絕地說著。她說蘇菲離開的那個星期，她便遇見了史密斯先生，接著在那個星期結束之前，他們就結婚了。芬妮說話時，蘇菲盯著她看。變老之後，她開始用截然不同的角度來看芬妮。芬妮還很年輕貌美，而且就跟蘇菲同樣覺得經營帽店枯燥乏味。但她還是堅持下來，然後盡力而為，不管是對帽店，還是對三個女兒都一樣——直到海特先生過世為止。在那之後，她突然很怕自己會跟蘇菲現在一樣：不但變得蒼老，也沒有目標，又一無所成。

「然後，因為妳不在，帽店沒有人繼承，我找不到理由不把店面賣掉。」芬妮說。

這時，掃具間傳來一陣腳步聲。

「店關了吧。還有，妳看是誰來了！」麥可走出來，他正握著瑪莎的手。

瑪莎不但變瘦，也變得更漂亮了，而且已經幾乎恢復成原本的模樣。她放開麥可的手，朝蘇菲邁開步伐，拔腿奔去，用雙臂抱住蘇菲大喊：

「蘇菲！妳應該要跟我說的！」

接著她又抱抱芬妮，好像她從沒說過那些芬妮的壞話一樣。

但事情還沒結束。瑪莎進來之後，蕾蒂和費爾法克斯夫人也從掃具間走出來，兩人一起提著一籃食物。珀西瓦爾跟在她們後面，看起來容光煥發，蘇菲從沒看過他這麼有精神的樣子。

「天一亮，我們就搭馬車過來了，我們還帶了……我的天啊！是芬妮！」費爾法克斯夫人放開食物籃被她握著的那一端，跑去抱上芬妮。蕾蒂也放下她的那一端，跑過去擁抱蘇菲。

整個空間充滿了人們擁抱、呼喊和大叫的聲音，蘇菲覺得霍爾沒被吵醒真是個奇蹟。但在人們的喊叫聲之中，她還是能聽到霍爾的打呼聲。她心想，自己必須在今天傍晚離開。在這之前，她因為太高興見到大家了，所以都沒去想離開的事。

蕾蒂很喜歡珀西瓦爾。麥可將食物籃提到工作檯上，從裡面拿出冷雞肉、葡萄酒和蜂蜜布丁時，蕾蒂一直抓著珀西瓦爾的手臂，要珀西瓦爾告訴她所有他記得的事。她表現得像是珀西瓦爾的主人，讓蘇菲不太認同。珀西瓦爾似乎並不介意，蘇菲也不怪他，畢竟蕾蒂看起來實在太可愛了。

「他就這樣出現，一下變人，然後又變成不同種的狗狗，還一直堅持說他認識我。我知道自己之前從沒見過他，但那也沒關係。」蕾蒂對蘇菲說。她拍拍珀西瓦爾的肩膀，好像珀西瓦爾還是隻狗。

「不過，妳有見過賈斯汀王子嗎？」蘇菲說。

「喔，有啊。」蕾蒂不太在意地回答後繼續說。「他那時候變了裝，穿著綠色制服，不過我一看就知道是他。他能言善道，彬彬有禮，即使是在為追尋咒而生氣時也是。我不得不幫他做了兩次追尋咒，因為魔咒一直顯示巫師沙利曼就在我們和馬克契平間的某處，而他發誓說那絕對不可能。我製作魔咒時，他持續妨礙我，用嘲諷的語氣叫我『可愛小姐』，問我叫什麼名字、家人住在哪裡、今年幾歲。我覺得他真的很沒禮貌！我還寧願跟巫師霍爾在一起，這樣妳該知道我多討厭他了！」

他們每個人都在屋裡走來走去，吃著雞肉，喝著葡萄酒。卡西法似乎有點害羞，他縮成閃爍的綠色火光，好像也沒有人注意到他。蘇菲想讓他見見蕾蒂，於是試著哄騙他出來。

「這真的是掌握著霍爾生命的火魔嗎？」蕾蒂不敢相信地看著綠色的閃爍光芒說。

蘇菲抬起頭來，正要跟她保證卡西法是真的時，便看到安歌莉雅站在門口，有點不好意思又遲疑的樣子。

「喔，不好意思，我來得不是時候吧？我只是想跟霍爾說話。」安歌莉雅說。

蘇菲起身，無法決定做法。她上次將安歌莉雅小姐趕出去，讓她覺得很不好意思。她那麼做，只是因為她知道霍爾在追安歌莉雅。不過話說回來，那也不代表她必須喜歡安歌莉雅。

麥可滿臉笑容地問候安歌莉雅，大聲歡迎她，替蘇菲解了圍：

「霍爾在睡覺，妳進來喝杯酒等他吧！」

「妳人真好。」安歌莉雅說。

但安歌莉雅顯然不太開心。她拒絕了葡萄酒，緊張地走來走去，小口吃著雞腿肉。房間裡其他的人都跟彼此很熟，而她完全是個外人。芬妮跟費爾法克斯夫人毫無停頓地聊著天，中間轉頭過來說：好特別的衣服啊！但這也沒什麼幫助。

瑪莎也沒讓情況變好。她看到了麥可跟安歌莉雅打招呼時仰慕的神情，於是便過去占用麥可的時間，讓他無法跟自己和蘇菲以外的人說話。蕾蒂則是完全忽視安歌莉雅，跟珀西瓦爾坐在階梯上聊天。

安歌莉雅沒多久就決定不再忍受。蘇菲看到她站在門口，試著將門打開。蘇菲快步走過去，心裡覺得很愧疚，畢竟安歌莉雅一定是對霍爾用情至深，才會大老遠跑來這裡。

「請不要走，我去叫霍爾起來。」蘇菲說。

「喔，不，不用了。」安歌莉雅緊張地笑著，她解釋道。「我今天休假，很樂意等待。我只是想出去外面晃晃，這裡有那道奇怪的綠色火焰在燒，感覺有點悶。」

對蘇菲而言，這似乎是個完美的機會，讓她可以擺脫安歌莉雅，又不必真的趕她走。她很有禮貌地幫安歌莉雅開門，結果不知道為什麼——也許是與霍爾叫麥可建立的防護機制有關——門把被轉成了紫色向下，門外是飄著薄霧的大晴天，紅色和紫色的花叢在門下緩緩移動著。

安歌莉雅用她最低沉、最動人的聲音說：

「好美的杜鵑花！我一定要出去看看！」

說完，她迫不及待地跳到柔軟的草地上。

「請不要往東南方走！」蘇菲在她身後大喊。

城堡正緩緩向側邊移動，安歌莉雅小姐將她美麗的臉龐深埋進一叢白花之間：

「我不會走太遠的。」

「我的天啊！我的馬車怎麼不見了？」這時候，芬妮走到蘇菲身後驚呼道。

蘇菲努力跟她解釋情況，但芬妮實在太擔心了，所以蘇菲只好將門把轉成橘色向下，然後打開門，讓芬妮看看灰暗天空下豪宅的車道。芬妮的僕人和馬夫正坐在馬車車頂，一邊吃著冷香腸，一邊玩牌。看到這副情景，芬妮才終於相信她的馬車並沒有莫名地被弄走。蘇菲試著跟芬妮解釋，這扇門是怎麼通到不同的地方，即使她自己也不太了解。這時候，卡西法從木柴間高高竄起，大聲咆哮著。

「霍爾！」卡西法大吼。藍色的火焰充滿了整個煙囪。他又繼續叫道。「霍爾！霍爾．詹金斯，荒野女巫找到你姊姊家了！」

樓上傳來兩聲重擊聲，霍爾衝出房門，然後匆匆地下樓。蕾蒂和珀西瓦爾都被他推開，芬妮看到他時發出了微弱的尖叫聲。霍爾的頭髮看起來像一堆乾草，眼睛周圍還紅紅的。他衝過房間，讓身上的黑色袖子飛揚著並大叫：

「她找到了我的弱點，真該死！我最怕的事情還是發生了！卡西法，謝了！」

他推開芬妮，用力將門打開。

蘇菲搖搖晃晃地走上樓時，聽到霍爾用力將門關上的聲音。她知道自己這樣多管閒事，但她一定要去看看發生了什麼事。她蹣跚地走到霍爾的房間時，聽到了大家跟在她身後的聲音。

「好髒的房間！」芬妮驚呼。

蘇菲從窗戶往外看。乾淨整齊的花園正下著毛毛雨，鞦韆上正懸掛著雨滴，荒野女巫濃密的紅色捲髮上也都是水珠。荒野女巫靠著鞦韆站在那裡，她穿著紅色袍服，看起來十分高大又強勢，正不停地招手。霍爾的外甥女瑪莉拖著腳步，在濕濕的草地上朝荒野女巫移動。她看起來並不想過去，但似乎別無選擇。霍爾的外甥尼爾在她身後，用更緩慢的速度靠近荒野女巫，並用他最兇狠的眼神瞪著荒野女巫。霍爾的姊姊梅根則是在兩個小孩後方。蘇菲看到梅根用雙手比劃著，嘴巴屢屢開合，顯然是在嚴厲地斥責荒野女巫，但她也正在被荒野女巫吸引過去。

霍爾立刻往草地衝去，他無暇改變身上的服裝，也沒時間施展魔法，而是直接朝荒野女巫繼續狂奔。荒野女巫試圖抓住瑪莉，但瑪莉還離她太遠。霍爾先抓住了瑪莉，然後將瑪莉甩到身後，接著繼續向前衝。荒野女巫落荒而逃，就像被狗追的貓一樣。她跑過草坪，越過整齊的籬笆，如焰息般的長袍隨風揚起，而霍爾就像追趕著貓的狗那樣跟在她身後，兩人只相距約一尺，而且還越來越近。荒野女巫化為模糊的一片紅色，消失在籬笆外，霍爾也變成一團黑，跟在她後面，長長的袖子飛揚著。接下來，籬笆將他們兩人的身影都擋住了。

「能抓住她就太好了。那個小女孩都哭了。」瑪莎說。

梅根用雙手抱著瑪莉，帶兩個小孩進屋。現在沒辦法知道霍爾和荒野女巫的情形。蕾蒂、珀西瓦爾、瑪莎和麥可都回到了樓下，芬妮和費爾法克斯夫人則是被霍爾髒亂不堪的房間給嚇愣了。

「看那些蜘蛛！」費爾法克斯夫人說。

「而且窗簾上都是灰塵！安娜貝爾，我在妳進來的那個通道上，有看到幾把掃帚。」芬妮則說。

「我們去把掃帚拿來吧！芬妮，我幫妳把裙子別起來，然後我們就開始打掃吧。我實在無法忍受這麼髒的房間！」費爾法克斯夫人說。

蘇菲心想，喔，可憐的霍爾！他多愛那些蜘蛛啊！她在樓梯上徘徊，思考著要怎麼阻止費爾法克斯夫人和芬妮。

「蘇菲！我們要去豪宅那裡看看，妳要來嗎？」麥可在樓下大喊。

這似乎就是阻止兩位女士打掃的完美理由。蘇菲呼喚著芬妮，搖搖晃晃地匆匆下樓。蕾蒂和珀西瓦爾已經在開門了，蕾蒂並沒有聽蘇菲跟芬妮解釋門的原理，而珀西瓦爾顯然也不懂。蘇菲看到門把被轉成紫色向下，她蹣跚地走過房間，想去糾正他們，但還沒走到，他們就將門打開了。

稻草人就站在那，背後是一大片花海。

「快關門！」蘇菲尖叫。她知道事情是怎麼回事。她昨晚叫稻草人跳十倍快，結果反而幫了它一把，讓它可以很快地跳到城堡的入口，並從那裡試圖進來。不過安歌莉雅還在外面，蘇菲擔心她已經嚇暈在灌木叢間了，於是小聲地說：

「不，不要關門。」

不過根本沒人在聽她說話。蕾蒂的臉色白得像芬妮身上的洋裝，正緊緊抓著瑪莎不放。珀西瓦爾站在那裡看著，麥可則是試著抓住骷髏頭。骷髏頭的牙齒用力打著顫，只差一點點就要摔下工作檯，連葡萄酒瓶也快跟著滾下去。骷髏頭似乎也對吉他產生了怪異影響，吉他發出長長的低沉聲響：嗚咿——哈！嗚咿——哈！

卡西法又竄上煙囪，他對蘇菲說：

「那個東西在說話。它說它無意害人，我想它說的是實話，它在等妳讓它進來。」

稻草人只是站在門外，並沒有像之前一樣試圖衝進來。而卡西法一定也信任它，因為他讓整個城堡停下來了。蘇菲看著它的蕪菁臉和飄飛的舊布，發覺它其實沒那麼可怕。蘇菲也曾經將它當成同伴，她甚至懷疑自己是將它當成藉口，好留在城堡裡，因為她其實不想離開。不過現在這都不重要了，蘇菲無論如何都得離開，因為霍爾比較喜歡安歌莉雅。

「請進。」蘇菲有點沙啞地說。

「啊——」吉他說著。

稻草人用力往側邊一跳就跳進了屋裡。它用一隻腳站著，左右搖擺，好像在找什麼東西。它從外面將花香味帶了進來，但那也蓋不住它身上塵土和爛蕪菁的味道。

骷髏頭在麥可的手指下方，牙齒又開始打顫。稻草人高興地轉過身來，然後側身朝骷髏頭倒下。麥可試著去救骷髏頭，但又急忙收手，因為稻草人一倒向工作檯，就出現了強大魔力所造成的震盪與低語聲，骷髏頭便融進了稻草人的蕪菁臉裡。骷髏頭似乎進入蕪菁頭並將之撐開了，兩者融合成一張十分粗獷的臉。不過問題是，這張臉是朝著稻草人的後面。稻草人快速地動起來，它先是遲疑地上下跳動，然後便迅速轉動身體，讓身體的正面轉到粗獷的蕪菁臉下方，接著慢慢垂下原本向兩側伸展的手臂。

「我可以說話了！」它用有點口齒不清地說。

「我要昏倒了。」芬妮在階梯上說。

「別亂講，那個東西不過是被巫師賦予了生命，它被派來是要執行任務，這種東西不會害人的。」費爾法克斯夫人在芬妮身後說。

蕾蒂看起來還是快昏倒了，不過唯一昏倒的人是珀西瓦爾。他靜靜地跌到地上，像是睡著般捲起身體躺著。蕾蒂雖然害怕，但還是跑向他。這時候，稻草人又跳了一步，站到珀西瓦爾前面，蕾蒂只好退回去。

「這是我被派來尋找的一個部分。」稻草人口齒不清地說。它搖晃著身體轉向蘇菲說。「我要謝謝妳，我的頭顱離我太遠了，而我還沒找到它，就已經精疲力盡。要不是妳來跟我說話，賦予我生命，我就要永遠躺在灌木叢裡了。」

它又轉向費爾法克斯夫人和蕾蒂：

「也謝謝妳們。」

「是誰派你來的？你的目的是？」蘇菲對它說。

「不只是這個，還有其他部分也遺失了。」稻草人遲疑地搖擺著說。

每個人都靜靜等待著，其實大部分的人是嚇愣了，根本開不了口。稻草人變換著方向旋轉，像是在思考那樣。

「珀西瓦爾是什麼的一部分？」蘇菲問道。

「讓它冷靜地好好想一下，之前沒人叫過它解釋過……」卡西法突然停下來，縮成一點點的綠色火焰。麥可和蘇菲緊張地看了一眼彼此。

不知道從哪裡傳來一道新的聲音，聽起來經過了增幅，有點模糊不清，就像是在箱子裡說話那樣，不過那無疑是荒野女巫的聲音。那個聲音說道：

麥可．費雪，告訴你的師父霍爾，他中了我的圈套。現在我在荒野的城堡裡有個叫莉莉．安歌莉雅的女人，跟他說，他一定要親自過來，我才會放人。麥可．費雪，你聽懂了嗎？

稻草人轉過身，朝著敞開的門口跳去。

「喔，不！快阻止它！它一定是荒野女巫派來的，如此她就能進來了！」麥可大叫。

第二十一章　在見證之下締結契約

其他人都跑去追趕稻草人，但蘇菲卻朝別的方向方向奔跑，她抓起她的枴杖，穿過掃具間，跑到花店。

「這些都是我的錯！我還真會搞砸事情！我明明只要有禮貌地跟安歌莉雅小姐說話，就可以把她留在室內了，她真可憐！霍爾在很多事情上都原諒了我，但這件事他是不會輕易原諒我的！」她喃喃自語。

她到了花店，她將七里格靴拿出展示櫥窗，並將裡面的木槿花、玫瑰和水全都倒到地上。她打開原本鎖住的店門，然後將濕答答的靴子拖到擁擠的人行道上。

「不好意思。」她對著擋在前面的各種鞋子和長袖子說。接著她抬起頭，望向灰色陰天裡好不容易找到的太陽。「我看看，東南方，就是那裡。不好意思、不好意思。」

她一邊說，一邊在節慶人潮中清出一小塊空間來放靴子。她將靴子朝著正確的方向擺放，踩進靴子，然後邁開大步走。

咻咻！咻咻！咻咻！咻咻！咻咻！咻咻！咻咻！蘇菲前進的速度就是如此地快，而且比起只穿一隻靴子的時候，穿著兩隻靴子讓周遭環境看起來更模糊，也更讓人喘不過氣。在兩次雙腳跨步之間，蘇菲短暫掠過一眼，山谷末端的豪宅在樹木間閃著光，芬妮的馬車就停在門口。接著是山坡上的蕨類植物。然後她又看到一條流向綠色山谷的小河。接下來她看到同一條河，正流向一處更寬的山谷。然後，山谷變得似乎沒有邊際，遠方像是一片藍色，而遠處一大堆的高塔可能就是金貝利。接下來，原野朝著山的方向變窄。然後她來到了一處非常陡峭的山坡。她雖然拄著拐杖，但還是重心不穩，踩到了一處很深的峽谷邊緣。峽谷裡飄著藍色的霧，蘇菲可以看到峽谷裡樹木的頂端，她要是不趕快再跨一步，就要摔下去了。

在那之後，她降落在鬆散的黃沙地上。她將枴杖插進沙地裡，小心地環顧四周。在她右肩後方，距離幾英里之遠，有一片像蒸氣般的白霧幾乎擋住了她剛剛經過的幾座山，霧氣的下方有一塊帶狀的深綠色區域。蘇菲對自己點頭，肯定自己，雖然距離很遠，看不到移動城堡，但她很確定那片霧所在之處，就是那塊開滿了花的綠地。她小心翼翼地又跨出步伐。咻！附近的高溫實在是熱到不行，像黏土般的黃沙包圍了她，在高溫中閃爍著。周圍有些散亂的岩石，這裡唯一有生命的，是散落的灰色的恐怖灌木叢。遠方的山宛如從彼端升起的雲朵。

汗水流過蘇菲身上所有的皺紋，蘇菲想著：如果這裡就是荒野，那我還真同情荒野女巫，她竟然得住在這種地方。

蘇菲又跨了一步，快速移動造成的風一點也沒有讓她降溫。移動後，四周還是相同的岩石和灌木叢，但沙子的顏色變得更灰了，而遠方的山好像沉到了天空之下。她看向前方劇烈顫動的強烈灰濛光線，感覺似乎眼前出現了比岩石還要高聳許多的物體。她再度跨出步伐。

現在，周遭簡直熱得跟烤爐一樣，但在距離她約四分之一英里處，有一堆奇形怪狀的東西，矗立在一塊些微凸起的碎石地上。那堆東西是幾座歪歪扭扭、形狀怪異的微型塔，襯托出一座稍微傾斜的主塔，看起來像是一根關節腫脹的老人手指。蘇菲脫下靴子，周遭實在太熱了，她沒辦法拿著這麼重的東西走，於是她只帶著拐杖，吃力地走向那堆東西一探究竟。

那堆建築物似乎是由荒野的黃灰色沙礫組成。起初，蘇菲還猜那會不會是某種奇怪螞蟻的窩，但她走近後，才發現那看起來像是幾千盆表面粗糙的黃色花盆被融在一起，形成一座尖細的塔。她不禁露出微笑。她常常覺得移動城堡看起來很像是一座煙囪的內部，而這堆建築物就像是好幾個煙囪管帽合在一起，這一定是火魔的傑作。

蘇菲氣喘吁吁地往上爬時，她突然覺得，這一定就是荒野女巫的城堡。兩個微小橘色身影從城堡的最底層之暗中走了出來，站在那裡等她。她知道眼前的就是女巫的兩個侍童。即使她全身發熱，又喘不過氣，但依然嘗試著保持禮節，然後朝他們說話，讓他們知道她無意找麻煩：

「午安。」

那兩個侍童只是繃著臉看著她，其中一個侍童對她行禮，並伸出一隻手，指向一處奇形怪狀的陰暗拱門，拱門兩側有著由煙囪管帽組成的彎曲柱子。蘇菲無奈聳肩，跟著他走進去，另一個侍童尾隨其後。而她一走進門，入口當然就消失了。蘇菲又聳聳肩，她要等回程時再來煩惱這個問題。

她整理了一下她的蕾絲披肩，拉直她髒髒的裙子，然後向前走。走進拱門後，周遭有點像城堡門把轉成黑色朝下時，門外的樣子。一段時間內，周遭是一片虛無，接著出現了混濁的光。那是四周正在閃爍的綠黃色火焰發出的光芒，這些火焰雖然燃燒著，但卻有種陰暗的感覺，既沒有散發出熱，也只發出一點點亮光。當蘇菲看向這些火焰時，它們絕不會出現在她所看的方向，而是在視線範圍旁好好地待著。不過魔法本來就是這樣。蘇菲再次聳聳肩，然後跟著侍童在細細的柱子間穿梭。那些柱子都是煙囪管帽組成的，就跟建築物的其他部分一樣。

那兩個侍童帶她走到一個地方，感覺是建築物中央的房間，但也有可能只是一處幾根柱子間的空間。到這時候，蘇菲已經搞不太清楚了。這座城堡似乎非常巨大，但她懷疑這就跟霍爾的移動城堡一樣，只是幻象而已。荒野女巫就站在那裡，看起來就像早已恭候多時了。此刻，難以論定蘇菲怎麼知道她就是荒野女巫——但也不可能是別人了。站在蘇菲面前的荒野女巫非常高瘦，有一頭金色頭髮，綁成像繩子一樣的髮辮，垂在她削瘦的其中一邊肩膀上。蘇菲用威脅的姿態揮舞著拐杖走向她時，她向後退。

「妳休想威脅我！」她的聲音聽起來既疲憊又虛弱。

「不想被威脅的話，就把安歌莉雅小姐交出來。我會帶她離開。」蘇菲說。

荒野女巫向後退卻，利用雙手擺出手勢，然後兩個侍童便融化成兩顆橘色黏球，升到空中，朝蘇菲飛去。

「好噁心！走開！」蘇菲大叫。她用拐杖敲打橘色黏球，而它們似乎不太喜歡她的拐杖。它們閃躲著拐杖，到處亂飛，然後衝回蘇菲後方。

正當蘇菲以為自己打敗了橘色黏球的時候，就發現自己被它們黏在一根煙囪管帽組成的柱子上。她試著掙脫，黏黏的橘色物質像是轉化成了絲線，將她的腳踝綑住，還拉扯她的頭髮，讓她十分痛苦。

「我可能還寧願對付綠色黏液！我希望他們不是真正的小孩子。」蘇菲說。
「它們只是意志具象化的結果而已。」荒野女巫說。
「放開我！」蘇菲喊叫。
「不可能。」荒野女巫說完，她便轉身走開，看似已失去了對蘇菲的興趣。
蘇菲開始擔心她又像之前那樣將事情搞砸了。隨著時間流逝，黏液物質越變越硬，好像也更加有彈力與韌性了。每當她試著移動時，它們便將她彈回陶柱上。
「安歌莉雅小姐在哪？」蘇菲問。
「妳是找不到她的，我們要等霍爾來。」荒野女巫說。
「他不會來的，他比我理性多了。還有，妳的詛咒根本沒效。」蘇菲說。
「詛咒會生效的。既然妳都已經中了圈套，跑到這裡來，霍爾這次一定得誠實才行。」荒野女巫微笑說完，她又開始劃動手勢，施展的對象是那些混濁的火焰。
接著，在兩根柱子之間，一個像是王座的物體緩緩浮現在眼前，並在荒野女巫面前停下。王座上坐著一個男人，穿著綠色制服和亮眼的長靴。蘇菲一開始以為他在睡覺，因為他的頭倒向一邊，所以她才看不到他的頭。但荒野女巫又再度劃動手勢，那個人便坐直起來。他的肩膀上空盪盪的，根本沒有頭。蘇菲這時才發覺，她眼前的是賈斯汀王子剩下的部分。

「我要是芬妮，大概會威脅妳說，我要昏倒了。立刻放回他的頭到原處！他這樣看起來糟透了！」蘇菲說。

「我幾個月前就開始處理那兩顆頭。我賣掉巫師沙利曼的吉他時，就把他的頭顱也順便賣了；賈斯汀王子的頭則是跟其他剩餘的部分一起在外遊蕩。這個身體完美結合了賈斯汀王子和巫師沙利曼，只要再加上霍爾的頭，就能組成一個完美的人類。等我們拿到霍爾的頭，新的因格利國王就誕生了，而我將以王后的身分來統治國家。」荒野女巫說。

「妳真是瘋了！妳沒有權利把人當成拼圖的碎片！而且我不覺得霍爾的頭會聽從妳的命令，他會想辦法逃避的。」蘇菲反駁。

「霍爾會乖乖聽話的，我們會控制他的火魔。」荒野女巫露出狡猾又神祕的笑容說。

蘇菲發覺自己害怕到不行，她完全明白，自己把整件事情給搞砸了，而且是糟到不行。她揮舞著拐杖說：

「安歌莉雅小姐在哪裡？」

荒野女巫對蘇菲揮舞拐杖感到厭惡，她向後退。

「我真的好累，你們這些人老是破壞我的計畫。首先，巫師沙利曼完全不肯接近荒野，因此我只能用薇拉莉雅公主去要脅國王下命令要他來這。結果他來了，只是在種樹而已。之後的幾個月，國王也不肯讓賈斯汀王子出來尋找沙利曼。接著，那笨蛋終於出來找了，卻不知道為何一直往北邊去，我還要使用各種魔法及手段才能將他引過來。而且霍爾帶給我的麻煩更多，甚至還逃跑過一次，我還得使用詛咒這一手段才能控制他的行動。而在我努力了解他的身家背景，用以對他施展詛咒時，妳卻跑進了沙利曼剩下的腦袋中，造成我更多的困擾。我現在將妳帶來這裡，妳還在那使用拐杖與我爭吵。為了這一刻，我早已不知道耗費了多少心力，我才不想跟妳繼續吵下去。」荒野女巫轉身離開，走到那些混濁的火焰間。

蘇菲盯著荒野女巫高大的白色身影，在昏暗的火焰間移動，她在心裡想著，荒野女巫一定是老糊塗了！她瘋了！我一定要想辦法掙脱，將安歌莉雅小姐從她手中救出來！她想起剛剛那些橘色黏液物質跟荒野女巫都會避開她的拐杖，便將拐杖舉到肩膀後方，朝著橘色黏液物質與柱子相接的地方揮動，並叫道：走開！放我走！她的頭髮被拉扯著，令她感到疼痛，但那些線狀的橘色物質開始向旁邊濺開。蘇菲更加用力地揮動拐杖。

她的頭和肩膀都掙脫束縛時，突然出現低沉的隆隆聲。蒼白色的火焰正在搖曳著，蘇菲身後的柱子也跟著震動。接著出現一聲巨響，聽起來就像一千組茶具一起摔下樓梯。城堡的一塊牆壁被炸開，眩目的光線從邊緣不規則的長形缺口照進來。一道身影從洞口跳進來，蘇菲滿心期待地回過頭看過去，她心中無比期待那人就是霍爾，但那身影的黑色輪廓，顯現出來的就是只有一條腿而已。進來的是稻草人。

荒野女巫憤怒地吼叫，並衝向稻草人。她的金辮飄起，骨瘦如柴的兩隻手臂向外伸展，而稻草人也跳向她。又一聲巨響後，突然包圍住他們的是一團由魔法形成的雲霧，非常像霍爾與荒野女巫在庇護港以魔法大戰時所產生的那一種雲。雲裡從外面看來，似乎有一陣纏鬥，周遭飛揚的塵土與空氣迴盪著尖叫與巨響。蘇菲的髮絲也產生了一種嘶嘶聲。那團雲不過距離她幾英尺，正穿梭於陶柱之間，而牆上被擊破的那洞口也離她非常近。每次雲團經過那讓人眩目的白光之洞時，蘇菲的視線都能穿透進雲霧，從中看見兩個瘦巴巴的形體正在裡面大戰。她一邊觀戰，一邊對著背後揮舞著拐杖。

在她只剩雙腿還纏在柱子上時，雲團又來到有著光的洞口前，並傳出一陣尖嘯。蘇菲看到另一個人從洞口跳進來，這個人身穿著正在飄揚的黑色長袖衣，那是霍爾。蘇菲看得非常清楚，他雙手環胸，站在那旁觀。有一瞬間，他似乎打算讓荒野女巫和稻草人就這樣打下去，但他反而舉起雙手，長長的袖子隨之鼓動飛揚。他喊出一長串奇怪的字詞，蓋過了尖叫聲和巨響，然後一長串的雷聲便跟著響起，稻草人和荒野女巫都隨之震動起來。霹靂雷聲迴盪在陶柱間，引起一連串的回聲，而每一次都帶走些許魔法的雲霧。雲團化為縷縷細煙，像混濁的漩渦般扭轉、消散。雲團變得稀薄，化成白色薄霧，綁著辮子的那個高瘦人形變得步履蹣跚。荒野女巫似乎縮起了身子，變得更加削瘦蒼白。最後，霧氣完全消散殆盡，她輕輕一聲倒在地上，縮成一團。而當那微弱的無數回聲也消逝殆盡後，便只剩霍爾跟稻草人隔著一堆枯骨面面相覷。

蘇菲心想，太好了！她讓雙腿也掙脫出來，走向王座上那個沒有頭的人。那個人的樣子讓她感覺很不舒服。

「朋友，你這樣是行不通的。」霍爾對稻草人說。

稻草人持續在荒野女巫的遺骸之間來回跳躍，一條腿將骨頭推到這裡，又推到那裡。霍爾繼續說：

「你在這裡不可能找到她的心臟，她的火魔一定把她的心臟拿走了。我猜她已經被火魔控制很久了，這真是悲哀。」

正當蘇菲拿下來自己的披肩，好好地披在賈斯汀王子無頭的肩膀上時，霍爾說：

「我想你一直尋找的剩餘部分就在這。」

「每次都是這樣！我費盡千辛萬苦趕過來，而妳就在這裡悠悠哉哉地整理東西！」霍爾走向王座，而稻草人就在他身旁跳著。他對蘇菲說。

蘇菲抬頭看他，而正如她所擔心的，從被擊破的洞口照進來的陽光清楚地讓她看到，霍爾既沒刮鬍子，也沒整理頭髮，眼睛周圍仍然有紅紅的一圈，黑色袖子則破了好幾個洞，看起來跟稻草人差不多落魄。蘇菲心想，天啊！他肯定是很愛安歌莉雅小姐！她解釋道：

「我是來這救安歌莉雅小姐的。」

「我還以為只要安排妳家人來拜訪妳，就能讓妳安分一段時間！結果根本沒用……」霍爾生氣地說。

「我是巫師沙利曼派來的。在荒野女巫抓住他前，我原本的工作是看守他的灌木叢，不讓灌木叢被來自荒野的鳥破壞。他把他剩餘的魔法都轉移到我身上，並命令我去救他，但荒野女巫將他分成好幾塊，散在各地。這項任務十分困難，要是妳沒有路過，藉由說話賦予我生命，我早就失敗了。」稻草人跳到蘇菲面前，口齒不清地說道。

稻草人是在回答他們匆匆離開城堡前，蘇菲問他的問題。

「所以說，賈斯汀王子去找人製作追尋咒時，魔咒一定是一直指向你的位置。這是為什麼？」蘇菲說。

「魔咒可能是指向我，或是指向巫師沙利曼的頭顱。又或者是我們兩者之間，因為我們是他身上最好的部分。」稻草人回。

「那珀西瓦爾是巫師沙利曼和賈斯汀王子組合而成的嗎？」蘇菲問道。不知道蕾蒂能不能欣然接受這件事。

「他的兩個部分都告訴我，荒野女巫跟她的火魔已經分開了，而我可以打敗沒有火魔幫忙的荒野女巫。我要謝謝妳，讓我的速度變成原本的十倍。」稻草人點點它五官粗獷的蕪菁頭。

「你帶著那個身體帶回城堡。回到城堡後，我會把你們都回復原狀。蘇菲跟我要趕快回去，免得那個火魔找到方法，破解城堡的防衛機制。」霍爾招手將它叫到一邊，他抓住蘇菲細瘦的手腕。「我們走吧。七里格靴在哪裡？」

「可是安歌莉雅小姐……」蘇菲躊躇不前。

「妳不懂嗎？安歌莉雅就是那個火魔。要是她進到城堡裡，卡西法就完了，而我也完了！」霍爾拉著她說。

「我就知道我會把事情搞砸！她已經進到城堡裡兩次了，可是她……她又出去了。」蘇菲用雙手摀住嘴巴。

「喔，我的老天！她有碰任何東西嗎？」霍爾叫道。

「她碰了吉他。」蘇菲承認。

「那她就還在城堡裡，動作快！」霍爾拉著蘇菲往牆上的洞口走，並回頭對稻草人喊道。「小心地跟著我們。」

他們爬出洞外，迎接外頭炙熱的陽光時，他對蘇菲說：

「我要讓這裡颳起一陣風才行！沒時間找靴子了，只要一直往前跑就好。別停下腳步，不然我會沒辦法移動妳。」

蘇菲拄著拐杖前進，好不容易才蹣跚地跑了起來，還不時絆到石頭。霍爾跟在她旁邊，並拉著她前進。一陣風呼嘯著吹來，聲音越來越大，而且炙熱又帶著沙礫。灰沙在他們周圍揚起，形成暴風，打在陶製的城堡上，乒乓作響。這時候，他們不再是跑步的狀態，而是像在慢動作跨步那樣，掠過地面。他們快速掠過鋪滿岩石的地表，塵土與沙礫的摩擦聲，足以讓耳朵快要聽不見其他聲音，接著，布滿了他們的上空，也在他們身後拖出長長的一條痕跡。四周非常吵，令人難受，但荒野很快就被他們拋在身後。

「別怪卡西法！是我叫他不要說的。」蘇菲在風中叫道。

「他本來就不會說。我知道他絕不會背叛其他火魔。他一直是我最大的弱點。」霍爾喊著回答。

「我一直以為威爾斯才是！」蘇菲叫道。

「不！那是我刻意留下的破口！我知道如果荒野女巫對那裡下手，我就會生氣到能阻止她。我必須讓她有出手的機會，妳懂嗎？我要找到賈斯汀王子，唯一的機會就是利用她對我下的詛咒去接近她。」霍爾大吼。

「所以你其實想去救賈斯汀王子！那你為什麼要假裝逃避？是為了騙荒野女巫嗎？」蘇菲喊道。

「當然不是！是因為我是個懦夫。要我去做這麼可怕的事，唯一的方法就是告訴我自己我不要去做！」霍爾叫道。

蘇菲看著在四周打轉的沙礫，心想著，喔，天啊！他說了實話！而且他們正乘著風前進，詛咒的最後一個部分已經實現了！

燙人的沙不停打在她身上，發出巨大的聲響，霍爾也將她抓得很痛。霍爾大喊：

「繼續跑！速度這麼慢的話，妳會受傷的！」

蘇菲喘著氣，努力讓雙腿重新跑起來。她現在可以清楚看到山了，而山下綠色的帶狀區塊就是開花的灌木叢。雖然黃沙一直在眼前打轉，但山似乎越變越大，綠色的帶狀區塊也衝向他們，逐漸變成一般灌木叢的高度。霍爾此時喊道：

「我有一大堆弱點！我原本指望沙利曼還活著，結果卻發現珀西瓦爾似乎就是他剩下的全部了。我當時嚇壞了，只好出去喝個爛醉。然後妳偏偏又上了荒野女巫的當，對她自投羅網！」

「我是老大！我註定要失敗！」蘇菲尖叫道。

「胡說！妳只是沒有停下來好好思考而已！」霍爾大喊後，速度開始慢下來，塵土在他們周圍形成聚積的厚雲。

蘇菲聽到挾著沙礫的風打在樹葉上的聲音，才知道灌木叢已經在附近了。他們跳進灌木叢間，然後繼續前進。他們的速度還是很快，霍爾必須蛇行前進，拉著蘇菲跑，掠過一處湖泊的水面。湖水啪啪地濺起，沙礫則打在睡蓮的葉子上，發出啪嗒啪嗒的聲響。

「還有，妳就是人太好了！我原本還想利用妳的嫉妒心，把火魔擋在城堡外！」

霍爾繼續說。

他們以慢動作抵達冒著煙的湖畔，隨著他們經過，綠色小徑兩側的灌木叢激烈地搖擺起來，小鳥與花瓣都被拉進尾隨他們的陣風中。城堡在小徑的另一頭，正朝著他們緩緩前進，噴出來的煙向後飄散。霍爾將速度減緩到剛好能撞開門，帶著蘇菲衝進去。

「麥可！」他大喊。

「可不是我讓稻草人有機可趁的！」麥可愧疚地說。

彷彿一切回歸正常了。蘇菲發現，她不過就離開了一小段時間，她覺得很驚訝。有人將她的床由樓梯下拉了出來，而珀西瓦爾就躺在上面，依然昏迷著，蕾蒂、瑪莎和麥可都圍在旁邊。蘇菲聽到費爾法克斯夫人和芬妮的說話聲從樓上傳來，還夾雜著讓人有不祥預感的揮舞和撞擊聲，看來霍爾的蜘蛛正遭逢災禍。

霍爾放開蘇菲，撲向吉他。但他還沒能碰到吉他，吉他就炸開來，發出一聲又長又動聽的「砰」。吉他的弦斷開，碎木片飛向霍爾，他只好往後退，用其中一邊袖子擋住臉。

接著，安歌莉雅突然出現在壁爐邊，還微笑著。霍爾說得沒錯，她一定是一直躲在吉他裡，等待現身的時機。

「妳的荒野女巫已經死了。」霍爾對她說。

「那還真是糟糕！」安歌莉雅說，她的語氣一點也不擔心。「現在我可以為自己打造一個新的人類，而且會比她還好上許多。詛咒已經完全實現，我現在可以拿走你的心了。」

說完，她將手伸進爐架，將卡西法抓出來。卡西法在她緊握的拳頭上閃動著，一臉驚恐。安歌莉雅警告所有人：

「你們最好都別動。」

每個人都害怕得靜止不動，尤其是霍爾。卡西法虛弱地喊著：

「救命！」

「沒人救得了你。你將要幫我控制我的新人類。我來示範，我只要這樣掐緊並用力。」安歌莉雅握緊抓著卡西法的那隻手，指間因為使力而變成淺黃色。

霍爾和卡西法同時放聲尖叫。卡西法痛苦地扭動，霍爾則臉色發青，像大樹倒下那樣跌到地上，然後跟珀西瓦爾一樣昏迷不醒。蘇菲覺得他好像沒在呼吸了。

「他是裝的吧。」安歌莉雅嚇了一跳，她盯著霍爾說。

「不，他不是！」卡西法尖叫著。他痛苦地將身體扭成螺旋狀。「他的心其實非常軟！放開我！」

蘇菲思考過後，緩慢地輕輕舉起拐杖。

「拐杖，去打安歌莉雅小姐，但不要傷到其他人。」她喃喃地說。

接著，她揮動拐杖，用盡全力打在安歌莉雅緊握的手指關節上，劈出了一個大裂縫。

安歌莉雅像燃燒的濕木頭那樣，發出細長的尖叫，並放開卡西法。可憐的卡西法掉到地上，毫無招架之力地滾動著，並燃燒著兩側的地板，同時驚恐地扯著嗓子咆哮。安歌莉雅舉起一隻腳要踩他，而蘇菲必須放開拐杖，撲過去救卡西法。令她意外的是，她的拐杖自己動了起來，一次又一次地打著安歌莉雅。不過蘇菲又想，它當然會了！潘斯特蒙夫人告訴過她，她已經透過言語賦予了它生命。

安歌莉雅發出嘶嘶聲，踉蹌地踏著步。蘇菲起身，將卡西法捧在手上。她的拐杖在痛打安歌莉雅小姐的同時，也因為安歌莉雅身上的熱氣而冒出煙來。相較之下，卡西法的熱度似乎不太夠，而且還因為驚嚇而呈現帶著乳白的藍色。蘇菲可以感覺到，她手中的黑色塊狀物是霍爾的心臟，而現在只能微微地跳動著。她手裡的東西一定就是霍爾的心臟。作為契約的一部分條件，霍爾將之賜予卡西法，使卡西法繼續存活。他一定是很同情卡西法，但這麼做還是很愚蠢！

芬妮和費爾法克斯夫人匆忙走下樓來，手上還拿著掃帚。安歌莉雅看到她們出現，似乎就相信自己已經失敗了。她逃向門口，而蘇菲的拐杖還在她上空盤旋，用力敲打著她。

「攔下她！不要讓她出去！快守住所有的門！」蘇菲大喊。

所有人都立刻聽命行事。費爾法克斯夫人拿著掃帚守住掃具間的門，芬妮站在樓梯上，蕾蒂跳起來，去擋住通往後院的門，瑪莎則守在浴室門外，麥可則是跑向城堡的大門。但這時候，珀西瓦爾竟然從床上跳起來，也衝向大門。他的臉色慘白，還閉著眼睛，卻跑得比麥可還快。他先跑到了門口，並將門打開。

因卡西法遭遇危機，所以城堡已經停止移動了。安歌莉雅看見門外的灌木叢靜止地聳立在霧氣中，便立刻以超越人類的速度衝向門口，但她還沒跑到門口，門口就被稻草人擋住了。稻草人站在那裡，而賈斯汀王子就掛在它肩上，身上還圍著蘇菲的蕾絲披肩。稻草人展開木棍組成的雙手並擋住了門口，安歌莉雅只好往後退。

這時候，正在對她窮追不捨的拐杖已經燒起來了。拐杖的金屬末端發著光，蘇菲發覺它已經撐不了多久了。不過幸運的是，安歌莉雅因為受不了這頓毒打，所以將麥可抓過來擋在前面。因為蘇菲告訴過拐杖不能傷害其他人，所以拐杖只好在一旁徘徊並燃燒著。瑪莎衝過來，嘗試拉走麥可，而拐杖也必須避開她。蘇菲又搞砸了。

現在，已經不能浪費時間了。

「卡西法，我必須解除你的契約。你會因此喪命嗎？」蘇菲說。

「如果是別人做就會，而我希望妳來做。因為我看得出來，妳只要說話，就能賦予事物生命，從妳對稻草人和骷髏頭做的事，就能知道妳的能力了。」卡西法沙啞著說。

「那就再活一千年吧！」

蘇菲說完的同時，也灌注全部的意志到這念頭上，以免只用說的還不夠，這是她一直都很擔心的事。她握住卡西法，並小心翼翼地將他從黑色塊狀物上摘下來，就像是從植物的莖上摘掉枯萎的花苞。卡西法掙脫束縛，變得像一顆藍色淚滴，在她的肩膀旁盤旋。

「我感覺好輕盈！」卡西法突然明白發生了什麼事並大叫。「我自由了！」

卡西法盤旋到煙囪口，並竄上煙囪，消失得不見蹤影。他從帽店的煙囪管帽跑出去時，蘇菲又隱約聽到他喊著：我自由了！

蘇菲轉向霍爾，手裡拿著奄奄一息的黑色塊狀物。她雖然很著急，心裡卻沒有把握。她一定要成功，但不知道確切的訣竅。

「好吧，我要開始了。」

蘇菲在霍爾旁邊跪下，小心地將黑色塊狀物放在他胸口左邊，那是她自己不開心時會不舒服的地方。接著她用力推，並告訴塊狀物：

「進去！進去裡面，然後開始跳動！」

蘇菲推了又推，而那塊心臟開始沉進去，然後越跳越有力。蘇菲試著忽略門口的火焰和衝突，專心用穩定的力道推進心臟。她的頭髮一直在妨礙她，帶著紅色的金髮遮住她的臉，但是她也試著忽略這件事，僅僅專注於推著心臟。

心臟進入了霍爾的身體。而它一消失，霍爾就動了起來。他大聲呻吟，然後翻過身來趴著。

「真該死！我宿醉了！」霍爾說。

「你沒有，你是頭撞到地板了。」蘇菲說。

「我不行繼續留在這，我必須救那位笨蛋蘇菲才行。」霍爾用雙手和膝蓋把自己撐起來說。

「我就在這裡！可是安歌莉雅小姐也在，快點起身抵抗她！」蘇菲搖著他的肩膀說。

現在整支拐杖都熊熊燃燒著，瑪莎的頭髮被烤得滋滋作響。安歌莉雅突然想到，稻草人是可燃的，於是便將正在盤旋的拐杖引向門口。蘇菲心想，我又沒好好思考了！

霍爾只看一眼就明白了狀況。他趕緊地站起來，伸出一隻手，並說了一句句子。

他的聲音被一陣巨響蓋住，天花板上的灰泥掉落下來，所有的東西都在震動。但是拐杖消失了，而霍爾後退一步，手裡握著一個又小又硬的黑色物體。那個物體看起來像是一塊煤渣，但是形狀跟蘇菲剛剛推進霍爾胸口的東西一樣。安歌莉雅像是被澆了水的火一樣，痛苦地叫著，並伸出雙手哀求。

「我恐怕不能讓妳如願，妳已經活夠了。依這顆心臟的狀態來看，妳早就在尋找新的心臟了。妳要奪走我的心，讓卡西法死去，對吧？」霍爾說。

霍爾將那黑色物體放在兩個掌心之間，並用力合掌，荒野女巫衰老的心臟碎成黑沙和煤灰，什麼也沒留下，安歌莉雅也隨之消失。當霍爾張開雙手時，他的手裡什麼也沒有，而門口也不見安歌莉雅的身影。

同時，還有另一件事發生。就在安歌莉雅消失之時，稻草人也消失了。如果蘇菲願意看一眼，就會看到兩個高高的男人站在門口，對著彼此微笑。一個男人有著粗獷的五官和紅色頭髮，另一個男人的輪廓則不太明顯，身上穿著綠色制服，肩膀上還披著一件蕾絲披肩。但就在那時候，霍爾轉過身面向蘇菲：

「灰色並不適合妳。我第一次與妳相遇時就這樣想了。」

「卡西法離開了。我必須解除你們的契約。」蘇菲告訴他。

霍爾看起來有點悲傷，但他開口：

「我們兩個都希望妳能這麼做，因為我們都不想變成荒野女巫和安歌莉雅那樣。妳覺得妳的髮色算是紅色嗎？」

「是金紅色。」蘇菲看著霍爾，覺得他拿回心臟之後，並沒有太多不同，只是眼睛的顏色似乎變深了，看起來比較像一般的眼睛，而不是玻璃珠。她又說了一句。「我的髮色是天生的，不像某些人的。」

「我一直都不懂，人們為什麼要如此重視天生的特質。」霍爾說。

蘇菲聽到這句話，就知道他其實一點也沒變。

如果蘇菲還有心力注意其他的事，就會看到賈斯汀王子和巫師沙利曼互相握手，高興地拍拍彼此的背。

「我最好趕快回去找我的兄長。」賈斯汀王子說。他走向芬妮，因為她看起來最可能是這裡的女主人。他對她深深行禮。「請問妳是這棟房子的女主人嗎？」

「呃……不是。」芬妮試著將掃帚藏在身後並說。「房子的女主人是蘇菲。」

「或者——應該說，很快就會是了。」費爾法克斯夫人慈祥地笑著說。

「我一直在想，妳會不會就是我五朔節時遇見的那位迷人女孩。妳那時候為什麼那麼害怕？」霍爾對蘇菲說。

如果蘇菲有注意到，就會看到巫師沙利曼走向蕾蒂。他已經恢復成原本的樣子，而他的個性顯然至少跟蕾蒂一樣固執。巫師沙利曼低頭看著蕾蒂時，蕾蒂突然變得很緊張。他說：

「看來我對妳的記憶其實是賈斯汀王子的，根本不是我自己的。」

「沒關係，那只是個錯誤。」蕾蒂毫無畏懼地說。

「但我們的相遇不是！妳願意的話，最少——能讓我收妳為學徒嗎？」巫師沙利曼反駁道。

蕾蒂聽了，臉一下子變得通紅，似乎不知道該如何回答。

在蘇菲看來，那是蕾蒂自己要面對的，而她也有自己的問題要處理。

「我想我們應該從此過著幸福快樂的生活。」霍爾說。

蘇菲覺得他是真心的，而她也知道，如果要跟霍爾「從此過著幸福快樂的生活」，他們的生活會比任何故事都還要充滿變故，但她已經下定決心試試看了。霍爾又說：

「會有很多驚險的事。」

「你還會剝削我。」蘇菲說。

「然後妳會剪破我所有的衣服，教訓我一頓。」霍爾說。

如果蘇菲跟霍爾有一點心思注意周遭的話，他們可能就會發現，賈斯汀王子、巫師沙利曼和費爾法克斯夫人都正試著向霍爾搭話，而芬妮、瑪莎和蕾蒂都在拉著蘇菲的袖子，麥可則是扯著霍爾的外套。

「那真是我看過最簡單到位的咒語。要是我遇上那個魔物，一定會束手無策。我也常說……」費爾法克斯夫人說。

「蘇菲，我需要妳給我意見……」蕾蒂說。

「巫師霍爾，我要跟你道歉，我不該一天到晚想咬你。正常來說，我是絕對不會想要咬自己的同行的。」巫師沙利曼說。

「蘇菲，我覺得這位紳士好像是王子。」芬妮說。

「這位先生，我想我該跟你道謝，謝謝你把我從荒野女巫手中救出來。」賈斯汀王子說。

「蘇菲，妳的魔咒不見了！妳聽到了嗎？」瑪莎說。

但蘇菲和霍爾只是互相手握彼此，不停地微笑。

「現在別來煩我，我完全是為了錢才做那些事。」霍爾說。

「少騙人！」蘇菲說。

「我說——卡西法回來了！」這時候，麥可大喊。

這句話最後引起了霍爾的注意力，蘇菲也是。他們轉頭看向爐架，而在那裡，的確有張熟悉的藍色臉孔，正在木柴間閃爍著。

「你不必這樣。」霍爾說。

「只要我能自由地行動，我就不介意。而且馬克契平正下著雨。」卡西法回答。

附錄：在故事之外

霍爾系列小說

是什麼給了妳寫《霍爾的移動城堡》這本書的靈感？

第一件事是，多年來我一直都在想，要是所有童話故事中的事物——像是黑暗斗篷、七里格靴，還有可怕城堡中的邪惡巫師——都真的存在，那該多有趣。我從八歲起就有這種想法，而且我非常渴望能夠飛翔。我指的不是坐飛機，而是靠自己飛起來。

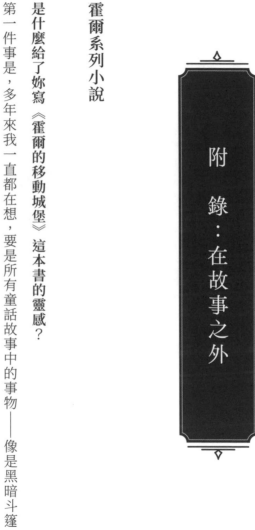

第二件事是，我某次去拜訪一間學校，學校裡有個男孩坐在地上，就在我坐的桌子旁邊。他突然問我，有沒有想過要寫一個關於移動城堡的故事。我回答說，沒有，但這真是個好主意。我問他會不會介意我用他的點子，他便說：「完全不會，不用客氣。」不過如果你有讀過這本書的前言，就會知道這件事後來怎麼了。

那件事發生後幾年，我才寫了這本書，因為我必須等自己真正知道巫師霍爾是怎樣的人。每天早上，我其中一個兒子都會在浴室待上好幾個小時，我對他非常、非常生氣，而我就是從那時候開始了解霍爾的。

妳是在哪裡寫這本書的？

我寫所有作品的方式都一樣。我會攤開四肢，躺在家裡客廳的大沙發上，擋住大家的路，這常常讓我丈夫很生氣。

寫作過程中有發生什麼好笑或奇怪的事嗎？

書中經常發生出乎意料的事情，而這些事都讓我捧腹大笑。七里格靴的部分讓我笑了很久，而當我寫到蘇菲不小心將霍爾的衣服變成二十倍大時，我還笑到從沙發上跌下來。我丈夫那次真的很生氣，他說：「妳怎麼可能把自己逗笑！」而我上氣不接下氣地回：「但我真的覺得很好笑，真的！」然後在地上翻滾。

還有一件事也讓大部分人覺得好笑。這本書出版後，我借了一本給我大提琴老師家隔壁的男孩。結果半夜的時候，她和男孩的父母被一個很大的撞擊聲吵醒。原來是那個男孩躲在被窩裡用手電筒看書時，笑到從床上掉了下來。

書中有角色是以真實人物為原型嗎？

人們總希望霍爾是真的存在，世界上也有很多年輕女生排隊想跟他結婚。我總覺得，她們如果真的跟霍爾結婚，生活會變得很困難，不過她們似乎還是覺得霍爾很迷人。

我看過一位網球明星，他有一些霍爾的特質——是一位叫安德烈．阿格西（Andre Agassi）的美國人。他的笑容甜美，有一頭不像是金髮的金髮，又有種活潑的迷人氣質，這些其實也有點掩蓋了他堅強的實力。他說過他不喜歡生氣，而有些人說，他遇到重大賽事時會逃避贏球，這點非常像霍爾。

我想蘇菲這個角色也有一點傳記的成分。蘇菲是三姊妹中的老大，而我也是。蘇菲這個角色的構想，是來自我有一次發現我對牛奶有很嚴重的過敏。那時候我幾乎無法使用雙腿，必須依靠拐杖行走。我當時還算年輕，但因為這件事，我突然就變老了。

卡西法的燉鍋歌是一首真的歌嗎？

那首（編按：歌名是Sosban Fach，傳統的威爾斯語民謠）現在是威爾斯的一首橄欖球歌曲，不過我想他們最近並不常唱。其實這是一首滑稽的歌，主題是有個疲憊的家庭主婦，遇到了不順利的一天。副歌的歌詞大概是在說：小燉鍋在火上滾，大燉鍋在下面滾，而貓咪抓傷了小強尼。

妳最喜歡這本書的哪個部分？為什麼？

這整本書我都很喜歡，但我想如果要選的話，我會選霍爾感冒的那部分。在我寫那段的時候，我丈夫剛好得了嚴重的感冒。他是全世界最愛裝模作樣的感冒患者，他會呻吟、咳嗽、試圖引人同情、發出奇怪的聲音，擤起鼻涕來就像是在隧道裡吹低音管，常在奇怪的時間要求吃培根三明治，而且隨時都可能出現（通常是裹著別人的浴袍），說自己快被冷漠和無聊折磨死了。所以我要做的就只是將這些寫下來。

《霍爾的移動城堡》出版四年後，妳寫了續集《沙塵之賊》[1]，這本續集的靈感來自哪裡？

有人送了我一本《一千零一夜》（是未刪減版，《克里斯多福・錢德的多重生命》[2]也受到這本書影響），而我發現在《霍爾的移動城堡》中，我還沒有融入所有類型的童話元素，尤其是沒有阿拉伯傳說中的鎮尼、魔精[3]和魔毯，所以我當然要寫這部續集。除此之外，我也想知道因格利國王侵略斯坦蘭吉亞後會發生什麼事。

二〇〇八年，妳又推出另一部續集《歧路之屋》[4]，給了我們一個驚喜。這部續集是怎麼誕生的？

我已經構思這部續集很多年了。我想寫一個以高諾蘭為背景的故事，而我也知道霍爾會偽裝成其他人並出現在故事中，但不管我怎麼嘗試，都沒辦法成功，直到後來我想到了一個可以通往多個時空的房子。不過，故事還是要等到夏綠進入我的腦海，才真正成形。當然，她必須當那個要應付巫師之家古怪特性的人。

過了超過十年，妳再次回到霍爾的世界，感覺怎麼樣？

其實我並不是「回到」霍爾的世界，因為我一直都在想著這個世界。在我寫《歧路之屋》之前，我早就知道高諾蘭會是什麼樣子；當然我也知道《沙塵之賊》中的年邁公主是什麼模樣，還有她幫助父親整理圖書館的事。真正讓我驚訝的是魯伯克。我在夏綠不小心於一朵花中找到魯伯克之前，並不了解魯伯克或魯伯克族。

書中是否有加入妳親戚或朋友的形象？

有，其實讓我開始寫這本書的，就是我一位從不洗衣服的朋友。她會將衣服裝進大袋子裡，然後常常就這樣放上一整年。當她終於將所有衣服倒出來洗時，她會發現各種連她自己都忘記所擁有的衣服。

而我也認為，浪浪顯然就是我兒子的狗——莉莉。莉莉小巧、貪心又非常迷人。

威廉叔公的房子和霍爾的城堡有同樣的魔法源頭嗎？

我認為有，而那個源頭就是我現在住的房子。這棟房子非常高窄（跟霍爾的城堡一樣），但我的姪甥還是常常在裡面迷路。房子的一個奇特之處，就是從前面的窗戶往外看是一個地方，但從後面的窗戶往外看，又是另一個截然不同的地方。另一個奇特之處，是大部分窗戶都有波浪狀的玻璃（這是因為第二次世界大戰時，一枚炸彈炸掉了所有窗戶）。如果你從波浪狀的部分望出去，往往會感覺像是在看另一個奇異的世界。

當然，這棟房子也會帶人去神奇的地方——我三分之二的書都是在這裡寫的。此外，它也有強烈的個性。現在他們正在粉刷房子的廚房，而這讓它覺得很癢，於是它便關掉了所有暖氣來抗議。它常常做這種事情，而我們必須配合它。如果有它不喜歡的人來作客，它就會變得非常巨大又寒冷。那些人通常很快就會離開。

妳的很多作品中都有被施了魔法的動物。妳會認為貓和狗特別有魔力嗎？

我家人似乎都喜歡養有強烈個性的寵物，而我的寵物大多都把我欺負得很慘。我家的某些貓一定有穿透過牆壁，而我的狗聰明到讓我專為牠寫了一本書，叫做《犬之身》[5]。我兒子的狗，也就是莉莉，就是《歧路之屋》裡浪浪的原型，還是他們車子的「主人」。有一次，他們將車停在山坡上，結果車子失控向後滑。莉莉就靜靜地坐在車裡，面不改色，即使是當車子穿越繁忙的馬路，撞到另一輛車時也一樣。那輛車是牠的，而牠知道自己在裡面很安全。

我無法想像生活中沒有個性固執的貓或狗會是怎樣。我現在養的貓叫做朵拉貝拉，牠是一隻玳瑁貓，又胖又有女王的威嚴（各位知道嗎？玳瑁貓都是雌性，而且都多一個X染色體）。當有奇怪的事發生時，牠會用眼神告訴我：「我不習慣這樣，現在就讓這件事停下來。」我覺得牠可能是我最有威嚴的阿姨轉世。

這些動物的形象自然而然地就出現在我的書中，很難將牠們排除在外。故事中唯一不屬於我的貓（貓咪們，抱歉！我當然是指唯一不是我當主人的貓），是索格莫頓的原型，也就是《克里斯多福·錢德的多重生命》中那隻有強大魔力的貓。那是一隻薑黃色的貓，在主要商店街的街角擁有一間酒吧。牠會潛伏在與腰部同高的窗臺上，從那裡狠狠攻擊所有經過街角的狗。當附近沒有狗時，牠會在酒吧外的斑馬線上昂首闊步地來回走動，阻礙交通。

巫師霍爾系列已經結束了嗎？

很可能還沒。現在我已經知道，霍爾很喜歡偽裝自己。多年來，我一直都在試著寫一個故事。霍爾在那個故事裡偽裝成英俊的王子，以破壞另一位巫師的陰謀，而那位巫師想利用一個鎮尼的雙胞胎兒子來達成目的。這個故事有一天會問世[6]，但必須等它變得夠成熟。與此同時，又有其他書插進來，堅持要我現在就寫它們。我剛完成一本叫《魔法玻璃》[7]的書，在這本書中，有個男孩被奇怪的生物追趕，而那些生物有些還長著觸角。這本書裡還有一隻狗，但不是普通的狗，而是會像狼人一樣變身的犬人。

動畫版的霍爾

二〇〇四年，日本電影公司吉卜力工作室將《霍爾的移動城堡》改編為動畫電影。電影由宮崎駿擔任編劇和導演。宮崎駿曾以動畫電影《神隱少女》獲得奧斯卡金像獎，他非常喜歡黛安娜．韋恩．瓊斯的作品。他原本已經引退，但特地為了這部電影復出。

英國首映是在劍橋影展上。當時黛安娜．韋恩．瓊斯出席了放映會，並於會後與觀眾進行問答。同年，電影也獲得奧斯卡金像獎提名。《霍爾的移動城堡》和宮崎駿於東京動畫獎獲得年度最佳動畫片及導演獎，也在全世界多個影展屢獲殊榮。

動畫與作者

聽到《霍爾的移動城堡》要改編成動畫電影時，妳有什麼感覺？

每次我的作品要被改編成其他媒介時，我最大的感覺之一，就是驚訝於完成作品所需的人員數。電影、舞臺劇和舞蹈基本上都需要團隊合作。在我了解這點後，接下來我會驚艷於他們對每個細節的注重。這感覺有點像是：「要是我知道你們會這麼麻煩，我就不會寫得這麼複雜了！」如果幸運的話，這種愧疚感之後就會被喜悅取代。改編作品是以我的故事為基礎，但最後的成品與我的書截然不同。

事實上，一本書一定要經過修改，才有辦法在螢幕或舞臺上呈現。書本可以呈現人物的內心世界，但其他媒介只能表現出外在的部分。

妳有參與電影的製作過程嗎？

有幾位很嚴肅的人從日本來跟我談這本書。他們很希望能知道因格利王國確切的位置，這樣他們就可以到當地看看，以製作電影的背景。當我告訴他們，這完全是我虛構出的地方時，他們難以置信。他們堅持要我指定一個地方讓他們去，於是我提議了埃克斯穆爾高地和艾塞克斯郡的幾座城鎮，但他們不願意去那些地方，而是去了卡地夫，這其實不太對。

妳喜歡這部電影嗎？

我認為這部電影非常棒，內容很豐富又不可思議，動畫也畫得非常美。早在我知道宮崎駿要將我的書做成電影之前，我就已經喜歡他的作品很多年了。而當我們終於見面時，我發現他對我的書有著前所未有的理解方式。

當然，他把他最喜歡的元素融入了電影中。他非要在電影裡加入飛行器不可！只因為書中的國王正在策劃一場戰爭，他就在故事裡塞滿了飛行器和戰爭場面。宮崎駿和我都是在二戰時長大的，而我們對戰爭似乎有相反的反應。我傾向略過戰爭本身（我們都知道戰爭有多可怕），而宮崎駿（他也有一樣的感受）想要魚與熊掌兼得，既表現戰爭的殘酷，又呈現出大空襲令人興奮的場景效果。不過我知道有大量人員投入數年的時間，精心繪製電影每一幀的畫面，我對他們的敬畏之情遠超過我對這點的些許不滿。

妳有沒有特別喜歡電影的哪些部分？

我很喜歡帽店，雖然它在電影中出現的時間不長。此外，還有他們在卡西法頭上煮培根和蛋的早餐場景。不過電影最棒的一幕，是蘇菲和荒野女巫在爬一個巨大的大理石樓梯，兩人氣喘吁吁地互相叫罵，同時蘇菲還抱著狗。這幕感覺像是一場美夢，也像一場惡夢，而且非常好笑。

電影中的角色跟妳想像的一樣嗎？

電影中的霍爾沒那麼愛小題大作，比較像一位英雄。我覺得卡西法很棒，他跟我描述的形象不太一樣，但還是呈現得很好。此外，他們將蘇菲呈現得非常好，尤其是她在電影中隨時間產生的變化。雖然她是一個老婦人，但在電影中，她的動作漸漸變得越來越像年輕女孩。

荒野女巫有一部分的原型，是我比較令人敬畏的一位阿姨。奇怪的是，電影中的荒野女巫看起來非常像她，甚至還穿著一樣的衣服！

那城堡呢？

第一次看到電影中的城堡時，我心想：「這不是我所寫的城堡。」不過我喜歡它有自己獨特的個性，又常給人威脅感。電影中的城堡既滑稽又可怕，也有點脆弱，有些部分會掉落下來。我的城堡又高又瘦，而且是用黑色磚塊建成，住在裡面有點像是住在煙囪裡。不過，宮崎駿顯然喜歡有更多細節，他將城堡轉化成了某種奇幻的事物。（編註：史蒂芬．金於二〇二二年的著作 *Fairy Tale* 中也讓霍爾的城堡以致敬的形式登場。）

●吉卜力工作室曾於一九八六年推出電影動畫《天空之城》，這部電影與黛安娜・韋恩・瓊斯的小說《沙塵之賊》（*Castle in the Air*）無關。《沙塵之賊》是《霍爾的移動城堡》原作小說，也就是黛安娜・韋恩・瓊斯所寫的續集。

註1　指 *Castle in the Air*，敝社譯為《沙塵之賊》，因作者明確指出此書並非是吉卜力的《天空之城》，故以故事基礎譯之。

註2　*The Lives of Christopher Chant*，尖端出版的譯本名為《九命幻術師》。

註3　原文為 djinn 和 genie，是對阿拉伯傳說中同一種事物的兩種稱呼，是阿拉伯世界對神靈物體的統稱。後者較常為西方世界使用並譯為精靈，而此處因第三集《歧路之屋》之緣故，得翻譯為「魔精」。

註4　指 *House of Many Ways*，敝社譯為《歧路之屋》。

註5　指 *Dogsbody*，尖端出版的譯本名為《神犬天狼星》。

註6　作者已於二〇一一年逝世，因此本系列在《歧路之屋》結束，這邊所說的未來的故事並沒有完成。

註7　指二〇一一年出版的 *Enchanted Glass*。

霍爾的移動城堡

◇ HOWL'S MOVING CASTLE ◇

Fairy Tale
幻想之丘 05

作　　者　黛安娜．韋恩．瓊斯
　　　　　Diana Wynne Jones
譯　　者　呂明璇
責任編輯　李岱樺
副總編輯　林獻瑞
封面繪者　小猫猫
封面／版型設計　張新御
標準字設計　江江
排　　版　嚴妝
行　　銷　呂玠忞

出　　版　好人出版／遠足文化事業股份有限公司
發　　行　遠足文化事業股份有限公司（讀書共和國出版集團）

231 新北市新店區民權路 108 之 2 號 9 樓
02-2218-1417
www.bookrep.com.tw
service@bookrep.com.tw

郵撥帳號 ｜ 19504465 遠足文化事業股份有限公司

法律顧問　華洋法律事務所　蘇文生律師
印　　製　呈靖彩藝有限公司

出版日期　2023 年 12 月 4 日 初版一刷
　　　　　2024 年 7 月 10 日 初版六刷
定　　價　新台幣 490 元
I S B N　9786267279410（平裝版）
　　　　　9786267279458（電子書 PDF）
　　　　　9786267279465（電子書 EPUB）

1AFT0005
HOWL'S MOVING CASTLE © Diana Wynne Jones, 1986
CASTLE IN THE AIR © Diana Wynne Jones, 1990
HOUSE OF MANY WAYS © Diana Wynne Jones, 2008
Published by arrangement with David Higham Associates Ltd. through Bardon-Chinese Media Agency.

國家圖書館出版品預行編目 (CIP) 資料

霍爾的移動城堡 / 黛安娜 . 韋恩 . 瓊斯 (Diana Wynne Jones) 作 ;
呂明璇譯 . -- 初版 . -- 新北市 : 遠足文化事業股份有限公司好人
出版 : 遠足文化事業股份有限公司發行 , 2023.12
416 面 ;14.8*21 公分 . -- (Fairy Tale 幻想之丘 ; 5)
譯自 : Howl's Moving Castle
ISBN 978-626-7279-41-0(平裝)
873.57　　　　112015772

發行平台
讀書共和國出版集團
BOOK REPUBLIC PUBLISHING GROUP